Unter deiner Haut / Band 1
von Don Both
Drama / Romanze/ Erotik
Deutsche Erstausgabe Februar 2017

Kontakt: bethy86@hotmail.de
https://www.facebook.com/pages/DonBoth/248891035138778
http://donboth.weebly.com/
Lektorat: Belle Molina
Korrektorat: Anke Neuhäußer
Cover: Babels Art
Erschienen im A.P.P.-Verlag
Peter Neuhäußer
Gemeindegässle 05
89150 Laichingen
ISBN – mobi: 978-3-96115-083-0
ISBN – E-pub: 978-3-96115-084-7
ISBN – Print: 978-3-96115-085-4

DON BOTH

UNTER DEINER HAUT

BAND 1

A.P.P.

BISHER VON DON BOTH ERSCHIENEN:

Rock oder Liebe
Rock oder Liebe – unplugged
Rock oder Liebe – Thunder
Rock oder Liebe – Xmas

The unholy book of Tristan Wrangler (Sammelband)
Immer wieder Verführung (Sammelband)
Immer wieder Tristan und Mia – Hochzeitsspecial
Immer wieder ist nicht genug
Travel ins Glück

1. The Tower – Mad Love
2. The Tower – Bad love

Corvo – Spiel der Liebe
Forbidden Secret (mit Emily Key)
Hope (mit Kera Jung)

1.Dark Demand
2. Unzähmbar – Liebe ohne Hard Limits
3. Deep Instinct

Für meinen Sohn,

weil du die Vorlage für Robbie warst.

KURZBESCHREIBUNG

Die Mafiaprinzessin und der Polizist. Das Gesetz und das Verbrechen. Und eine Familienfehde, die unter die Haut geht.

Was macht ein Robert Wrangler, wenn er seinem Vater eins auswischen will? Er wird Polizist und schon bald verdeckt in die Mafiaszene eingeschleust – als illegaler Kämpfer. Dort rettet er eher unfreiwillig das Temperamentbündel Gianna Devito aus ihrem goldenen Käfig und verliebt sich unsterblich in die kleine Rebellin, die sich von keinem etwas sagen lässt. Erst recht nicht von ihm.

Sie ist für ihn die Luft zum Atmen, und doch muss er sich fernhalten.

Er ist für sie der strahlende Held und gleichzeitig der Bad Boy.

Eine Geschichte über die Mafia, Familie, Verrat und Leidenschaft.

Eine Geschichte, über eine verbotene Liebe.

PROLOG

Alles Lutscher außer Papa, ging mir spontan durch den Kopf, als ich das Innere des Hauses betrat. Carlos' Eltern waren um einiges lockerer als meine, deswegen fanden die großen Partys hier statt. Und heute würde sogar ich mich dazu hinreißen lassen, zu feiern. Denn ich hatte es geschafft; ich hatte nicht nur mein Abitur mit Auszeichnung bestanden, nein, ich war auch noch nach einem knallharten Auswahlverfahren bei der Polizeifachhochschule angenommen worden und hatte die ersten Monate überstanden! Mit Kusshand.

Wieso ich Polizist werden wollte?

Gerade *weil* mein Vater wie ein Irrer getobt hatte, als ich ihm meinen Berufswunsch mitgeteilt hatte. Allein sein Blick war unbezahlbar gewesen.

Seit mir Luca, mein Patenonkel – ein dunkelhaariger Italiener, der aber fünf Sprachen perfekt beherrschte –, das erste Mal im Alter von zwölf Jahren Schießunterricht gegeben hatte, war meine Zukunft besiegelt. Meine Hände waren feucht, als wir in einen abgelegenen Wald fuhren und kurz darauf alleine mitten in der Pampa standen, vor uns auf einem umgefallenen Baum ein paar alte Blechdosen aufgereiht.

Dieser Nervenkitzel war unbeschreiblich, als ich das erste Mal das schwere Eisen einer Pistole in der Hand fühlte; das Anspannen, das Luftanhalten und die Befriedigung, als die Munition ihr Ziel traf … Das alles war vergleichbar mit einem Orgasmus. Vor allem, weil ich genau wusste, dass mein Dad toben würde, wenn er davon erfuhr. Ja, ich wollte nie werden wie mein Vater und ich tat alles, um ihm das auch zu zeigen.

Meine Mutter, Mia Engel, war wohl dafür zuständig, dass aus mir ein wohl erzogener Mann geworden war, trotz des Einflusses meiner verwöhnten Cousine Alexandra, meiner Zickenschwester Eli – der Irren –, einem Kontrollfreakvater aus dem Bilderbuch und einem Patenonkel, der durch seinen Job als italienischer Waffenhersteller Zugang zu allerhand Illegalem hatte. Trotzdem stand ich mit beiden Beinen im Leben, und zwar auf der richtigen Seite von Moral und Anstand!

Ich rauchte nicht, obwohl mein Dad mir selber die erste Kippe in den Mund gezwängt hatte, als er mich im Alter von 13 Jahren dabei erwischt hatte, wie ich mir eine von ihm klauen wollte. Vielleicht auch gerade deswegen, denn ich hatte mir fast die Lunge aus dem Hals gehustet. Das war's dann auch mit meiner Raucherkarriere. Ich war Vegetarier, aber wie auch nicht? Schließlich lebte ich auf einem Gnadenhof, wo nicht nur ein gerettetes Schlachtvieh fröhlich über unsere Wiesen hoppelte oder stolzierte. Mittlerweile war unser Garten ein halber Tierpark. Jeden Freitag gab es sogar Besuchszeiten, an denen die Menschen unsere verschiedenen Attraktionen bestaunen und für den Hof spenden konnten. Wir hatten ein

Totenkopfäffchen, zwei Hunde, zwei Schweine, drei Katzen, einen Esel, zwei Pferde, Hasen, Meerschweinchen, Aggro-Gänse, einen Schwan, Enten, Hühner und vor allem Berta, unsere älteste Kuh, eine meiner besten Freunde – sie war schon 24 Jahre alt! Ich konnte einfach kein Fleisch essen, es wäre Verrat an ihr gewesen! Davon abgesehen achtete ich streng auf meine Ernährung sowie auf meine Gesundheit. In meiner Freizeit spielte ich Gitarre und hatte mich nie mit den Idioten meiner Schule abgegeben. Mit ihrer eingeschränkten Denkweise kam ich nicht klar, wollte auch gar nicht damit klarkommen und war somit Einzelgänger.

Meine einzigen Freunde waren Carlos und Julian. Sie waren beide mit mir auf einer Kleinkaffschule gewesen. Carlos hatte sogar seit der ersten Klasse die Schulbank mit mir gedrückt, wobei er sich echt verdammt dämlich angestellt hatte. Ein bisschen erinnerte mich diese Zeit an *21 Jump Street*, mit mir als Channing Tatum in intelligent, aber ohne ständig Weiber aufreißen zu müssen, um das Ego zu polieren. Auf Schlunzen (wie sie mein Vater liebevoll nannte), Liebe und sexuelle Ablenkungen gab ich nämlich gar nichts. Carlos war der kleine, dicke, trottelige und immer freundliche Kerl von nebenan. Er war mein kleiner Teddybär und genauso beschützte ich ihn auch – seit dem ersten Schultag. Unsere beschränkten Mitschüler hatten ihn gemobbt, indem sie ihn mit seiner Schultüte in die Pfütze getreten hatten. Da ich Ungerechtigkeit und dieses typische »Wegsehen« hasste, war ich dazwischen gegangen, hatte ihm seine Schultüte aufgehoben und ihm aufgeholfen. Seitdem teilten wir uns eine

Bank, eine Lunchbox und ein Herz und eine Seele. Da die anderen wussten, wer mein Vater war, trauten sie sich nie wieder an mich oder an Carlos heran, was auch besser so war, denn ich hätte ihnen auch ohne dessen Hilfe den Arsch sperrangelweit aufgerissen. Dann war da noch Julian, mein anderer Freund – groß, dunkelhaarig, trainiert –, der absolute Aufreißer und damit von der Mentalität her das genaue Gegenteil von Carlos und mir. Er gab einen Scheiß darauf, was andere sagten, folgte keinen Trends, sondern setzte sie – zumindest behauptete er das – und hatte dennoch das Herz an genau dem richtigen Fleck. Dies erfuhr man aber erst, wenn man ihn genauer kennenlernte. Alle hatten ihn ausgelacht, als er in der zweiten Klasse zu uns gewechselt war, weil er durchgefallen war – alle außer Carlos und mir. Wir nahmen ihn gern in unsere kleine Runde auf – gerade, *weil* er ein Außenseiter war. Wir alle entsprachen nicht der Norm. Wahrscheinlich klappte deswegen unser Dreiergespann so perfekt. Ansonsten brauchte ich keine anderen Menschen. Auch keine Partys, Drogen, Cola, Gummibärchen, Kohlenhydrate ... Das ganze Scheißzeug eben.

Für mich existierte eigentlich nur eines: Boxen, später Kickboxen. Ich trainierte fünfmal die Woche fünf Stunden mit dem besten Coach, den man haben konnte – dem Teufel persönlich: meinem Vater. Jede freie Minute nutzte ich, um beim Sport Anerkennung von ihm zu bekommen.

Daneben gab es nur noch meine berufliche Karriere, denn ich hatte bereits früh felsenfest beschlossen, was ich werden würde. Ein Hüter des Gesetzes. Ein Kämpfer für die

Schwachen – die geilste Polizistensau dieses Planeten! Ach, was sag ich? Des Universums!

Und wenn ich mir etwas in den Kopf gesetzt hatte, dann tat ich das auch.

Jetzt war ich 22, und ja, man glaubt es kaum, legendärer Sohn des legendären Tristan Wrangler, und bis auf ein Mal, was aber nicht wirklich zählte, noch Jungfrau. Und wisst ihr was? Es interessierte mich einen feuchten Furz, um es mal mit den Worten meines Vaters auszudrücken.

Es gab echt Wichtigeres im Leben als Liebe und Sex!

1.

Ja, Mann! Kommt darüber hinweg! Ich war noch fast Jungfrau! Also irgendwie ...

Aber was hätte ich denn auch mit den Hohlbirnen an meiner Schule anfangen sollen? Entweder sie waren wunderschön – hatten aber nur Pappe im Kopf – oder so unansehnlich, dass ich sowieso keinen hochbekommen hätte. Wobei mich die zweite Kategorie von jeher eher reizte. Ich mochte sie nicht, diese Volltussen, die es nötig hatten, in kurzen Röckchen und knappem Oberteil einem alles förmlich unter die Nase zu reiben und sich Masken aus Tierfett ins Gesicht zu schmieren. Stattdessen bevorzugte ich die unscheinbaren, natürlichen Mädchen, die mit einem Buch abseits unter einem Baum saßen und lasen. Die beobachtete ich am allerliebsten, aber niemals hätte ich mich getraut, einen Annäherungsversuch zu unternehmen. Doch in der achten Klasse hatte ich eine von ihnen eher unfreiwillig angesprochen: Ich war in der Cafeteria in sie reingerannt, wobei ihr Tablett zu Boden ging. Sie fand das irgendwie ganz fantastisch, wie ihr Lachsbrötchen durch die Gegend flog, und wollte mit mir Kaffee trinken gehen.

Bei unserem ersten Kuss am Abend übergab ich mich fast vor Aufregung und musste abbrechen. Was für eine Blamage!

Als wir vier Wochen später unser erstes Mal hatten, war dies der Wendepunkt unserer süßen unschuldigen Beziehung. Alles ging schief, was schiefgehen konnte.

Das Laken fing Feuer, weil eines der Teelichter umgekippt war, mit denen ich ihren Namen auf dem Bett ausgelegt hatte. Das Beste daran war, dass ich ihren Namen auch noch falsch geschrieben hatte. Sie hieß nämlich Meli mit einem ›l‹, nicht mit zweien – meine Fresse. Als ich dann die Flammen mit meiner Jeans totgeschlagen hatte, stand ich nur noch in Shorts und T-Shirt da. Wie in diversen Filmen wollten wir uns aufeinanderstürzen und schlugen uns prompt die Köpfe an. Also entschieden wir uns dazu, es weniger hektisch anzugehen und uns erst mal gegenseitig nicht mehr anzufassen. Jeder sollte sich mit Sicherheitsabstand selbst ausziehen. Ich beobachtete fasziniert, wie sie ihren strengen Pferdeschwanz löste, und ihre Haare in dunklen Locken über ihre blassen Schultern fielen. Wie sie ihre Brille abnahm und ihre Augen nur noch halb so groß wirkten. Wie ihre Hände bebten und wie sie mich unsicher angrinste, wobei ihre Zahnspange aufblitzte. Als wir dann irgendwann nackt auf dem Bett lagen und ich mich über sie schob, um sie zu küssen, waren ihre Hände so kalt, dass ich beinahe aufgeschrien hätte, als sie mich mit ihnen berührte. Außerdem saugte sie kurz darauf an meiner Zunge, als wäre sie ein Eis. Oh du meine Güte, wo hatte die bloß küssen gelernt? Hatte sie sich Tipps und Tricks aus der

Bravo geholt und dann an ihrem Arm ausprobiert? Schnell küsste ich mich an ihr hinab, wollte sie zwischen den Beinen verwöhnen, weil mir Carlos und Julian eingebläut hatten, darauf zu achten, dass sie verdammt noch mal auch ja bereit war, bevor wir zur Endstufe kamen. Woher Carlos das wusste, keine Ahnung, der war auch noch Jungfrau, während Julian eine nach der anderen flachlegte. Wie auch immer. Ich hatte eine Zahnspange und sie einen Urwald – ich schwöre, wenn man die Ohren spitzte, konnte man die Grillen hören, die Affen sowie das Brüllen der Tiger, und Tarzan, der sich mit lautem Gejodel an den Lianen entlang hangelte. *Fuck! Wrangler! Kopfkino aus!* Natürlich verfing ich mich mit der Spange in den nicht gerade wenigen Löckchen. Es war nicht sexy, als ich diese ausspuckte und wir uns wieder küssten, denn ein paar waren immer noch da. Dann wollte ich sie schwungvoll herumrollen, sodass sie auf mir landete, aber letztendlich landete sie fast auf dem Boden. Also ließ ich die Bettakrobatik lieber außen vor und schob mich wieder über sie, küsste sie erneut und ertrug ihre kalten Hände auf mir. Dabei spielte ich noch ein bisschen mit ihren Brustwarzen, um mir zu überlegen, wie ich zur nächsten Stufe übergehen könnte. Irgendwann schien es ihr jedoch zu reichen, denn sie stoppte mein hilfloses Herumgefummel mit einem entnervten »Mach endlich!« und sah zur Uhr auf dem Nachttisch.

Wegen all dieser Katastrophen war ich nicht mehr ganz so bereit. Eigentlich wollte ich es mittlerweile nur noch hinter mich bringen und half ein wenig mit der Hand nach, damit er wieder voll einsatzfähig war. Kurz darauf drang ich langsam und supervorsichtig in sie ein – und kam prompt.

Danach hatte ich sie nie wiedergesehen – zumindest nicht in meinem Bett.

Allerdings prahlte sie am nächsten Tag in der ganzen Schule damit, dass wir Sex gehabt hatten, und in ihren Prahlereien war ich der tollste Stecher überhaupt. Ich trennte mich sofort von ihr. Wenn ich etwas hasste, dann Unehrlichkeit – und kalte Hände!

In meinem Inneren wusste ich nicht, wieso ich überhaupt mit ihr geschlafen hatte. Nur um mit den anderen mitzuhalten? Tja, das war ein Fehler!

Und ein Zeichen!

Das war mein erstes und letztes Mal. Seitdem verstand ich nicht, wieso jeder so ein Trara um Bettsport machte! Ehrlich! Was sollte das?

***

Diese Party langweilte mich. Diese aggressiven sexuellen Angriffe der Frauen auch, erst recht das besoffene Machogelaber von Julian: »Nimm sie, knall sie, schick sie weiter! Das ist das Beste, was man mit diesen hirnlosen Schlampen machen kann. Komm schon, Rob, du Idiot! Sie werfen sich dir an den Hals und du spielst immer noch die Diva. Soll ich dir ein Snickers bringen? Vielleicht wirst du ja dann endlich mal normal in der Birne und bedienst dich am Muschi-und-Titten-Buffet!« Dies war nur ein kleiner Auszug seiner verbalen Entgleisungen, der euch ein Bild von der Lage vermitteln soll. Ich würde euch zu Tode langweilen und auch zu Tode anwidern, sollte ich hier Julians gesammelte Anekdoten und Weisheiten des Abends preisgeben. Nur so viel: Julian war ein frauenverachtender Idiot – ein guter Freund, aber ein Idiot. Und ich hatte keine Lust mehr auf seine dummen Sprüche, mit denen er jede zweite Frau als »Miststück«, »Nutte« oder »Schlampe« bezeichnete. Das war einfach nicht mein Niveau. Dafür hatte ich zu viel Respekt vor Frauen.

Carlos war schon seit zwanzig Minuten verschwunden. Wahrscheinlich musste er mal wieder, der hatte nämlich einen Reizdarm und ich so langsam ein Reizhirn. Also verabschiedete ich mich von Julian, sonst von keinem, und bahnte mir meinen Weg ins untere Schlafzimmer der großen Villa, wo die Besucher ihre Jacken in einem riesigen Haufen aufs Bett geschmissen hatten. Ich natürlich nicht. Meine braune Lederjacke hing akkurat an der Schranktür. Keinen Bock, dass irgendjemand sie antatschte oder mich. Wie Moses durchs Rote Meer schritt ich durch die ausgelassenen Partymassen, wobei ein paar Brüste fast in meiner Nase landeten und Hände sich eindeutig viel zu weit südlich verirrten, während knallrot geschminkte Lippen und dünn gezupfte Augenbrauen über grell angemalten Augen, sich zu einer Fratze verzogen. Vermutlich sollte das ein missratener Versuch sein, lasziv zu lächeln. Wer weiß das schon? Aber es war einfach nur peinlich. Fremdschämen pur war angesagt. Ich hatte Mühe, meine Mimik unter Kontrolle zu halten, denn diese ahnungslosen Mädchen wirkten wie auf einem schlechten Trip oder als hätten sie einen Anfall – und dabei kamen sie sich auch noch so verdammt toll vor, dass es nur noch peinlich war.

Da ich nur Wasser getrunken hatte, so wie immer, war ich bei Weitem nicht betrunken genug, um auf eines der billigen Angebote dieser kleinen Mädchen mit dem überzogenen Selbstbewusstsein einzugehen. Jedes Mal war es ein Spießrutenlauf, wenn ich mich irgendwo blicken ließ, deswegen hasste ich die Öffentlichkeit.

Ich war heilfroh, als ich endlich das Schlafzimmer erreichte, die Tür öffnete, hindurch schlüpfte und sie hinter mir schloss. Schwer seufzend lehnte ich mich für einen kurzen Moment mit geschlossenen Lidern gegen das kühle Holz, doch als ich die Augen wieder öffnete, erwartete mich nicht das erwartete Bild.

Nö. Wieso auch?

Da war zwar der Jackenhaufen und meine Jacke hing akkurat auf einem Bügel, aber der befand sich in kleinen schlanken Händen mit schwarz lackierten Fingernägeln. Braune, lange Ombre-Haare flogen leicht gelockt umher, als sie herumwirbelte und mich anstarrte. Der weite, graue, lange Pullover verdeckte alles, was die knallenge, schwarze Strumpfhose zeigte. Die Füße steckten in kaputten Boots mit Hello Kitty-Anhängern am Reißverschluss, und schwarz geschminkte Augen mit stechend grünen Iriden sahen mich schockiert an. Ein voller, weicher Mund klappte ertappt auf, so ganz ungeschminkt, ohne ätzendes Gloss, und ein kleines Keuchen drang an mein Ohr. Vor ihr lagen alle Münzen auf dem Boden verstreut, die ich irgendwann mal in eine meiner

Taschen gesteckt hatte. Vermutlich hatte sie diese vor Schreck fallen lassen, als ich ins Zimmer gekommen war.

Die erste Information, die sofort an mein Hirn gesendet wurde, lautete:

Fuck, ist die heiß!

Als Nächstes wurde diese gleich an meinen Schritt weitergeleitet, der fröhlich zum Leben erwachte.

Da stand ich hier also und bekam einen Ständer, während sie mich augenscheinlich ausraubte.

Oh, yeah!

»Ooopsi«, war ihr erster geistreicher Kommentar. Sie öffnete ruckartig die Hände, sodass die Jacke zu Boden fiel.

Fuck, war die heiß!

Ja, ich hatte mich immer noch nicht erholt, aber langsam, ganz langsam, begann mein Verstand, wieder zu arbeiten und mir wurde klar, wer ich war und was hier gerade passierte. Also griff ich in die hintere Tasche meiner Jeans, holte meinen laminierten, vorläufigen Dienstausweis hervor, hielt ihn hier vor die Nase und brüllte:

»Ich bin Robert Wrangler und Sie sind verhaftet!«

Ja, ja jetzt weiß ich auch, wie verdammt bescheuert und klischeehaft das klingt, aber in dem Moment fand ich, war das eine echt gute Idee! Und ja, jetzt muss ich auch darüber lachen! Und Gia auch! Klappe! Ihr alle!

2.

»Du bist ja witzig!« Sie lachte ausgelassen, melodisch und schwanzanregend, als wäre gar nichts geschehen, während sie locker auf mich zukam. Ihre Wangen waren gerötet, die wilden Locken ein einziges Chaos. Wie eine Löwin bahnte sie sich auf langen Beinen in den dunklen engen Hosen und klappernden Boots ihren Weg auf mich zu und nahm mir den Ausweis aus der Hand. »Nettes Spielzeug! Zieht das bei den Weibern?«, hauchte sie und beugte sich vor, um die Karte wieder in meine hintere Hosentasche zu stecken. Dabei traf mich ihr Duft so unvorbereitet, dass ich fast aufgestöhnt hätte – er war schlichtweg genial und das, obwohl sie ganz sicher kein Parfum aufgelegt hatte. Ihre Haare rochen ein bisschen nach Keksen, Schokolade und Haarkur und vor allem einer verflucht exotischen Frucht, die ich umgehend vernaschen wollte.

Da mein Blut gerade noch im Untergeschoss weilte, dauerte es etwas, bis ich mich geräuspert und einen Schritt zur Seite gemacht hatte. »Dieser Ausweis ist echt und Sie sind jetzt in genauso echten Schwierigkeiten!«

»Oh Officer, werden Sie mich jetzt mit Handschellen an

das Bett ketten und verhören?« Mit riesigen Augen, in denen der Schalk tanzte, schlug sie die Hände vor den Mund und sah mich wie ein kleines, verdammt scharfes Hoppelhäschen an.

Sie nahm mich nicht ernst!

Fuck!

Und sie war immer noch das Heißeste und gleichzeitig Frechste, was ich je gesehen hatte.

Gottseidank bekam das keiner der Jungs meiner Einheit mit! Die belächelten mich sowieso alle, weil bei der Polizei kein Schwein wusste, wer mein Vater war, da man uns zur Ausbildung alle aus den verschiedensten Städten dieses Landes zusammengewürfelt hatte und ich eher so der stille, unscheinbare Kerl war, der sich seinen Teil dachte, und von dem deswegen jeder annahm, er wäre ein Trottel – nur, weil er nicht ständig schwafelte.

Eigentlich war sie so scharf, dass ich ihr fast hätte durchgehen lassen, dass sie mich gerade ausrauben wollte, aber das war jetzt natürlich unmöglich. Wenn ich schon bei meinem ersten Einsatz versagte, was wäre ich dann für ein Polizist? Und was wäre ich für ein Mann, wenn ich mir von diesem süßen Ding so auf der Nase rumtanzten ließe?

Was würde Dad dazu sagen?

Sofort, als ich meinen Vater dachte, schoss mein Blut endgültig zurück in mein Hirn. *Danke Dad!*

»Das werde ich nicht tun. Das Verhör werde ich im Revier vornehmen. Ausweis bitte!«

HA!

Das hatte jetzt gesessen!

In ihren großen grünen Augen blitzte Unsicherheit auf, ganz kurz, dann fiel das Lächeln in ihrem Gesicht zusammen und sie sah mich drohend an, bevor sie zischte: »Jetzt hör mal zu, Süßer, ich hab keine Zeit mehr für dieses Spielchen. Da draußen …«, sie wollte an mir vorbeigehen und die Tür öffnen, »warten meine Freunde auf mich, also Bye!« Allerdings wurde sie durch meinen Arm gestoppt, der die Tür wieder schloss, sobald sie etwas daran gezogen hatte. Ich war hinter ihr. Mein Arm lehnte über ihre Schulter und ich konnte nicht anders, als in ihre Haare zu hauchen: »Ich entscheide, wann du gehst.«

Huch? Woher kam denn jetzt diese tiefe Reibeisen-Sexstimme?

Ja, huch, das dachte wohl auch sie, denn nun stockte sie, drehte sich zu mir um und kaute auf ihrer Unterlippe. Das war scharf. Ich wollte das tun!

»Du bist wirklich Bulle«, stellte sie fest, ohne daran zu denken, dass dies Beamtenbeleidigung war.

»Ich bin wirklich Bulle«, meinte ich ruhig und sah ihr direkt in diese Strahler, die sich Augen nannten. Ich war deswegen nicht beleidigt, schon allein, weil mein Dad die Polizei nicht ausstehen konnte und ›Bulle‹ noch auf nette Art beschrieb, was er von diesem Berufsstand hielt. Bei schwuchtelige Dackeltreiber, Polypen oder blautragende Blasomaten wurde das deutlicher.

»Wow«, wisperte sie jetzt leise. »Das hätte ich nicht gedacht. Ich dachte, solche Bullen wie dich gibt es nur im Fernsehen.« Ihre kleinen kerzengeraden weißen Zähne bohrten sich in diese volle rosa Unterlippe.

Und schon schwappte das Blut langsam aber sicher wieder nach unten.

»Zum Glück nicht«, meinte ich und machte schnell einen Schritt von ihr zurück. Ihr Duft war zu einnehmend, die Nähe zu ihr zu intensiv. Etwas in ihren Augen erweckte eine ungewöhnliche Art Beschützerinstinkt in mir, dem durfte ich jetzt aber auf keinem Fall nachgeben. Ich musste professionell bleiben und sachlich. Immer die Ruhe bewahren und Abstand halten. Eine Armlänge. *Dumme Kuh.*

»Warte kurz, ich hab meinen Ausweis hier. Moment …« Und dann schob sie einfach so diesen Pullover ihre wunderschönen schlanken Schenkel hoch. Und nein, das waren überhaupt keine Leggins, es waren Strümpfe – halterlose, inklusive einem knappen schwarzen Höschen. Wahrscheinlich ein Tanga.

Blut?

Kopf?

Denken?

Hä?

Ich starrte nur dumm, konnte mich nicht mehr rühren und musste ein Stöhnen unterdrücken, als sie am Bund einer ihrer Strapse nach etwas suchte und es auch fand – einen winzigen Geldbeutel. »Ich hab da alles reingesteckt, weil ich keinen BH anhabe«, verkündete sie offenherzig und ließ ihren langen grauen Pullover wieder fallen. Ich runzelte die Stirn. »Na, wenn ich keine Taschen bei einem Outfit habe, stecke ich normalerweise immer alles in meinen BH. Geld. Schlüssel und so … Aber ich trage heute auch keinen BH, deswegen hatte ich es im Strumpf. Hier ist mein Ausweis, willst du mich jetzt echt festnehmen?«

CUT

3.

Eigentlich sah ich nur noch ihre perfekt geformten Schenkel in diesen Strümpfen, während ich in ihr Gesicht schaute, und eigentlich hörte ich auch nur. »Bitte … Herzlos … War gar nicht so … Ausgehen …«

»Ausgehen?«, meinte ich sofort, und sie stockte in der Wortflut, die sie auf mich abließ, während ich ihren Personalsauweis genauestens in Augenschein nahm.

Gianna Devito.

Wohnhaft in: München.

Geburtsdatum: 14.12.1994.

Geburtstort: Sizilien

Staatsangehörigkeit: Italienisch. Ah, deswegen das südländische Temperament, die gebräunte Haut und vor allem diese fast schon überirdische Schönheit. Dazu diese grellen grünen Augen, das war schon sehr außergewöhnlich.

»Ja«, meinte sie und ich wagte nicht, den Blick zu heben, weil ihre Stimme tief, leise und verdammt anregend klang. Sie machte einen Schritt zum naheliegenden Schreibtisch, schnappte sich da einen Stift und einen Zettel und kritzelte eine Zahlenabfolge darauf. »Hier, ruf mich morgen an.«

»Und dann?« Ich sah sie immer noch nicht an, während sie den Zettel faltete, sich nach vorne beugte – mir wieder verboten nah kam – und ihn in meine hintere Hosentasche verfrachtete. Dann packte sie meinen Arsch, worauf ich zischte und schnell nach ihrem Handgelenk fasste, um diese forschen Finger von meinen südlichen Regionen fernzuhalten – auch von den hinteren. Noch hatte sie schließlich nicht gemerkt, dass ich einen Riesenständer vor mir hertrug. Ich bedankte mich gedanklich beim Designer meiner etwas lockeren Boss-Jeans.

»Und dann … äh … dann zeige ich mich dafür erkenntlich, dass du mich jetzt gehen lässt? Ich lade dich ein, egal, was du willst, du kannst es haben!« Sie blinzelte mit diesen meterlangen Wimpernfächern und klang mehr als anzüglich, *zu* anzüglich. An dieser Stelle hatte sie verkackt. Ich hasste billige Anmachen mehr als die Pest und schob sie von mir.

»Oh, aber natürlich, ich lasse dich jetzt gehen, obwohl du ein Verbrechen begangen hast, und rufe dann wie ein Idiot bei dieser gefakten Nummer an, nur damit dann mein kleines Herz bricht?«, konterte ich immer noch locker, ohne sie anzusehen, und genoss die kleine verwunderte Stille und dann ihr trotziges Schnauben.

»Du bist ein harter Brocken für einen Anfänger!«

»Ich bin kein …«, wollte ich sagen und sah ihr nun doch ins Gesicht. Aber ihr schiefgelegter Kopf, ihr Blick und ihre verschränkten Arme belehrten mich eines Besseren. Sie wusste ganz genau, dass ich ein Anfänger war, riss mir ihren Personalausweis aus den Händen und stemmte ihre Fäuste in die Hüften. Ihre Augen funkelten wütend – so sexy.

»Also was? Willst du mich jetzt echt mit auf die Wache nehmen, hunderttausende an Steuergeldern verschwenden und all so ein Scheiß, weil ich … was weiß ich … zehn Euro hätte klauen können?«

»Natürlich.«

»Was bist du denn für ein Pingelscheißer?«

»Ich bin kein …« Auch jetzt ließ mich ihr Blick stocken und ich schluckte. Sie war fast schon umwerfend in ihrer unbändigen Wut. Dieses Ehrliche, Raue, Leidenschaftliche machte mich tausend Mal mehr an als die angebliche Femme Fatale im Schafspelz, denn sie kleidete sich eher etwas schräg und rockig, nicht wie eine Verführerin aus dem Bilderbuch. »Wie auch immer, bitte drehen Sie sich um, ich werde Ihnen jetzt Handschellen …« Ihr lautes Gegacker durchbrach meine Worte. Schnell schlug sie eine Hand vor den Mund, kicherte aber immer noch weiter und grunzte sogar ein bisschen.

»Sorry, aber kannst du bitte mit dieser John-Wayne-Cowboy-Stimme aufhören? Das ist einfach wie in einem schlechten Film!« Ich biss die Zähne aufeinander. Langsam verlor ich die Geduld, denn jedes Mal, wenn ich dachte, ich hätte die Oberhand, entriss sie sie mir wieder. Und ihr Lachen war leider wirklich zu schön und witzig, um deswegen ernsthaft beleidigt zu sein. Irgendwie klang ich echt wie der Cop in einem drittklassigen B-Movie. Trotzdem! Nie Unsicherheit zeigen!

»Haben Sie Drogen genommen?« Ihre Pupillen waren nämlich unnatürlich geweitet, ihre Augen gerötet, dementsprechend lag es nah – vor allem, weil sie jetzt vor Lachen losbrüllte und wieder ein paar Mal grunzte. Sie bekam sich gar nicht mehr ein, schlug sich sogar auf die Schenkel. Verdammt! Ich war ein Schenkelklopfer!

»Entschuldigung! Ich wollte Sie wirklich nicht auslachen!« Mit einem Mal wurde sie ganz ernst, dennoch schwang noch ein leichtes Kichern in ihrer Stimme mit, während Lachtränen in ihren Augenwinkeln glitzerten. »Das macht man nicht, es stimmt. Ich bin böse, ich habe zu viel getrunken und mich völlig danebenbenommen. Normalerweise bin ich wirklich besser erzogen. Es tut mir wirklich, wirklich leid! Ich komme mit und mache alles; ich werde mich ab jetzt benehmen, Officer!« Ich hob eine Augenbraue, besonders, als sie näher an mich herantrat … und ihr Duft …

Von meinem Blut brauche ich wohl gar nicht mehr anfangen, oder?

Auf jeden Fall legte sie kurz darauf diese kleinen, süßen Patschehändchen auf meine Brust – Hände, die ich nehmen und nie wieder loslassen wollte – und sah mit diesen großen, großen grünen Augen zu mir hoch, die eine leichte Katzenform hatten und von dunklen dichten Wimpern umrahmt waren. Ich wollte sie ja stoppen – *na gut, von wollen kann nicht die Rede sein* –, ich *sollte* sie stoppen, hatte aber gerade keine Lust drauf. Eher auf diese Lippen … um meinen Schwanz!

Wo zum Fuck kamen diese Gedanken plötzlich her?

Ich schwöre, so was existierte bei mir sonst nicht. Okay, außer ich holte mir einen am Abend runter, aber das auch nur, weil ich danach einfach besser schlafen konnte.

»Ich weiß auch nicht, was über mich kam, als ich an eine fremde Jacke ging. So was hab ich wirklich noch nie gemacht. Ich glaube, ich habe einfach einen zu viel getrunken«, wiederholte sie unnützerweise, denn ich hörte ihr sowieso schon lange nicht mehr zu, und stellte sich auf die Zehenspitzen. Eine Hand auf meine Schulter gestützt streiften ihre vollen Lippen mein Ohr. »Oh Gott, du riechst genial! Was ist das für ein After Shave?«

»Axe«, wisperte ich wie hypnotisiert. Ihre aufgestellten Nippel, unter diesem, mit einem Mal viel zu dünnen Pullover, streiften meine Brust, mein Schwanz ihren Bauch, als sie mich ruckartig gegen die Wand drückte. Dann schmiegte sie sich ganz an mich, mit ihrer gesamten weichen, weiblichen Kontur und hüllte mich in ihren Duft. In ihrem Blick lag etwas Unerbittliches, Gieriges und so verdammt Feuriges. Sie sah in meine Augen, auf meinen Mund, in meine Augen … und wisperte dann: »Sorry, aber das muss ich jetzt tun!« Langsam lehnte sie sich vor und schloss die Augen. Zeitgleich, als meine Lider zuglitten und ihr Mund auf meinen treffen sollte, traf mich etwas anderes.

Ihr Knie meine Eier – mit voller Wucht.

»SORRY!«, rief sie und sprang von mir weg, während ich vornüber klappte und mit beiden Händen meinen Schwanz und meine Eier umfasste, die gerade aus Leibeskräften schrien. Ich versuchte, vor Schmerzen nicht auf den Teppich zu kotzen oder ohnmächtig zu werden. Meine Knie gaben fast nach. »Es tut mir so leid! Geht's?«, brüllte sie weiter, hechtete dabei aber schon zur Tür, während ich – völlig gelähmt – nur zusehen konnte, und riss diese auf. »Du bist wirklich süß! In einem anderen Leben, in dem du nicht so ein Pingelscheißer wärst, hätte ich dich geküsst!«, meinte sie noch entschuldigend und hatte die Frechheit, schuldbewusst das Gesicht zu verziehen und zu sagen: »Kühl ihn gut!«, bevor sie durch die Tür schlüpfte und sie mit einem lauten Knall hinter sich schloss.

Erster Einsatz:

Voll verkackt!

Robert Wrangler, du Lutscher!

4.

»Und Robbielein …«, durchkreuzte die liebliche Stimme meines Vaters das alltägliche Stimmengewirr beim Abendessen. »Wie ist dein neuer Job so? Schon ein paar fiese Verbrecher eingesackt? Schon zehn Kilo Heroin gefunden? Schon dem Bat-Zeichen gefolgt? Schon die gesamte Menschheit vor einem vernichtenden Alienangriff gerettet?«

»Tristan, halt die Klappe!« Das war Mum. Sie war die Einzige, die sich traute, so mit Dad zu reden. Eli – meine kleine Schwester – gab den Sonnenschein schlechthin, immer so süß, dass der Zucker nur so tropfte, wenn Dad da war, und grinste mich breit an. Ansonsten war sie eine zickige, verwöhnte Göre, eine Wrangler eben – so wie ihre und leider auch meine Cousine Alexandra die Große, die Tochter von Tante Katha und Onkel Phil.

»Noch nicht, Dad, aber bald. Und du hör auf, so dämlich zu grinsen, sonst bleibt das so!«, meinte ich leicht genervt zu meiner Schwester und schnappte mir noch eine Kartoffel, die ich mir aggressiv in den Mund steckte und drauf kaute. Eli streckte mir die Zunge raus und stocherte weiter in ihrem Essen. Ja, ich aß noch bei meinen Eltern, was aber nicht hieß, dass ich noch bei ihnen wohnte – zumindest nicht direkt. Sie hatten angebaut, ein ganzes kanadisches Holz-Haus mit zwei Wohnparteien, von der ich die obere mein Eigen nannte. Zwei Zimmer, eine Küche, ein Megabad und eine Dachterrasse. Ich wäre dämlich, da wegzuziehen. Vor allem, weil ich mich in meiner Freizeit noch um das Benimmcamp von meiner Mum und Tante Hannah kümmerte und natürlich auch noch um den Gnadenhof. Nicht verwandt, aber eindeutig seelenverwandt waren Mum und Hannah, denn sie dachten sich immer wieder allerhand neuen Blödsinn aus, mit dem sie Dad auf Trab hielten. Wie auch immer, ich wäre auch verrückt gewesen, wenn ich zu Mums vorzüglichen Kochkünsten nein gesagt hätte. Deswegen saß ich hier jeden Abend mit meiner Familie und meist noch unseren Mitarbeitern am Esstisch, während wir in großer chaotischer Runde aßen. Es war laut, es war derb, es war lustig und es war ehrlich. So war mir das am liebsten, denn hier konnte ich sein, wie ich wirklich bin.

Es gab nämlich genau drei Sachen, die für mich im Leben zählten.

Mein Sport.

Meine Berufung.

Und allen voran meine Familie.

Sie war alles für mich, obwohl mein Dad echt verdammt streng und schmerzhaft ehrlich war, obwohl ich, als ich jung gewesen war, immer vorgegeben hatte, meine kleine Schwester nicht ausstehen zu können, aber sie eigentlich von ganzem Herzen liebte, und obwohl ich weiterhin vortäuschte, die Oberzicke Alexandra zu hassen und von dem Trouble, der hier tagtäglich herrschte, genervt zu sein, liebte ich es genauso, wie es war. Wir Wranglers waren eine chaotische Einheit. Keiner konnte uns etwas anhaben; zusammen standen wir alles durch. Meine Mum hatte immer ein offenes Ohr für mich. Sie war wirklich ein Engel von Mensch. Eine moderne Mutter Theresa. Das genaue Gegenteil meines Vaters, aber das machte die beiden so verdammt perfekt.

Das und die dummen Sprüche meines Vaters.

»Aber wehe du machst miminimimimi, wenn du mit der ersten Schürfwunde nach Hause kommst.«

»Sag so was nicht!« Mum bekam große, glasige Augen und er verdrehte seine.

»Er wird schon auf sich aufpassen. Baby. Er ist ein Wrangler, wie oft soll ich dir das noch sagen?«, raunte er ihr zu und küsste ihre Wange, während er ihre Hand auf dem Tisch nahm und drückte.

»Mum, bitte, nicht schon wieder.«

»Aber es ist so gefährlich, Robbie!«, platzte es trotz jeglicher Beruhigungsversuche aus ihr heraus.

»Ich habe eine erstklassige Ausbildung genossen, die ich als Jahrgangsbester abgeschlossen habe. Ich mache Kampfsport, seitdem ich sieben bin, und schießen kann ich zufällig auch noch. Ich bin außerdem erstmal bei der Streife gelandet und nicht im Spezialeinsatzkommando für besonders gefährlichen Scheiß. Mum, bitte komm runter!«

»Siehst du, er weiß schon, was er tut. Vertrau ihm und seinen Wrangler-Genen«, meinte Dad und wollte Mum auf seinen Schoß ziehen.

»Nicht jetzt, Tristan! Wir sind beim Essen«, empörte sie sich aber sofort, und Hannah, die am anderen Ende der riesigen runden Tafel mitten zwischen Wohnbereich und Küche saß, zeigte ihr den erhobenen Daumen.

»Du bist echt ein Idiot, Robbie, das deiner Mutter anzutun! Es gäbe so viel andere gute Berufe für dich! Und du, Hannah, nervst!«, knurrte mein Vater unsere Anstandsdame des Camps an, doch sie grinste nur breit.

»Ich liebe dich auch, Tristan.«

»TUST DU NICHT!«, brüllte Mason Hunter, Hannahs Mann und weltbekannter Rockstar, der sich gerade auf Tour-Pause befand und das Scheißhaus besetzte, weil er groß musste. Was er natürlich jedem am Tisch verklickert hatte, bevor er gegangen war.

Ja, ja, wir waren verrückt, aber hey, wir hatten Spaß!

»Wie auch immer …« Ich stand auf und räumte meinen Teller in die Küche, dann ging ich zu meiner Mutter, umarmte sie von hinten und küsste ihren Scheitel, wie sie es als Kind so oft bei mir getan hatte. Langsam aber sicher mischten sich die ersten grauen Strähnen in ihr volles braunes Haar. Es tat weh. Es tat weh zu sehen, dass sie älter wurde und dass ich sie irgendwann nicht mehr haben würde. »Beruhige dich, mir wird nichts passieren! Zumindest nicht jetzt, denn jetzt geh ich schlafen! Gute Nacht!« Ich winkte nochmal in die Runde.

Alles trällerte: »Naaaacht!« Nur Mason auf dem Klo wünschte mir: »Gutes Wichsen!«

Vor mich hin glucksend verließ ich das Haus, trat in die laue Frühlingsnacht, machte zehn Schritte zu meiner Haustür, sperrte sie auf und betrat das Treppenhaus. Schnell sprintete ich zwei Stufen nehmend nach oben in die zweite – in meine – Etage (der Rest würde irgendwann Eli gehören, aber die machte sich noch bei unseren Eltern breit), betrat meine Wohnung und knallte die Tür hinter mir zu.

Dann fiel mein Lachen in sich zusammen. Schwer lehnte ich mich mit dem Rücken an die Tür.

Denn seitdem mich ein kleines Mädchen – okay, eine verdammt sexy Frau, aber sie war echt klein von der Größe her – so auf den Arm genommen hatte, fragte ich mich, ob meine Berufung wirklich die richtige für mich war. Ob ich nicht, tief in mir, viel zu weich für diesen Job war …

CUT

5.

Immer noch nicht richtig wach, denn das war ich vor meinem dritten Kaffee mit Hafermilch nie, trommelte ich mit meinem Kugelschreiber auf meinen Diensttisch ein, der wiederum in einem kleinen Büro stand, welches ich mir seit drei Tagen mit meinem Kollegen und besten Freund Carlos teilte. Ich weiß nicht, wie er es auch in diese Abteilung geschafft hatte, aber wahrscheinlich hatte sein Vater – Alec Morgan, der Bürgermeister dieser elendigen, korrupten Stadt – einiges dazu beigetragen.

Was sein Sohn wollte, bekam sein Sohn auch. Na gut, alles außer das perfekte Aussehen des Vaters. Leider.

Auf jeden Fall hatte ich mich in meinem neuen Bürostuhl zurückgelehnt, die Beine auf dem Schreibtisch überschlagen, womit ich meine komplette Seite des kleinen Raumes einnahm, denn er war nicht gerade groß. Aber hey, wir hatten unser eigenes Büro! Yeah!

Und dachte nach …

Da ich ein fotografisches Gedächtnis hatte, war es kein Problem gewesen, mir *ihre* Daten zu merken, vor allem ihre Personalausweis-Nummer. Es wäre leicht, sie in meinen

Computer einzugeben und zu sehen, was ich da so finden würde. Dann könnte ich sie für ihre Tat zur Rechenschafft ziehen und ihr zeigen, dass sie so mit dem Gesetz nicht umgehen konnte. Und auch nicht mit mir!

Aber dafür würde ich natürlich nicht meinen Job missbrauchen. Nein, ich würde sie nicht checken, stattdessen ging ich zu unserem ersten Meeting, um unseren neuen Chef kennenzulernen. Buddy Maier. Er war nicht schwarz und auch kein koreanischer Jesus, er war einfach nur ein dicker bierbäuchiger fünfzigjähriger Bayer, der kein Wort hochdeutsch konnte.

»Jo hagottzagrafix, jetzt hob i scho wieda so an Haufn Klapspatn, aber wir mochan des scho, gei. Mia keman scho zam«, würgte er vor sich hin, was so viel hieß wie: *Ich habe Zeit meines Lebens zu viel Schweinebraten gefressen und Bier getrunken und versuche jetzt, noch die letzten Jahre bis zur Rente ohne Herzinfarkt über die Bühne zu kriegen, und was ihr macht, ist mir eigentlich scheißegal.* Ich hasste den Kerl. Ich hasste es, wenn jemand nicht bei dem, was er tat, 100 Prozent gab. Ich hasste Inkompetenz. Schon meine Lehrer hatten mich nicht ausstehen können, weil ich es nun mal sagte, wenn mir etwas gegen den Strich ging oder ich etwas besser wusste. Und ich wusste dank meines fotografischen Gedächtnisses sehr viel. Außerdem gab ich immer 100 Prozent. Ein Grund mehr, warum es mich wurmte, bei meinem ersten Einsatz so versagt zu haben.

Ich hatte mich von ihr überlisten lassen, mir in die Eier treten lassen, als wäre ich ein Kerl in einer Disco, der sich einen Kuss in einer dunklen Ecke klauen wollte. Ganz toll.

***

Wie sich in der nächsten Stunde herausstellte, hatte diese nach außen hin so gesittete ordentliche bayerische Stadt ein ausgewachsenes Drogenproblem. Irgendjemand pumpte unentwegt Cannabis und anderen Mist in die Stadt, bis sie vor lauter Gift überquoll. Giftler, so nannte unser Leiter die Dealer oder Giftmischa, wobei er sich fast den Kiefer ausrenkte, um es ja mit ordentlichem zünftigen Dialekt auszusprechen. Ich hatte noch nie Dialekt gesprochen, ebenso wenig wie meine Eltern. Es klang für mich alles andere als kultiviert und war nicht mein Stil – genau wie übermäßiges Fluchen. Obwohl ich das zu oft tat, meistens wenn ich sauer war. Ich hatte schließlich Anstand – eingebläut von Hannah Hunter persönlich. Aber meine Mum legte auch Wert auf gute Erziehung, wahrscheinlich, um das Verhalten meines Vaters irgendwie auszugleichen. Der scherte sich nicht um Anstand oder Moral. Mein Dad scherte sich eigentlich um gar nichts, außer um Mum und Eli und mich – manchmal. Ich wusste jedoch, dass seine harte Fassade nicht echt war, und ich wusste auch, dass er riesige Angst um Mum hatte. Wenn sie beispielsweise nicht rechtzeitig nach Hause kam, dann machte er ein Drama, als wäre sie mit einem Flugzeug abgestürzt und müsste jetzt durch die einsamen bayerischen Wälder streifen, um nach Hause zu gelangen.

So wollte ich nie werden.

Denn schon in meiner Kindheit im Kinderheim hatte ich erfahren, was man niemals für irgendjemanden werden durfte. Angreifbar.

***

Die ersten Monate auf der Fachhochschule waren staubtrocken gewesen. Wir wollten endlich in den ersten richtigen Einsatz, aber davor hieß es: die Schulbank drücken, die Schulbank drücken und nochmal die Schulbank drücken. Und wie aufregend es ist, alles zum Thema: Beamtenrecht, Strafrecht, Verkehrsrecht, besonderes Sicherheitsrecht und allgemeines Polizeirecht zu lernen, könnt ihr euch vielleicht vorstellen. Viel mehr lag mir die praktische Ausbildung, wie zum Beispiel die Waffen und Schießausbildung – in der ich natürlich der Beste war – sowie Kriminalistik. Und vor allem die Fahrausbildung und das Fahrsicherheitstraining waren mehr als witzig. Carlos und ich überschlugen uns fast, aber es war den Adrenalinkick wert gewesen. Unser Boss, Hendlmaier, wie wir ihn neuerdings nannten, weil er jeden verdammten Tag Brathendl mit Kartoffisalod aß, brüllte uns auch nur zwanzig Minuten lang in allerfeinstem Bayerisch an, bevor wir abtreten durften – immer noch lachend und berauscht. Später bekamen wir unsere dunkelblaue Polizeiuniform, genauso wie unsere Dienstwaffen, und ich musste sagen, ich sah darin schon verdammt scharf aus. Peinlich war nur, als mich Eli abends beim Posen in Uniform vor dem Spiegel vorfand. Die blöde Kuh klopfte aber auch nie, weil sie genau wusste, wie wahnsinnig es mich machte.

Ansonsten lebten Carlos und ich uns ganz gut im Team ein. Wir saßen eher schweigend am Rand, anstatt dass wir uns – wie zum Beispiel Benjamin Arschloch – in den Mittelpunkt drängten und große Sprüche klopften. Ich mochte weder seine schmierig nach hinten gegelten blonden Haare noch seine eisblauen arroganten Augen, oder seine leise zischende Stimme. Er hatte eindeutig ein Aufmerksamkeitsdefizit und außerdem einen kleinen Schwanz. Ich hatte es genau gesehen! Unfreiwillig nach dem Sport! Das musste er natürlich irgendwie ausgleichen, indem er jedem versuchte, sofort weiszumachen, er sei der Größte, Beste, Schönste … Ein Vollpfosten eben. Ich saß meist in meiner Ecke mit Carlos, beobachtete ihn und hielt mich davon ab, die Dämlichkeiten, die aus seinem Mund fielen, mit meiner Faust wieder zurück in dieses abartige Gesicht zu stopfen. Nebenbei ließ er sich kaum eine Gelegenheit entgehen, seinen Hass gegenüber Ausländern, Obdachlosen und natürlich Frauen weiterzutragen, was ein weiterer Punkt war, warum ich ihn verabscheute. Natürlich wusste er nichts davon, weil ich der Meinung war, dass meine persönlichen Gefühle niemanden etwas angingen, und weil ich schon früh gelernt hatte, diese für mich zu behalten. Oder sie würden gegen mich verwendet werden. Ich kannte diese Hohlbirnen, die ein geringes Selbstbewusstsein besaßen und um sich besser zu fühlen, andere herabsetzten, zur Genüge. Es gab sie überall – wie Farin Urlaub schon mal so passend gesungen hatte. Ich war umgeben von Idioten!

Aber ich zog es durch!

Vergaß sogar diese grünen Katzenaugen, die durch die schwarze Schminke noch besser hervorgestochen waren. Vergaß diesen Duft, diesen Blick und wie ich mich gefühlt hatte, als sie mich berührt hatte. Zumindest in meinem Alltag.

Aber jede einzelne Wichsfantasie drehte sich nur noch um sie. Kläglich, aber wahr. Natürlich befanden sich weiterhin genug Frauen in meiner Nähe, die eine Niere für ein einziges Date mit mir gegeben hätten – unter anderem auch Natalie, unsere scharfe Russin, eine meiner Kolleginnen –, aber auch sie war mir völlig egal und machte mich null an. Nur die eine hatte sich in meinen Kopf geschlichen, was absolut dämlich war. Schließlich hatte ich sie doch nur einmal gesehen, und doch konnte ich sie nicht vergessen.

Jeden Tag überlegte ich, ob ich doch gegen die Regeln verstoßen und sie im Computer suchen sollte, aber was dann? Wollte ich mich wieder von ihr auslachen lassen, weil ich plötzlich vor ihrer Tür stand? Ehrlich jetzt? Nein! Das wollte ich nicht!

Also suchte ich sie nicht.

Also machte ich einfach weiter wie bisher.

Ohne Liebe und so einen Scheiß.

Zumindest bis zu diesem einen Freitagabend in einer warmen Frühlingsnacht. Zwei Jahre später, irgendwo in Bayern.

***

»… und auf Grund deiner speziellen Fähigkeiten, die du bereits in deiner Ausbildung zoagt host, werst du jetzt scho eigschleist. Du woaßt eh scho ois!«

»Okay!«

»Du lernst die richtigen Leit kenna …«

»Okay!«

»Und du wirst ihr besta Spezi …«

»Okay!«

»Du lernst no mera Leit kenna …«

»Okay!«

»Und dann findst sie und dann mach ma SCHNAPP und hom sie an de Eia!«

»Okay!« Wenn Chief Hendlmaier meinte. Noch bevor meine Ausbildung zum Polizeikommissar abgeschlossen gewesen war, waren sie schon mit einem speziellen Fall an mich herangetreten. Ich wusste natürlich wieso. Ihnen war klar, dass ich der perfekte Mann für einen verdeckten Einsatz wäre. Natürlich nicht solche desinteressierten Sesselfurzer wie Hendlmaier, sondern der Chef des Drogeneinsatzkommandos Daniel Miller und vor allem Chef dieses Präsidiums, Laurent Petry. Und genau darauf hatte ich gehofft. Irgendwann als Waffe der Gerechtigkeit eingesetzt zu werden und mich in den Untergrund zu begeben. Meine perfekte Kampfsportausbildung besiegelte dann schließlich den Weg, den ich einschlagen würde.

Über die Fightszene sollte ich mich einschleusen und nach und nach jeden einzelnen Boss liefern. Allen voran eine ominöse Mafiakönigin, deren Namen niemand kannte, die unaufhörlich Drogen in dunkle Hintergassen und ramschige Clubs pumpte und einen »Sexgott oder Nuttenkönig«, der unaufhörlich Nutten aus allen Teilen der Welt in die Stadt schleuste und unzählige Umschlagplätze für genau diese Drogen bot. Es war Auslegungssache, wer von den beiden die Stadt wirklich in der Hand und vergiftet hatte. Die Drogenkönigin oder der Nuttenkönig. Aber ich missachtete beides zutiefst – Drogen und menschliche Körper zu verkaufen.

Schon in jungen Jahren hatte ich mitansehen müssen, was mit jemandem passiert, der Drogen nimmt. Carlos, Julian und ich waren einmal zu viert gewesen. Martin fehlte mittlerweile. Wir hatten ihn von klein an gekannt und waren mit ihm in der ersten Klasse gewesen. Leider gelangte er später an die falschen Leuten, rutschte in die falschen Kreise und fuhr dann im Alter von 19 Jahren auf einem Magic-Mushroom-Rausch gegen einen Baum. Das hatten die Drogen aus ihm gemacht. Eine Leiche im Sarg. Und so würde es jedem gehen, der mit ihnen in Berührung kam.

Meine Abneigung gegen Hurerei entstammte meiner eigenen ganz persönlichen Geschichte, denn meine Mutter war eine Prostituierte gewesen, weswegen ich teilweise in einem Puff aufgewachsen war. Was ich da gesehen hatte, war nicht mit einer normalen Kindheit zu vergleichen gewesen, doch genau diesen Umständen hatte ich es auch zu verdanken, dass ich ins Heim gekommen war. Meine Mutter hatte allen erzählt, der Krebs hätte sie zerstört, aber es war kein Krebs. Es war Aids gewesen, bedingt durch ihren Job. Denn wenn ein Freier es ohne Gummi machen will, haben die Frauen kein Mitspracherecht. Wenn sie danach elendig verreckten, werden sie kurzerhand entsorgt und die nächste rückt nach. Zu 99 Prozent unfreiwillig.

Das war die bittere Realität.

Und ich hatte nicht vor, nur dazusitzen und mich zu beschweren, wenn klar war, dass etwas falsch lief. Ich hatte vor, aufzustehen und etwas dagegen zu unternehmen.

Genau das tat ich, als ich mit Carlos in einen einschlägigen Club ging, um dort den richtigen Leuten und deren Bodyguards aufs Maul zu hauen. Es dauert nicht lange, bis ich schwuppdiwupp angesprochen wurde. Von Mario, einem schmierigen Anzugträger, der an Danny DeVito in abgefuckt erinnerte, mit einer goldenen Visitenkarte und genauso goldenen Zähnen. Was für ein widerlicher Spinner!

Aber mit Kontakten zu den richtigen Kreisen.

»Ich weiß nicht, Junge, du kämpfst wirklich gut«, meinte er an der erhellten, sauberen und so gar nicht heruntergekommenen Bar stehend, die sicherlich mehr anbot als nur den Feierabend-Drink, sondern auch den Feierabendfick in einem der Zimmer in dem Hotel darüber. »Aber du bist noch ziemlich jung und hast keine Erfahrung. Ich nehme keine Anfänger.«

»Rick Cooper ist kein Anfänger, er boxt seit seinem siebten Lebensjahr«, nuschelte Carlos in seinen Schnauzbart, wobei ich immer noch nicht wusste, was er sich dabei gedacht hatte, mit diesem Flokati rumzulaufen. Er wirkte damit wie ein abgehalfterter Zuhälter aus den 80ern.

»Na gut, ich bin der Letzte, der einem guten Mann keine Chance gibt, sich zu beweisen. Bis in zwei Wochen bei deinem ersten Kampf!« Somit schlug der Danny-Verschnitt mir auf die Schulter, ließ seine goldene Visitenkarte liegen und mich ziemlich baff zurück. Im Weggehen wählte er eine Nummer, hielt sein Handy ans Ohr und trällerte: »Wrangler, ich hab hier wen, der könnte dir gefallen …«

Was zum Teufel?

***

Etwas später beim Abendessen hatte ich keinen Hunger. Stattdessen starrte ich Dad an, während ich mich fragte, warum dieser Typ unseren alles andere als gängigen Nachnamen genannt hatte. Zufall?

Oder hatte mein Saubermannvater etwas mit ihm zu tun?

Schmal grinsend sah Tristan Wrangler mich über den Tisch hinweg an, als könnte er – wie so oft – meine Gedanken lesen. Das kalte Licht der Deckenlampe ließ ihn geradezu kalt und unnahbar wirken. Aber auch unabhängig davon erkannte ich gelegentlich etwas Düsteres in meinem Vater, etwas, das mir schon als Kind eine Gänsehaut beschert hatte. Ein fremder Teil in ihm – schlichtweg undurchsichtig und nicht einzuschätzen. Seine Unberechenbarkeit und sein enormes Wissen gemischt mit dem Gefühl, immer den wunden Punkt zu treffen, machten ihn gefährlich. Körperlich im Kampf und emotional im Umgang mit den Menschen, die er liebte. Dennoch wusste ich, dass er einen guten Kern besaß. Ich respektierte ihn zutiefst. Als kleiner Junge hatte ich ihn sogar regelrecht verehrt, denn Mum und er hatten mir die schönste Kindheit geschenkt, die es nur geben konnte.

Die ersten fünf Jahre meines Lebens aber waren die pure Hölle gewesen, bis ich ins Heim gekommen war und dort meine Mirti – Mia Engel und mittlerweile „meine Mum" – kennengelernt hatte. Ja, meine Mum war gar nicht meine richtige Mum, sie war „nur" meine Stiefmutter, was aber nicht hieß, dass sie mich nicht genauso liebte wie ihr leibliches Kind. Mia war seit dem Moment, als sie mich im Kinderheim das erste Mal auf den Schoß genommen hatte, meine Mutter – die beste, die man sich wünschen konnte –, obwohl nicht dasselbe Blut durch unsere Ader floss. Sie hatte mich zusammen mit Dad adoptiert, als ich sechs war. Ab da änderte sich mein Leben schlagartig. Von der Horrorkindheit zur Traumkindheit.

Dad sprach nicht viel über die Zeit, bevor wir eine Familie wurden. Ich weiß bis heute auch nicht, woher er Onkel Luca kennt. Nur dass er cool ist. Ohne meine Eltern wäre aus mir auf jeden Fall eine Katastrophe geworden, so viel wusste ich. Es gab zu viele Albträume, zu viele Unterschiede zur Gesellschaftsnorm. Auf andere Kinder wirkte ich gruselig und wurde nie von ihnen akzeptiert oder respektiert. Doch Mum und Dad hatten nie zugelassen, dass ich meinen Schmerz, meine Wut und meinen Frust in etwas kanalisierte, was mir schadete, sondern zeigten mir andere Wege, damit klarzukommen. Besonders Dad. Er konnte zwar ein versnobter Arsch sein, aber er wusste ganz genau, wie man mit Frust umging – wieso auch immer. In seinem Leben schien es nicht viele Gründe zu geben, frustriert zu sein. Es sei denn, Mum hatte ihre Tage. Dann war er unausstehlich und ich schaute, dass ich die Woche immer bei Carlos verbrachte.

Wir wohnten etwas abgelegen in einem Wald, den mein Dad über die Jahre Stück für Stück von einem Landwirt abgekauft hatte und der direkt an ein kleines Kaff am Chiemsee grenzte. In diesem Wald hatten wir vor Jahren sechs kleine Holzhütten bauen lassen, einen Brunnen, einen Gemüsegarten, Plumpsklos und alles, was man sonst zum Leben brauchte. Seitdem kam einmal im Monat eine Ladung schwer erziehbarer Jugendlicher zu uns getuckert, die Mum und Dad für dreißig Tage unter ihre Fittiche nahmen. Inklusive Malkursen, Selbstverteidigungstraining, stundenlangen Wanderungen durch Flora und Fauna, Kochkursen mit Onkel Phil und vor allem dem patentierten Tristan-Wrangler-Drill-Programm. Ich schwöre, danach waren sie geheilt – von was auch immer. Mittlerweile wurden meine Eltern sogar staatlich gefördert und meine Mutter plante gerade, mit Tante Katha und einer ihrer Betreuerinnen – besten Freundin und Geschäftspartnerin Hannah Hunter – etwas Ähnliches für missbrauchte Frauen aufzuziehen. Genug Land war allemal vorhanden, wobei ich mich immer wieder fragte, woher wir eigentlich die Kohle dafür hatten. Dad war zwar weltbekannter Fotograf, verdiente mit seinen preisgekrönten Bildern nicht gerade wenig, aber die Hälfte davon machte er umsonst, wie zum Beispiel Babyfotos oder Hochzeitsfotos für Menschen mit geringem Einkommen,

Asylanten und so weiter. Mum wiederum verkaufte ab und zu mal eins von ihren selbstgemalten Bildern, aber wir hatten bei Weitem keine Millionen, die wir monatlich ausgeben konnten. Großeltern mütterlicherseits existierten nicht, väterlicherseits nur Opa David, aber der lebte größtenteils auf Cran Canaria und arbeitete dort als Entwicklungshelfer. Meine Familie bestand nur aus verdammten Gutmenschen, wie sie im Buche standen, und manchmal war es wirklich schwer, ihnen gerecht zu werden.

Keiner von ihnen hatte Kontakt zu dem abgefuckten Milieu, in dem ich mich berufsmäßig bewegen würde, deswegen hatte Mum ja auch solche Angst davor. Und Dad hatte sicher noch nie in seinem ganzen Leben auch nur einen Zeh in einen Puff oder Sonstiges gesetzt, so sehr wie seine Augen nur an Mum hingen. Er hatte sicher nicht mehr mit dem Kerl zu tun, ja, er kannte ihn wahrscheinlich wirklich nur als Boxer. Das musste es sein! Oder?

6.

Ein paar Wochen drauf fand ich mich also mit Carlos – der mimte meinen Manager – bei meinem dritten Untergrundkampf wieder. Natürlich hatte ich alle davor gewonnen, noch bevor sie richtig angefangen hatten. Ich war bereits jetzt ein gefeierter Star der Szene.

»Rob, glaubst du, du schaffst das?«

Wir fuhren durch die schlafende Stadt. Es war ein lauer Frühlingsabend, ein Freitag. Die ganze Stadt war in Partylaune und Carlos hatte nichts Besseres zu tun, als mich zuzuquatschen wie meine besorgte Ehefrau, während ich meinen unauffälligen schwarzen BMW – leider nur Dienstwagen – durch den nicht gerade dichten Verkehr drängte. Es war zehn Uhr abends. Das hieß, der große Feierabendverkehrsansturm war längst vorüber. Alle Papas daheim bei ihren Mamas und alle Partymacher schön bei ihren Partys.

»Wieso sollte ich es denn bitte nicht schaffen, Carlos?«

»Weiß nicht, du … du könntest ausrutschen!«, meinte er mit großen blauen Augen. Ich schnaubte und setzte den rechten Blinker, während ich »Auf einer Bananenschale«

murmelte.

»JA! Oder … oder du könntest … aus Versehen …« Er überlegte ziemlich lange, bevor der nächste grandiose Gedanke eintraf. »In einen Putzeimer steigen!«

»Wir sind her nicht bei der nackten Kanone oder in einem Cartoon! Jetzt bleib cool! Der Kerl, gegen den ich heute kämpfen muss, hat vier von acht Kämpfen verloren – bis jetzt. Er ist eine Null!«

»Es steht 50/50!«

»Wie viel Kämpfe habe ich bis jetzt verloren, Carlos?«, fragte ich, ohne ihn anzusehen und bog wie abgemacht in die Garage des Wolkenkratzers, der düster vor uns aufragte.

»Äh … keinen …« Bevor ich irgendwas erwidern konnte, laberte er aber schon weiter. »Aber das waren alles faire Kämpfe. Diese Menschen kennen keine Regeln!«

»Ich kann auch unfair kämpfen, wenn ich will!« Das brachte Carlos zum Lachen und mich dazu, die Augen zu verengen. Vor ihm musste ich meinen Ausdruck wenigstens nicht beherrschen.

»Sorry …«, erwiderte mein bester Freund lachend, der wirklich gerade Glück hatte, dass er mein bester Freund war. »Ich habe noch nie jemanden gesehen, der sich so penibel an Regeln, Moral und Anstand hält wie du. Okay einen, und das ist Hannah Hunter! Aber es fehlt nicht viel!«

Ich verdrehte die Augen. »Wenn sie es mir nicht zugetraut hätten, hätten sie mich nicht darauf angesetzt! Und jetzt hör auf, Panik, Angst und Schrecken zu verbreiten, es wird alles gut laufen, und weißt du auch wieso?«

»Wieso?« Er sah mich mit seinen Bambiaugen groß an. Ich tätschelte seine Schulter. »Weil ich mich nie ablenken lasse und immer mit ganzem Herzen bei der Sache bin! Und jetzt komm!« Somit stieg ich aus.

7.

Gianna Devito

Heute Abend war wieder so ein Abend.

Mir war stinklangweilig, im Fernsehen lief nur Mist, und meine Lieblingsserien hatte ich alle einmal von vorn nach hinten und wieder zurückgeschaut. Auf Lesen hatte ich auch keine Lust, allerdings besaß ich ein paar tolle Bücher, die ich aber alle auch schon mindestens fünf Mal durch hatte, denn reden wir mal Tacheles: Das meiste, was gerade auf den Markt kam, war absolute Scheiße! Was war nur aus großer dramatischer Literatur geworden? Wie zum Beispiel *Romeo und Julia*? Wo waren die Geschichten, über eine hoffnungslose Liebe, bei denen einem das Herz zerriss und man sich unsterblich in den Hauptprotagonisten verliebte? Die gab es nicht mehr! Die waren ausgestorben! Alles war nur eine billige Kopie der großen wahren Liebe, Hauptsache viel Sex–á la *Fifty Shades of Gay*, *Crossover* oder *Rotz oder Liebe*. Pfffffffffffff.

Nach einem ausgiebigen Bad und einem epischen Kampf mit meinen widerspenstigen dunklen Locken saß ich also auf meinem breiten Fensterbrett und starrte raus auf die schlafende Stadt. Wie so oft. Die Musik der Party, die vor meiner Tür stattfand, hörte ich schon lange nicht mehr. Denn hier fand jeden Tag eine andere Party statt. Natürlich nicht von mir, ich mochte Partys nicht sonderlich gern, weil ich den Tussis, die da rumliefen, gerne Kaugummis und sonstiges Zeug in ihre Pelze klebte, meine Mum das nicht gerade amüsierte und sie immer ausflippte. Tja, dann sollten die grenzdebilen Uschis halt keine Kadaver tragen! Aus Langeweile hatte ich schon viel schlimmere Sachen gemacht. Ich liebte es einfach, diese reichen Snobs zu verarschen. Keiner von ihnen durfte mir an den Karren fahren, was einerseits zwar langweilig, andererseits aber echt genial war. Außerdem konnte ich Menschen generell nicht sonderlich ausstehen, also zeigte ich es ihnen auch.

Meine Kopfhörer fester in meine Ohrmuscheln steckend und *Scars on a Broadway* lauschend, nahm ich meinen Block, schaute raus auf die in der Nacht funkelnde Stadt und versuchte, an meiner aktuellen Story weiterzuschreiben. Doch irgendwie kam ich nicht rein, war unkonzentriert und wusste noch nicht so recht, wo ich mit meinen Gedanken hinwollte. Ich hatte niemals so etwas wie einen Plot, ich schrieb immer absolut frei, denn wenn ich gute, authentische Charaktere hatte, erzählten sie mir von ganz allein ihre Geschichte. Ich musste sie nur machen lassen, aber heute war das unmöglich. Nichts floss durch meine Finger aufs Papier und wurde zu Bildern im Kopf. Das lag wahrscheinlich an den Unmengen von Energy Drinks, die ich bereits intus hatte. Ich war einfach süchtig nach dem Zeug. Kurzerhand öffnete ich noch eine Dose, deren Inhalt mir Flügel verleihen sollte, trank einen großen Schluck und rülpste dann ausgiebig. Schließlich war ich alleine hier, aber ich hätte es auch getan, wenn wir an unserer ach so edlen, ach so tollen Tafel mit diesen ganzen schleimigen Spießern gesessen hätten.

Ich hasste sie!

So sehr!

Alle!

Allen voran meine Mutter, die mich einfach in diesen verschissenen goldenen Käfig sperrte. Aus Angst vor Onkel Luca. Der böse, böse Mafiapate Onkel Luca, der mich unbedingt wollte, um meiner armen Mama das Leben schwerzumachen. Ich wäre ja sogar freiwillig zu ihm gegangen, obwohl ich ihn nicht kannte, denn alles war mir lieber als das. Aber ich hatte keine Chance. Ich alleine hatte zwei Bodyguards, dieses Penthouse von 300 Quadratmetern über den Dächern der Stadt nochmal fünf, die nichts Besseres zu tun hatten, als jeden meiner Schritte zu kontrollieren. Es war ein Hochsicherheitsgefängnis und ich Hannibal Lector – nur ohne dämliche Maske, ohne diese Menschenesserei und nicht ganz so schlau wie er.

Ich war aber auch nicht dumm. Ich war irgendwas mittendrin.

Im Grunde war ich eigentlich nichts weiter als eine … na ja … stinkreiche junge Frau von 23 Jahren. Gut, ich hatte immer nur Hausunterricht gehabt und nie eine Schule besucht. Stattdessen war ich schon überall auf dieser Welt gewesen, fühlte mich aber nirgendwo daheim. Ich hatte keine Freunde, weil wir dafür einfach zu viel umherstreiften und auf mich zu sehr geachtet wurde. Nicht, dass ich nicht versuchte, bei jeder Gelegenheit abzuhauen, nur leider waren meine zwei Bodyguards – Dumm und Dümmer, so nannte ich sie – genauso erfinderisch wie ich, wenn es darum ging, auf mich aufzupassen.

Irgendwann brummte mein Magen und ich beschloss, mir noch eine Milchschnitte zu meinem Red Bull zu gönnen. Also nahm ich die Kopfhörer ab, zog einen meiner Daheim-Schlabber-Pullover in ausgewaschenem Schwarz über mein Spaghettitop und schnürte meine Jogginghose zu. Die hatte süße Totenköpfe auf den Beinen und auch zwei auf meinem Hintern – sie bissen mir dort in den Arsch. Ich hatte sie einfach genial gefunden und sofort gekauft. Schnell raffte ich noch meine wilden Haare in einem Pferdeschwanz zusammen, während ich schon zur Tür ging.

Als ich diese öffnete, war ich auf die Menschenmasse, den Rauch und die laute dröhnende Musik schon vorbereitet. Genauso auf die Drogen, die überall herumlagen, und die knutschenden Pärchen in den Ecken. Ich grüßte keinen, dennoch machten mir alle Platz. Alle wussten, wer ich war.

Das Penthouse war riesig. Im Wohnraum, der allein sicher 80 Quadratmeter hatte, dröhnte die Musik aus den Boxen; die teuer angezogenen Menschen standen mit Champagner und Canapés herum und unterhielten sich. Viele davon waren Italiener, alle aus illegalen Kreisen. Hier gaben sich Drogendealer, Waffenhändler, Zuhälter, Börsenmakler,

Geschäftsführer, Banker und so ziemlich alle anderen, die Dreck am Stecken hatte, die Ehre, und ich war mittendrin. Wie so oft.

Seufzend trank ich einen Schluck Champagner, dem ich einen der vorbeieilenden Kellner stibitzte, und ignorierte die Blicke der sabbernden Kerle. Der Alkohol floss in Strömen, genauso wie die anderen Drogen. Ohne die aufgetakelten Menschen um mich herum weiter zu beachten, ging ich zum Kühlschrank, öffnete ihn und beugte mich vor, um darin herumzuwühlen. Wo war die verdammte Milchschnitte nur zwischen diesem ganzen stinkenden Pep?

Irgendwann hatte ich das Gesuchte gefunden und entschloss mich, ein wenig den Kampf zu beobachten, wegen dem sich alle hier eingefunden hatten. Der »Ring« war kein eigentlicher Ring, es war die Dachterrasse, auf der im Kreis Stühle aufgestellt worden waren. Unter freiem Himmel würde hier der heutige Kampf stattfinden, nur erleuchtet von Fackeln. Es gab immer nur zwei Kontrahenten, eine einzige Runde und nur eine Art, den Ring zu verlassen – durch K.O. Es waren keine Waffen im üblichen Sinn erlaubt, aber man durfte kreativ werden. So war es schon mal vorgekommen, dass sich einer der Kämpfer einfach einen Stuhl gepackt und damit auf den anderen eingedroschen hatte. Je abgedrehter desto besser.

Und dann betrat *er* den Ring – einfach so.

Nein!, wollte ich schreien! Stattdessen stockte der Atem in meiner Kehle und die Milchschnitte fiel mir aus der Hand. Denn mir gegenüber stand er. Der Kerl, der mir seit dem Ereignis vor sicherlich zwei Jahren nicht mehr aus dem Kopf gegangen war. Derjenige, der mich bis in meine Träume verfolgte. Dessen Stimme, dessen Blick, dessen Körper ich einfach nicht vergessen konnte. Er war noch heißer als damals und trug nichts weiter als eine schwarze Hose und ein gleichfarbiges Muskelhemd, sodass die Tätowierung an seinem rechten Oberarm förmlich herausstach. Neben ihm stand ein anderer kleinerer Kerl, auch ganz in Schwarz gekleidet, pummelig, mit braunen Locken und Schnauzbart – total witzig aussehend –, und redete wild auf ihn ein.

Verdammt! Er war ein Bulle! Verdammt! Was machte ein Bulle hier!

Da er gerade dabei war, sich die Hände zu bandagieren, sah er mich nicht, als ich um den Ring schlich, um mich in eine bessere Position zu bringen. Von hier aus konnte ich alles beobachten, ohne von ihm entdeckt zu werden. Am anderen Ende stand ein Bodybuilder von Typ; er trug ein Tuch um den Mund, wie es normalerweise die Art der Biker war; nichts weiter als eine schwarze Lederhose und viel Öl, damit seine Muskeln glänzten.

Robert Wrangler dagegen – ja, ich hatte diesen Namen auf seinem Ausweis gelesen und seitdem nie wieder vergessen – sah im Vergleich zu seinem Kontrahenten aus wie ein Spargeltarzan, obwohl er auch nicht wenig Muskeln besaß. Aber er wirkte keineswegs so gedrungen und massig wie der andere. Er achtete gar nicht auf den Kerl, der eine richtige King-Kong-Show abzog und die Menge anheizte, die fleißig mit ihren Scheinen wedelte. Ein Typ im rosa Anzug und

Mikro in der Hand sammelte sie ein und stellte die Kandidaten vor.

»Hier ist die neueste Entdeckung auf dem Markt! Er sieht nicht nur wie der Traum aller feuchten Höschen aus, nein, er kann auch noch Nasen genauso wie Herzen brechen! Hier ist er! Der einzig wahre *Sexy Bastard*! Bis jetzt hat er drei Mal gekämpft und jedes Mal war er unbesiegt! Er hat nicht einmal einen Kratzer abbekommen! Aber unser *Goliat* hier wird ihm das Leben sicher zur Hölle machen, denn hier gibt es keine Steine und auch keine Steinschleuder. *Goliat* ist seit drei Jahren dabei, er weiß, wie man seine Gegner wie eine Fliege zermalmt ... Ladys and Gentlemen! Haltet eure Schlüpfer fest! Das wird der Kampf des Jahres! READYYY TO RAMBOOOOOOOO!« Mit diesem Schrei verbeugte er sich, holte eine Knarre aus dem Gürtel seines Anzugs und schoss dreimal in die Luft. Alle zuckten zusammen, machten *Ah* und *Oh* und setzten sich gespannt auf ihre Plätze. Ich stellte mich in die zweite Reihe, als Mario mir winkte. Mir war übel – richtig, richtig übel.

Robert Wrangler war nicht mehr der, den ich damals kennengelernt hatte – wenn auch nur kurz, so hatte ich ihn sofort durchschaut. Er war nicht mehr der höfliche, schüchterne, hilfsbereite Junge, sondern ein auf den Gegner völlig fokussierter *Mann*. Sein gesamtes Auftreten änderte sich, als er sich umdrehte und seinen Kontrahenten ins Visier nahm. Jetzt verstand ich auch, wieso er nur das Muskelhemd und die leichte dunkle Hose anhatte. Er musste wendig und geschmeidig sein. Seine Augen verdunkelten sich, er senkte etwas den Kopf und hob mit einem schiefen, provozierenden und wirklich höschennässenden Grinsen die Fäuste. Seine eingeölten Muskeln an den Oberarmen zuckten. Alle Weiber in meiner Nähe stöhnten auf und fächerten sich theatralisch Luft zu.

»Ich werde ihn fragen, ob er mal im Bett mit mir kämpfen will!«, wisperte eine Rothaarige vor mir ihrer Freundin zu. Die winkte ab.

»Aber erst nach mir, Süße! Ich bin nur hier, weil ich ihn sehen will! Wenn er erst mal anfängt zu schwitzen, wird's richtig heiß!«

»Ha! Das letzte Mal kam es nicht mal so weit, da war sein Gegner schon K.O., bevor es richtig angefangen hatte! Aber ich habe gehört, wie Marley ihm gesagt hat, dass es diesmal ein bisschen länger dauern muss.«

»Ob er im Bett auch so schnell fertig ist wie im Ring?« Sie kicherten. Ich biss die Zähne aufeinander bis sie knirschten, um mich nicht einzumischen und ihnen zu sagen, dass es sie einen Scheißdreck anging, wie er im Bett war. Schließlich musste ich meine Fassade wahren.

Doch ich wurde sowieso abgelenkt, als sich dieser *Goliat* im nächsten Moment mit einem wahren Kriegsschrei auf den Jüngeren stürzte. Der konnte seiner Faust ausweichen und gab seinem Gegner einen Tritt in die Nierengegend mit, bevor sich dieser überhaupt umdrehen konnte. Der stöhnte auf, Robert grinste und tänzelte leichtfüßig von ihm weg. An uns vorbei. Genau konnte ich die Anspannung in seinen Muskeln sehen, die Aufmerksamkeit seines Blickes. Er bewegte sich mit der

Geschmeidigkeit eines schwarzen Panters und der Schnelligkeit einer Cobra, reizte seinen Gegner, provozierte ihn bis aufs Blut, bot dem Publikum eine richtige Show, während das Feuer der Fackeln auf seiner makellosen Haut spielte. Doch so schnell er auch war, ein Schlag von diesem Koloss würde ernsthafte Schäden verursachen – so viel war klar! Ich konnte es kaum mit ansehen, als der Riese wieder auf ihn losging. *Goliat* kassierte einen Fausthieb mitten ins Gesicht, dann wurde ihm der Arm auf dem Rücken verdreht und er mit dem Knie in den Kniekehlen zu Fall gebracht. Robert landete auf ihm, und es schien ihn eher zu langweilen, den Koloss so schnell unter Kontrolle zu haben.

Die Menge johlte und jubelte. Diese sexy Kampfmaschine hob schief grinsend den Blick und mit einem Mal strandeten seine Augen direkt auf mir. Ich zuckte zusammen; es war wie ein Peitschenhieb, der durch meinen Körper ging, als er mich ansah. Seine Augen wurden größer, sein Mund klappte auf, während ich den Atem anhielt, doch plötzlich schwang sich *Goliat* herum, entriss ihm seinen Arm und rammte Robert die Faust ins Gesicht. Ich musste einen Schrei unterdrücken, indem ich die Hände vor dem Mund presste. Robert rollte sich gerade noch so weg, um dem nächsten Fausthieb auszuweichen, und sprang auf die Beine. Jetzt sah er nicht mehr gelangweilt aus, eher stinkwütend, als er sich mit dem Handrücken etwas Blut aus dem Mundwinkel wischte und die Augen verengte.

Ab diesem Moment hatte *Goliat* keine Chance mehr. Sobald er stand, traf ihn ein Aufwärtshaken am Kinn und ein

Tritt mit dem Knie in den Bauch. Er taumelte. Sein Kontrahent ging einen Schritt zurück, machte einen Roundhousekick, sodass sein Fuß genau in dem Gesicht seines Gegners landete und dieses in Matsch verwandelte. Sabber flog, die Augen verdrehten sich nach oben, die Knie von Mister Lederhose knickten ein und er fiel der Länge nach zu Boden – ohne sich weiter zu rühren.

Keiner johlte, alle hielten den Atem an. Der Ringrichter zählte bis zehn, dann war der Kampf vorbei. Robert Wranglers Hand, der angewidert Blut ausspuckte, wurde gehoben und alle jubelten los. Endlose Summen an Geld wurden ausbezahlt und Mario gottseidank von ein paar Männern in ein Gespräch verwickelt. Ich nutzte diese Gelegenheit, um mich davonzuschleichen. Besser er sah mich nicht. Nie wieder …

8.

Scheiß Schicksal.

Ich flüchtete ins erstbeste Badezimmer, das ich erreichte, stützte meine Hände auf den Waschbeckenrand und atmete … Einfach nur atmen.

Der Knaller machte mich jedes Mal aufs Neue atemlos. Ob vor Schiss oder wegen meines Dauerruns hier in dieses Bad.

Was sollte ich tun? Zu ihm gehen? Mich ihm stellen?

Oder ließ ich ihn einfach so aus meinem Leben verschwinden? Irgendwie hatte es ja doch was von Schicksal, dass er heute Abend hier aufgetaucht war. Wollte mir das Universum vielleicht irgendetwas mitteilen?

Meine Fragen wurden von genau jenem in genau diesem Moment beantwortet, denn vor der Badtür erklang seine samtweiche aber eindeutig genervte Stimme: »CARLOS! Schluss jetzt! Es geht mir gut!« In dem Augenblick, als die Tür aufgezogen wurde, hechtete ich auch schon hinter die kleine Mauer, welche die riesige Regenwalddusche vom Rest des Luxusbades trennte, und presste meine Rücken dagegen.

»Du führst dich auf, als wären wir verheiratet. Lass mich wenigstens in Ruhe pissen!«, forderte Robert Wrangler und knallte jene Tür zu, die somit ihn sowie mich vom Rest der Partygesellschaft abschnitt und uns beide in einen Raum sperrte.

So ein Mist aber auch!

Ich hielt den Atem an, als ich seine leisen Schritte hörte. Wasser lief. Er gurgelte, spuckte etwas aus – wahrscheinlich Blutreste vom Kampf. Bisher hatte er mich nicht bemerkt, was mich wirklich erleichterte, bis ich ein Jucken in meiner Nase spürte. *Das darf doch nicht wahr sein!* Ich musste niesen!

Hau ab!, dachte ich und hielt mir die Nase zu, aber trotz meiner schreienden Gedanken verschwand Robert nicht. Stattdessen hörte ich, wie er den Klodeckel hochklappte, kurz darauf seufzte und sich erleichterte.

Und ich musste immer noch niesen, obwohl ich mir nach wie vor die Nase zuhielt. Das war ja wie beim Schminken. Da musste ich auch grundsätzlich niesen, nachdem ich mir in Feinarbeit die Wimpern getuscht hatte, um danach wie ein Waschbär auf Drogen auszusehen.

Mann, der musste ganz schön viel getrunken haben, denn er pinkelte echt ewig. Währenddessen versuchte ich, besonders flach zu atmen, ihn bloß nicht irgendwie auf mich aufmerksam zu machen und vor allem nicht daran zu denken, dass seine Hose offen war! Und dass er echt gut bestückt war, wie ich damals schon gespürt hatte. *Oh heiliger Gott im heiligen Himmel! Ich möchte sündigen! Echt jetzt!* Stattdessen schloss ich fest die Augen, ließ die Hände sinken und presste sie auf die glatten Mosaiksteine der kunstvoll gefertigten Wand.

Was war das hier nur für eine verrückte Scheiße?

Das Schicksal war eindeutig Komiker!

Ich nieste – laut und deutlich!

Ich Deppin hatte meine Nase nicht weiter zugehalten und er hörte auf zu pinkeln.

»Hallo?«, erklang seine wunderbar männliche, tiefe Stimme und ich wusste, ich war geliefert. Bevor ich realisiert hatte, in was für einer Kacke ich jetzt steckte, bog er schon um die Ecke, erblickte mich und blieb wie angewurzelt stehen.

***

Von dem süßen, trotteligen Kerl von damals war tatsächlich nichts mehr übrig. Ehe ich mich versah, wurde ich von ihm an die Wand gedrückt. Fest.

Und sein harter männlicher Körper folgte. GOTT!

»Was tust du hier?«

»Oh, hi, auch schön, dich wieder zu sehen. Kannst du bitte mal deinen Ständer von meinem Arsch nehmen!« Er knurrte, packte mich an der Schulter und wirbelte mich herum – mit dem Gesicht zu sich. »AUTSCH!«, beschwerte ich mich, als er mich mit dem Rücken gegen die Wand drückte, einen Ellbogen neben meinem Gesicht, seine Augen so nah, so streng, so … Gänsehaut rieselte meinen Rücken herab.

»Ich werde nicht noch einmal fragen. Was tust du hier?«

»Ist das hier ein Verhör?«

»Ja!«

»Weswegen?«

»Diebstahl, Beamtenbeleidung und tätlichen Angriff auf einen Beamten!«

»Ha! Klar! Du kannst mich hier gegen meinen Willen festhalten, aber ich soll mich nicht wehren dürfen? Außerdem ist die Scheiße sicher schon längst verjährt, und jetzt lass mich endlich los!« Ich entriss ihm fest meinen Arm und wusste, er hätte ihn halten können, tat es aber nicht. Weil dieser Mann hier vor mir Anstand besaß – das wusste ich schon seit der ersten Begegnung.

Im nächsten Moment hörte ich Handschellen klappern, meine Hände wurden nach vorne gezerrt, kaltes Eisen schmiegte sich um sie und klackte zu. Soviel zum Thema Anstand. Es ging alles so schnell, dass ich gar nicht reagieren konnte. Wie hatte er das gemacht? Mit riesigen Augen starrte ich in dieses triumphierende, heiße, breit grinsende Gesicht, wurde an meinen verbundenen Armen genommen und hinter ihm hergezogen.

»Noch einmal entkommst du mir nicht!«, verkündete er bitter und ging auf die Badtür zu. Man beachtete uns gar nicht, als wir hinaustraten – erneut in die feiernde Masse. Sofort war sein kleiner dicker Freund wieder an unserer Seite. »Spinnst du… was…«

»Klappe!«, meinte der sexy Kerl vor mir und zog mich einfach weiter. Auf den Ausgang zu – wo waren die beknackten Bodyguards, wenn man sie brauchte? –, direkt Richtung Aufzug, der aus diesem Penthouse führte.

»Du kannst mich nicht einfach entführen!« Mit diesen Worten ließ ich mich auf den Boden plumpsen. Ein paar Leute im Umkreis lachten und dachten wohl, wir hätten einen Fetisch. Robert Wrangler sah mich kurz ausdruckslos an, dann beugte er sich vor, hob mich hoch und schmiss mich einfach über seine Schulter.

Der Aufzug kam und wir betraten ihn. Antoine, der mit einer drallen Blondine in einer Ecke flirtete, war endlich mal auf mich aufmerksam geworden und hatte die Augen aufgerissen, als er gemerkt hatte, dass das holde Töchterchen gerade davongeschleppt wurde. Mum würde ihn sowieso schon killen, weil der Kerl mit mir so weit gekommen war. Doch bevor meine Guards, die mich so gar nicht guardeten, da waren, glitten die Aufzugtüren schon zu.

Der hatte mich hier einfach so mir nichts dir nichts rausgeschleppt!

9.

Da er direkt neben den Aufzügen parkte, waren es nur zehn Schritte bis zu seinem Auto, doch uns warf sich tatsächlich der Wachmann von unten entgegen. Er zitterte ein wenig, war neu in seinem Job, und ich seufzte, als er mit dünner Stimme forderte: »Sofort stehen …« Robert Wrangler lief weiter und zog ihm mit einem Kick die Beine unter den Füßen weg – einfach so im Vorbeigehen! Total lässig! Dann trat er in aller Ruhe an sein Auto, sperrte es auf, öffnete die hintere Tür, ließ mich unliebsam auf den Rücksitz plumpsen und stieg ein. Sein Dickerchen warf sich auf den Beifahrersitz, in dem Moment, als der Motor bereits gestartet wurde.

Erst jetzt kam die Bodyguardhorde die Treppen runtergestürmt … Und zwar alle – mit panischen Gesichtern und eingeschissenen Hosen. Da setzten wir auch schon zurück, sodass sie zur Seite springen mussten, um nicht überfahren zu werden, und wir starteten los.

Die Kerle, die besonders an ihrem Arsch hingen, rannten uns noch hinterher, andere sahen uns an wie ein Alienschiff, das die Welt angreift – sie konnten es nicht glauben. Es war ein wirklich lustiges Bild. Ich musste grinsen, als ich mich aufgerappelt hatte und dabei zusah, wie sie sich schnell entfernten, bevor wir um die Kurve bogen und die Auffahrt aus der Tiefgarage entlangschossen.

Erst jetzt fiel es mir auf.

Es war das geschehen, was ich mir immer gewünscht hatte. Ich war frei! Einfach so!

***

»Rob, du kannst doch nicht einfach so dieses Mädchen mitnehmen! Hast du sie noch alle?«, sprach der kleine Dicke immer noch völlig cholerisch auf den tiefenentspannten Robert Wrangler ein, der den Wagen fuhr. Immer noch grinsend ließ mich auf der Rückbank tiefer in die Sitze sinken. Die nächtliche Stadt zog an mir vorbei. Ich konnte hingehen, wohin ich wollte, ganz ohne Aufpasser, ganz ohne Auflagen. Wann hatte ich das das letzte Mal gehabt? Nie!

»Du siehst doch, dass ich das kann, denn ich habe es soeben getan.«

»Bist du völlig durchgedreht, Rob? Was hast du jetzt mit ihr vor?«

»Ich werde sie verhören!«

»Ähm, wieso?«

»Sie hat mich ausgeraubt.« Der Dicke sah mich an, als würde er ein Rätsel lösen wollen. Ich hingegen grinste nach wie vor und winkte fröhlich.

»*Sie* hat dich ausgeraubt?« Robert Wranglers schöne Hände schlossen sich fester um das Lenkrad. Uhhhh, hatte ich da etwa seine Ehre verletzt? Das tat mir jetzt aber leid!

»Ja!«

»Ähm, das hast du mir gar nicht erzählt. Wann soll das denn gewesen sein und wie … sie … sie sieht doch so nett aus!« Oh, ich mochte den kleinen Dicken – er war der gute Cop – und blinzelte ihm übertrieben süß zu.

»Hör auf, ihn anzumachen!«, wurde ich sofort von Rob angefahren, und seine einzigartigen Augen brachten mich durch den Rückspiegel hindurch mindestens einmal um. Wenn nicht zweimal.

»Soll ich das lieber bei dir tun, Robbie-Boy?«

»Nenn mich nicht so!«, knurrte Robbie-Boy in dem Moment, als der Dicke heftig die Luft einsog und die Patschehändchen an die Patschebäckchen legte.

»Sie weiß deinen wahren Namen, Rob!?«

»Weil du ihn in den letzten zehn Minuten ungefähr hundert Mal gesagt hast, du Idiot!«, spie Robbie-Boy seinem Beifahrer entgegen.

»Lass ihn in Ruhe! Er kann nichts dafür, du hast mir schließlich damals deine süße kleine Dienstmarke gezeigt, als du guter Cop, böser Cop mit mir spielen wolltest!«

»Und seitdem weißt du meinen Namen?«, fragte er sofort und die Stimmung kippte. Sein Blick war mit einem Mal gar nicht mehr kühl und Todesstrafen versprechend, sondern lodernd und erstaunt.

Oh no!

Ich wurde knallrot und starrte schnell aus dem Fenster, während ich mir auf die Lippe biss. Das hatte ich mir nie abgewöhnen können, dieses elende Rumgebeiße, wenn ich nervös wurde.

»Ja, Robert Wrangler«, meinte ich leise und nahm ab dem Moment nicht mehr den Blick von der vorbeiziehenden Stadt. Schweigend.

***

Das Polizeirevier mitten in der Stadt, in das ich geführt wurde, schien wie ausgestorben. Es war ja auch mittlerweile halb zwei in der Nacht. Ein paar billige Nutten saßen rum; ein paar verzweifelte Bilderbuch-Eltern, die ihre Kinder abholten, weil diese Scheiße gebaut hatten, sowie ein pickliger Teenager. Dann gab es noch einen gelangweilt wirkenden, dicken Pförtner, der Robert Wrangler sofort öffnete, sobald dieser ihm zunickte. Ich wurde hineingeführt wie ein Schwerverbrecher, mit Handschellen, in Schlabberpullover, Sporthose mit zwei rosa Totenköpfen auf dem Hintern und ohne Schuhe. Mindestens die hätte er noch mitnehmen können! Also ehrlich!

Immer wieder warf ich einen verstohlenen Blick auf den Mann, der links von mir ging. Ein dunkler Bartschatten zeigte sich auf seinem kantigen Kiefer; er strahlte pure Selbstsicherheit und Sexyness aus. Er war nicht mehr der Junge, den ich damals so einfach übertölpelt hatte, und er machte mich unsagbar an. Allein bei dem Gedanken, wie lässig er mich aus meinem Verlies entführt hatte, wurde ich schwach. Aber während der Fahrt seinen Duft zu riechen und seiner leisen, melodischen Stimme zu lauschen, mit der er mit dem Dicken diskutiert hatte, als wären sie ein altes Ehepaar, war pure Folter gewesen. Wenn er mich jetzt auch noch verhören würde, so richtig in einem dafür vorgesehenen Zimmer inklusive einer Scheibe, wüsste ich nicht, ob ich an mich halten konnte.

Er war die zu Fleisch gewordene Frauen-Sexfantasie, und er wusste es. Groß, stark, in Uniform, hübsch, mit Waffe. *Gott* ... Dennoch nahm er keines der weiblichen Wesen wahr, das sich ihm in den Weg schmiss. Egal ob Prostituierte oder Kollegin. Er nickte höflich, aber ging zügig weiter. Keine würdigte er auch nur eines Blickes, während sie ihm alle nach sabberten – und das machte mich noch viel mehr an. Denn mich sah er sehr wohl an, und zwar ganz und gar so, dass ich jedes Mal fast dahinschmolz und als jämmerliche Pfütze endete.

Er führte mich tatsächlich in ein Verhörzimmer. Ein Tisch, zwei Stühle, ein großer Spiegel. Ich musste schon wieder lachen, denn ich konnte gar nicht anders, auch wenn ich wusste, dass ich ihn damit wieder wütend machte, aber es war einfach zu klischeehaft. Selbst, wie er seinem Kollegen die Tür vor der Nase schloss und mich dann in einen der Stühle drückte. Völlig kommentarlos, ohne mich anzusehen – ich schwöre, ich zerging ein wenig. Ich liebte es, wenn Männer noch richtige Männer waren, und Robert Wrangler war der absolute Übermann.

Wie es wohl wäre, wenn ich aufsässig werden und er mich direkt an dieser Scheibe zum Kooperieren bringen würde, während wir dabei beobachtet werden könnten? Oh Gott!

Auf meine Lippe beißend rutschte ich ein wenig auf dem

Stuhl herum. Mann, so intensiv hatte ich noch nie Kopfkino gehabt und empfunden. Diese Schmetterlinge, dieses Kribbeln, diese Faszination, diese irren triebgesteuerten Gedanken, diese Fantasien. Ja klar, ich hatte mal hier und da einen Freund gehabt, aber immer nur kurz und ohne wirkliche Gefühle. Zumindest keine, wie sie in Büchern beschrieben werden. Einerseits war mir kotzübel, weil ich nicht wusste, was er mit mir tun würde, andererseits war es so aufregend, dass ich mir wünschte, es würde ewig andauern. Was auch immer er alleine mit seinem bloßen Anblick mit mir anstellte. Es ging direkt unter meine Haut und es sollte nie enden.

Ich konnte nicht aufhören ihn anzustarren.

Seine Gesichtszüge waren wie aus Stein gemeißelt, absolut symmetrisch und markant. Sie waren derart schön, dass sie schon fast überirdisch wirkten.

Es war die Art, die sofort den Blick jeder Frau fesselt und sie denken lässt: *Mein Gott, wenn dieser Sexgott mich auch nur eines Blickes würdigen würde, wäre ich selig!* Doch gleichzeitig weiß die Frau, dass sie bei so einem Kerl nie eine Chance haben wird, weil sie bei so viel Perfektion umgehend Komplexe bekommt.

Der kantige, männliche Kiefer und das Kinn waren nicht mehr ganz glattrasiert und verliehen ihm einen Bad Boy-Touch. Die vollen Lippen luden hingegen zum Küssen ein und sahen so aus, als könnten sie verdammt gut verwöhnen und heiße Dinge wispern. Seine Augen waren ungeheuer einnehmend und von einer außergewöhnlichen grünbraunen Färbung. Aber das war nicht alles, er besaß natürlich nicht nur ein Gesicht, das mir jahrelang schlaflose Nächte beschert hatte. Nein. Er war groß, so groß, dass er die meisten Menschen überragte. Ich reichte ihm auf jeden Fall gerade mal bis zur Brust. Und an dieser fühlte man sich automatisch geborgen, wie ich schon damals gemerkt hatte. Seine Schultern waren breit, leicht trainiert, genauso wie sein gesamter Oberkörper – aber nicht zu sehr. Nur ein wenig, eben definiert wie bei einem Sportler, aber nicht aufgepumpt wie bei einem Bodybuilder.

Schon vor zwei Jahren hatte ich gewusst: Später, wenn er seine jugendlichen, unschuldigen und offenen Züge verlor, würde Robert Wrangler der absolute Herzensbrecher werden! Einer, dem jede Frau nachsah; einer, den jede Frau wollte und alles dafür tun würde, um ihn zu bekommen. Einer, bei dem die Gehirne der Frauen reihenweise ausschalteten und auf Fortpflanzungs-Bitch-Modus wechselten. Aber das war es nicht, was mich so an ihm faszinierte, dass ich ihn nie hatte vergessen können. Damals hatte er schlichtweg keine Ahnung von seiner Attraktivität und seiner Wirkung auf das andere Geschlecht gehabt. Ganz im Gegenteil, er war schüchtern und so verdammt *süß* gewesen. Seine faszinierenden Augen wirkten etwas unsicher, aber dennoch freundlich und vor allem leidenschaftlich. Ein Feuer glühte in ihnen und verlangte danach, entfacht zu werden, um zu einem Großbrand zu mutieren, während er seinen Blick über meinen Körper schweifen ließ, als ich den Pullover hochgezogen hatte, um ihn abzulenken. Ich wusste nicht, was jenen Raum füllte, den er vor zwei Jahren betreten hatte. Schon beim ersten

Augenkontakt war es da gewesen, dieses Prickeln, diese enorme Anziehungskraft. Etwas, das ich bis jetzt noch nie bei einem Mann empfunden hatte und erst recht nicht bei so einem jungen!

Aber er hatte auch etwas Ernsthaftes an sich gehabt. Etwas, das ihn älter hatte erscheinen lassen, als er gewesen war. Seine Augen erzählten mir von mehr Weisheit, als er in seinem Alter eigentlich besitzen sollte, von mehr Erfahrung. Schon damals hatte er etwas Düsteres an sich gehabt, etwas Dunkles, Gefährliches und etwas Dominantes, aber es war noch nicht sehr ausgeprägt und er somit das perfekte Opfer gewesen. Aber jetzt war er der perfekte Jäger. Jetzt war er voll ausgereift, gefestigt und sich sehr wohl bewusst darüber, wie er seine Ausstrahlung und sein Aussehen einsetzen musste. Wie er Menschen manipulieren konnte und wie er seinen Willen durchsetzte – egal, was er wollte.

Ich hatte es genau gemerkt, als er vorhin plötzlich die Kontrolle übernommen hatte. Da hatte ich sie das erste Mal gespürt, diese immense Kraft in ihm, diesen Willen, diese Überlegenheit, die mir einerseits den Atem verschlug, mich andererseits aber auch befreit Luft holen ließ, als hätte ich mein gesamtes Leben zuvor unter Wasser verbracht. In seiner Gegenwart fühlte ich mich so klein, aber dennoch beschützt – das ließ mich frei atmen. Und da war noch etwas, das mich faszinierte. Wahrscheinlich das Allerwichtigste: Trotz unseres ersten Treffens sah er mich an wie eine begehrenswerte, aber respektable Frau.

Ich ahnte schon jetzt, dass dies hier gefährlich tief gehen würde, da Robert Wrangler ab dem ersten Blick einen sonst gut verborgenen Teil in mir berührte.

Meinen weichen Teil, den ich sonst niemandem jemals offenbarte.

Und ich WOLLTE absolut nichts dagegen tun.

Ich wollte mich fallen lassen – direkt hinein in seine Arme, in dieses Abenteuer.

***

Wie einstudiert schlenderte er erst mal zur Kaffeemaschine, die an der Seite auf einem Tischchen stand – eine Tassimo, in jedem Verhörzimmer auf unsere Steuergelder, juhu –, und machte sich einen Kaffee mit *Hafermilch*, weshalb ich schon wieder ein Lachen als Husten tarnen musste. Allerdings verging es mir, als er aus seinem hinteren Hosenbund eine schwarze, handliche Pistole holte, sie neben die Kaffeemaschine legte, einen Stuhl heranzog, sich dann verkehrt herum draufsetzte und die Arme auf der Lehne verschränkte. Er saß schon wieder da wie ein Wild West Cowboy – und es war das Heißeste, was ich jemals gesehen hatte.

»Was hast du in diesem abgefuckten Penthouse gemacht?«, war die erste Frage, die er an mich richtete und mit der er mir fast den Stuhl unterm Hintern wegzog. Was interessierte ihn *das*? Ich dachte, es würde um meine alte Verfehlung gehen? Wieso sprach er nicht davon? Sein Blick war so eindringlich, so arrogant und so fordernd, dass meine Kehle trocken wurde.

Sonst war ich so taff, jetzt brachte ich kaum ein Wort heraus. Was machte er nur aus mir? Eine Hohlbirne! Und ich war keine Hohlbirne! Das musste aufhören!

Gut, jetzt war ich eben hier, aber ich machte immer das Beste aus einer Situation, also würde ich mir auch zu Nutze machen, dass er mich aus diesem Penthouse und von meiner Familie weggeholt hatte. Jetzt hieß es außerdem, draußen zu bleiben, und er schien mir wie der perfekte Kandidat, um das zu bewerkstelligen. An einen Polizisten würde sich Mum nicht so einfach rantrauen, um mich zurückzuholen, und wenn, dann konnte er mich verteidigen. Das hatte er bereits bewiesen. Also ließ ich meinen Blick nach unten fallen und gab klein bei – scheinbar.

»Ich wohne da.« Ihn würde meine Geschichte sicherlich erweichen. Dafür musste ich mir nicht einmal was ausdenken, nur vielleicht ein paar Kleinigkeiten modifizieren.

»Du wohnst in dem Apartment, in dem einmal die Woche illegale Kämpfe stattfinden?«

»Ja, Sir«, meinte ich lammfromm und dachte, ihn leise zischen zu hören. Fast hätte ich gelächelt, aber ich unterdrückte es und sah ihn auch weiterhin nicht an. Allerdings raschelte etwas, als würde jemand unruhig auf seinem Stuhl herumrutschen.

Ha, wird es da etwa wieder eng in der Hose, Mister von und zu Wrangler? Denkst du an meine Strapse? An meine Beine? Mein Höschen? Oder an meine Lippen so nah an deinen? So wie ich jede verdammte Nacht?

»Dein Name ist Gianna Devito!« Sanft füllte seine melodische Stimme den Raum und liebkoste meinen Namen geradezu.

»Ich bevorzuge Gia, und du hast dir meinen Namen auch zwei Jahre lang gemerkt, Sir.« Jetzt musste ich einfach schmunzeln, und als ich nicht mehr widerstehen konnte und das Kinn hob, sah ich auch seinen Mundwinkel zucken – ganz, ganz kurz. Dann trat wieder dieser strenge Ausdruck in sein Gesicht und grub dieses angestrengte V zwischen seine markanten Augenbrauen.

»Ich vergesse nichts«, betonte er. Dabei schwang so viel mehr in diesen Worten mit, als sie selbst aussagten. Wieder verschlug es mir den Atem. Seine Nähe, seine Stimme, sein Blick – das alles berauschte mich irgendwie und es schoss einfach so aus mir raus.

»Darf ich dir was erzählen?«

»Deswegen bist du hier.«

»Ich … ich habe öfter geklaut, genau genommen so oft, dass ich mich nicht mehr daran erinnern kann wie oft.« Vorsichtig sah ich ihn an.

»Und weiter?«, hakte er ungerührt nach, als ich nicht fortfuhr, sondern ihn nur anstarrte.

»Ich bereue nichts. Weißt du, diese Leute, die ich beklaut habe, die hatten alle mehr Kohle, als sie ausgeben konnten, na gut, zumindest die meisten.«

»Woher willst du das wissen?«

»Die meisten Leute, die ich beklaue, kenne ich – mehr oder weniger. Aber in dem Fall, als ich an deine Jacke ging, wollte ich gar nichts stehlen.«

»Sondern?«

»Ich wollte sie mit Edding bemalen, weil sie aus Leder ist!«, gab ich trotzig zu, was auch der Wahrheit entsprach! Verdammt! Das nahm ihm den Wind aus den Segeln und er riss ein wenig die Augen auf. Sein Ausdruck wurde viel weicher als zu Anfang des Gesprächs. Irgendwie süß. Er war echt verdammt süß und so hübsch!

»Das ist natürlich Kunstleder!«, empörte er sich auch noch. Aber mit einer Zärtlichkeit im Blick, als würde er sagen: »Ich liebe dich«, und ich wollte meine Hand gegen die Stirn schlagen – manchmal war ich echt dämlich. Dann räusperte er sich aber und wurde wieder ganz ernst – inklusive John Wayne-Stimme: »Wieso lag dann das Geld auf dem Boden?«

»Ich hatte die dumme Jacke nicht vom Haken bekommen, und weil ich ein Trottel bin, hab ich dabei aus Versehen den kompletten Tascheninhalt ausgeschüttet. In dem Moment kamst du rein!«

»Wenn du die Straftat gar nicht begangen hast, wieso hast du mir dann in die Eier getreten und bist vom Tatort geflohen?«

»Weil du dich wie ein Arschloch aufgeführt hast!«, schoss es sofort aus mir heraus und ich funkelte ihn wild an. »Du hattest es verdient!« In seinen Augen tanzte mittlerweile der Schalk.

»Okay, gut, nehmen wir an, du wolltest mich nicht berauben, und nehmen wir an, ich bin gut drauf und ich vergebe dir den Tritt und auch die Beamtenbeleidigung, wegen deines guten Hintergedankens und weil du eine rebellische, nicht zurechnungsfähige Tierschützerin bist. Trotzdem hast du gerade zugegeben, dass du schon oft andere Menschen beraubt hast.« Jetzt stand er auf, verschränkte die Arme vor der Brust und setzte sich vor mich auf die Tischkante.

Gott! Musste er ständig so was Heißes machen?

»Das stimmt! Aber ich habe dir auch gesagt, diese Menschen hatten es verdient und es tat ihnen nicht weh!«

»Wieso erzählst du mir das?«

»Weil ich weiß, dass du gerecht bist! Und weil ich denke, dass du Gerechtigkeit über Gesetze stellst.«

»Aha.«

»Ja!«

»Woher willst du das wissen, du kennst mich gar nicht.« Er belächelte mich! Innerlich belächelte er mich, der arrogante Sack! Langsam machte er mich echt sauer mit seiner überlegenen Tour. Also sprang ich auf die Beine und trat näher an ihn heran.

»Ja, das stimmt. Ich kenne dich nicht, und doch war es so leicht, dich zu verführen, dir völlig den Kopf zu verdrehen und dich dazu zu bringen, nichts weiter zu wollen, als dass ich dich küsse!«, säuselte ich lieblich, aber er verzog keine Miene.

»Das wird nicht nochmal passieren. Ich habe einiges von dir gelernt.«

»Ich könnte dir noch so viel mehr beibring…« Bevor ich zu Ende sprechen konnte, hatte er meine Schulter gepackt und mich zurück in meinen Stuhl geparkt.

»Sitzen bleiben!«, forderte er knapp und ging etwas durch den Raum – und dieser Hintern war echt nicht zu verachten!

»Also, du behauptest, mich hast du nicht beklauen wollen, stattdessen hast du aber viele andere Menschen beklaut. Was denkst du, soll ich jetzt mit dir machen?«

»Oh, ich habe gehofft, dass du das fragen würdest«, freute ich mich gespielt, worauf er die Augen verdrehte – ganz leicht. Mir war schon wieder nach Lachen zumute. Ich mochte es, mich mit ihm zu unterhalten, mit ihm zu spielen, in dieser sexuellen Anziehung zu baden, die er ausstrahlte wie die atomare Versuchung von einem kaputten Reaktor, die meine Nippel hart werden und meinen Schritt feucht werden ließ. Es war genial! »Weißt du, was ich denke, dass du mit mir tun solltest, Robert Wrangler?«

»Was?«

»Ich glaube, du solltest mich für deine Ermittlungen einsetzen.«

»Hä?« Jetzt blieb er stehen und schaute mich mit gerunzelter Stirn an. Die Maske war gefallen, ich hatte seine volle Aufmerksamkeit.

»Du weißt nicht wirklich, wer ich bin, weil auf meinem Ausweis der Name meines Vaters steht. Aber wenn du es erfährst, wird dein kleines, reines Polizistenherz einen Infarkt erleiden, denn ich, Robbie-Boy, bin dein Jackpot. Die Tochter der Drogenkönigin Cassandra Cavalli, und ich würde alles tun, um die Herrschaft dieses Miststücks zu stürzen.«

CUT

10.

Rob

Ich wusste einfach, dass sie ehrlich zu mir war. Vielleicht konnte man es auch Instinkt nennen, der bei mir sehr gut ausgeprägt war. Und es brauchte nur ein paar weitere Infos von ihr und Klicks am PC – weshalb Carlos wild gestikulierend auf seinem Stuhl herumhüpfte –, um diese zu bestätigen.

Ich hatte die verdammte Tochter der Drogenkönigin eingesackt.

Einfach so.

Das würde mein Durchbruch werden. Meine Karriere würde durch die Decke schießen, denn allein durch Gianna hatte ich monatelange Arbeit übersprungen und war nach nicht mal vier Wochen direkt an der Quelle gelandet.

Geiler Scheiß! Ich fühlte mich wie der König der Welt, als ich mit Carlos vor diesem PC saß und auf ihre Daten starrte.

»Was jetzt?«, wisperte er reglos und so leise, als würde jede falsche Bewegung alles wieder zerstören.

»Ich habe schon einen Plan«, meinte ich leichthin, verschränkte die Hände hinter dem Kopf und lehnte mich zurück.

»Der lautet?«

»Ich werde mich als ihr Freund ausgeben, überall dabei sein, Beweise sammeln und die abgefuckte Drogenkönigin für immer in den Knast bringen.«

»Okaaay.«

»Was?«

»Woher willst du wissen, dass das gnädige Prinzesschen auch bei diesem Plan mitspielt?«

»Sie muss!« Ich zuckte mit den Schultern.

»Sie sieht nicht so aus, als würde sie jemals tun, was sie muss?« Wir sahen durch die Scheibe zu ihr. Momentan bohrte sie in der Nase. Als hätte sie meinen Blick gespürt, sprang sie von ihrem Stuhl auf, ging zur Scheibe und klopfte.

»Macht es euch eigentlich an, Leute heimlich zu beobachten? Sind an euch Voyeure verloren gegangen?« Ich musste grinsen – richtig breit –, während ich immer noch zurückgelehnt und mit den Füßen auf dem Tisch ihr Schauspiel unter schweren Lidern heraus beobachtete.

»Rob …« Während Carlos mich so leise ansprach, als könnte sie uns sonst hören, was absolut unmöglich war, hob sie ihren dicken Pullover hoch und zeigte uns ihre vollen runden Brüste in dem engen schwarzen Tanktop und ihre schmale Taille, die so perfekt zwischen meine Hände passen würde. Das Spiel kannte ich ja bereits, war also nichts Neues, aber trotzdem unsagbar scharf! Sofort bekam ich den Ständer meines Lebens, weswegen ich meine selbstgefällige Pose aufgeben und mich vorbeugen musste.

»Soll ich euch was zeigen, wofür es sich zu gaffen lohnt?«, säuselte sie und in ihren verdammten Pornoaugen strotzte es nur so vor sinnlichen Einladungen. »Vergesst es!« Somit ließ sie ihren Pullover wieder fallen. Jetzt musste ich laut auflachen.

Sie war zu göttlich.

Und immer noch so verdammt heiß!

»Rob!«

»Ihr kommt euch vor wie die Götter in Kackbraun und Grün. Ach nee, ihr seid ja jetzt alle blau und das während der Arbeitszeit«, witzelte sie weiter und schlenderte wieder zu dem Tisch. »Was macht ihr eigentlich, wenn ich jetzt da raufscheißen würde? Wärt ihr schnell genug hier, um es zu verhindern?«

Ich drückte auf einen der endlosen Knöpfe vor mir, beugte mich zum Mikrofon vor und meinte staubtrocken: »Ja.« Dann ließ ich den Knopf wieder los und lehnte mich breit grinsend zurück. Sie lachte, wie von mir erwartet, und die verdammte Sonne fing an, in diesem verdammten Raum, Haus, ach, was sag ich, auf der ganzen Welt zu strahlen.

»Fuck, Rob, dich hat es ja total erwischt!«, drang jetzt endlich Carlos' Stimme zu mir durch und ich schüttelte den Kopf, bevor ich meinen Blick endlich von ihr losriss und ihn ansah.

»Hm?«

»Dich hat es total erwischt. Dass ich das noch erleben würde.« Mein bester Freund blickte mich mit seinen Schweinsäuglein an wie ein achtes Weltwunder.

»Was erwischen?«

»Boah, Alter, du bist so was von hin und weg von ihr!«

»Von ihr?« Ich zeigte ziemlich empört und mit verzogenem Gesicht auf die Frau da drinnen, die sich jetzt auf den Tisch setzte, die Beine baumeln ließ und vor sich hin pfiff – es war die Melodie von *Jeopardy*. Nur wenige Frauen konnten so gut pfeifen.

»JA, MANN! HALLOOOOOOO! HIER SPIELT DIE MUSIK!« Carlos packte mein Kinn und zwang mich dazu, ihn wieder anzusehen. Ich entriss es ihm. Manchmal ging er echt zu weit!

»Was willst du von mir, Mann?«

»Ich weiß nicht, ob der ganze Plan mit ihr da drinnen eine gute Idee ist! Sie scheint dich ziemlich in der Hand zu haben!«

»Also bitte«, winkte ich ab und stand auf. Den Scheiß gab ich mir echt nicht länger! »Wenn hier wer jemanden in der Hand hat, dann bin ich es! Ich bin doch kein Idiot!« Somit drehte ich mich um und ging zurück zu ihr, doch ich meinte Carlos noch »Oh doch, genau das bist du!« flüstern zu hören. Es war mir egal.

»Kannst du mal aufhören, an meinem Ohr rumzubeißen! Ich versuche hier eine tragische Liebesgeschichte zu erzählen und du bist kein verdammtes Pferd! Du weißt schon! Voll Romeo und Julialike!«

»Ist ja gut, Cowboy!« Sie hebt breit grinsend abwehrend die Hände und schlendert in die Küche – nackt. Sie darf hier nur nackt rumrennen, denn ich habe sie schon laaaange gezähmt.
Also, wo war ich stehengeblieben?
Aja, jetzt kommt der Punkt, an dem ich langsam mal merkte, wie diese Welt wirklich läuft! Auch ein sehr witziger Abschnitt meines Lebens, mit der Erkenntnis des Robert Wranglers, was der wahre Sinn des Lebens ist.
LIEBE, NATÜRLICH ... Aber so weit sind wir noch nicht. Boah, seid ihr ungeduldig, ihr notgeilen Hühnchen. Schon über sechzig Seiten und noch nicht mal ein Kuss. Ich hör euch schon motzen! ICH MACH JA SCHON, ABER GUT DING WILL WEILE HABEN! Denkt ihr etwa, Romeo hat Julia auch sofort gepoppt? Nein, MANN! Also weiter geht´s!

11.

»Du wirst dich bis morgen früh völlig in meine Hände begeben. Dann werden wir mit meinen Chiefs besprechen, wie wir weiter vorgehen, und auch danach wirst du kooperativ und brav bleiben. Dafür bringe ich dich für deine Vergehen nicht in den Knast – ganz einfach.«

Sie funkelte mich gewohnt rebellisch und herablassend an, aber das war mir egal.

»DU willst MICH in den Knast bringen?«, fragte sie nur, ohne das geringste Anzeichen von Unsicherheit. Sie war wirklich gut. »Du kannst mir gar nichts. Nur damit das schon mal klar ist. Meine Mum hat Anwälte, die nehmen jeden einzelnen Richter dieses Landes auseinander – während er schläft. Und danach wird er nicht mehr zusammenzusetzen sein. Wenn meine Familie pfeift, dann kuscht JEDER, sogar deine tollen Chiefs.«

»Wieso willst du dann gegen sie vorgehen?«, erkundigte ich mich nur leichthin und trank noch einen Kaffee. Offensichtlich wurde ihr Mund trocken, denn sie schluckte hörbar und visierte die Tasse sehnsuchtsvoll an. Gut so.

»Weil sie ein gewissenloses Monster ist, vielleicht?«, meinte sie schon wieder ziemlich trotzig und verschränkte die Arme vor der Brust. »Weil … weil ich sie nicht mehr weitermachen lassen kann. Vielleicht hilft ja ein Aufenthalt im Knast, um ihren Kopf gerade zu rücken.«

»Wie kommt in so ein kleines Wesen nur so großer Hass?«, murmelte ich. Sie tat mir leid, denn das, was sie jetzt sagte, war nicht, um mich zu manipulieren. Das meinte sie ernst. Ich sah es an der Hilflosigkeit und Traurigkeit ihrer Augen. An der Besessenheit in ihrer Stimme. Was ihre Mutter getan hatte, um diese Emotionen zu verdienen, wollte ich gar nicht wissen. Jetzt wurde meine Kehle trocken. Ich setzte mich ihr ganz normal gegenüber auf den Stuhl.

»Gianna …« Wow, ihr Name, der war schon besonders. Ungefähr genauso besonders wie die ganze Frau. Ich mochte es, ihn auszusprechen; er ging mir über die Lippen, als hätte ich ihn schon oft gesagt und seinen Klang ausgekostet. Gern hätte ich ihre Hände in meine genommen, wieso auch immer. Ich tat es aber nicht, während ich sie eindringlich ansah. Sie hingegen schaute stur zu Boden. Schimmerten da etwa Tränen in diesen sonst so störrischen Augen? »Hör mir zu!«, forderte ich sanft und hielt mich gerade so davon ab, ihr Kinn mit dem Zeigfinger anzuheben. Schließlich wurde alles aufgenommen und Carlos beobachtete uns auch noch mit seinen verdammten Schweins-Adler-Augen. »Ich möchte, dass du genau weißt, worauf du dich einlässt, und ich möchte, dass du es aus freien Stücken tust. Du wirst dich in äußerste Gefahr begeben, spätestens wenn sie merken, was wir spielen. Ich werde versuchen, dich vor jedem Übel zu schützen, wenn nötig mit meinem Leben, das verspreche ich dir, aber ein gewisses Restrisiko bleibt. Du willst von ihnen frei sein, so sehr, dass es dir dieses Risiko wert ist? Ich kann dir diese Freiheit bieten, aber dafür musst du mir auch etwas geben. Dein Vertrauen. Du musst mir zu hundert Prozent vertrauen und ich muss dir auch vertrauen können.« Jetzt sah sie doch auf, direkt in meine Augen und meinte sofort: »Ich vertraue dir!« Wow, das hätte ich nicht gedacht, genauso wenig, dass es wie aus der Pistole geschossen kommen würde. Fast so, als hätte ich sie gekränkt. Ich lächelte schwach. Sie war echt süß!

»Das ist gut.«

»Und du kannst mir auch vertrauen. Wir haben dasselbe Ziel«, sprach sie weiter, ohne den Blick von meinem zu lösen. Sie sog mich ein; ich war wie hypnotisiert von der Schwere ihrer Worte. »Ich möchte das hier durchziehen. Egal, um welchen Preis. Ich will nicht mehr dahin zurück, also in dieses Leben. Dafür würde ich alles tun. Ich meine es ernst!« Wieder begannen ihre kämpferischen Augen zu schimmern. Schnell sah sie nach unten und ich wollte nur noch beruhigend ihre Wange streicheln und sie dann in meine Arme ziehen.

Ich hatte sie geknackt.

Carlos' und mein Plan war aufgegangen. Denn mir war klar gewesen, dass sie sich in diesem Penthouse befinden würde, schließlich hatte ich mir ihren Namen und die Adresse gemerkt und sie zuvor genauestens gecheckt – natürlich nur wegen des Falls. Ich hatte nur nicht gewusst, wer ihre Mutter war und was sie mit diesen Kreisen zu tun hatte. Denn außer

Diebstahl war nichts in ihrer Akte zu finden gewesen. Jetzt wusste ich so einiges mehr, zum Beispiel, wie die Drogenkönigin hieß und wer ihre Tochter war, die ich darüber hinaus noch als Verbündete in der Hand hatte. Das war perfekt.

Es war halb fünf Uhr morgens. Diese beschissenen Drecksvögel fingen schon an vor dem Fenstern zu kreischen. Ich hasste diese Federviecher ehrlich und überlegte jeden Morgen, sie einfach kurz zu erschießen und dann weiterzupennen!

Sie war sichtlich müde, ausgelaugt, hatte Durst und wollte nur schlafen. Ich hatte sie einfach aus ihrer gewohnten Umgebung gerissen und nur aus Rachsucht in diesen Verhörraum gesteckt, sie unter Druck gesetzt, ihr Angst gemacht, sie manipuliert … Dabei wollte ich eigentlich ganz andere Dinge mit ihr tun.

Was machte ich hier eigentlich?

Zu was war ich geworden?

War das noch rechtens?

Bloß nichts anmerken lassen, Wrangler, das wird schon alles irgendwie seinen Sinn haben!

»Komm, du gehst jetzt schlafen!« Somit stand ich auf und verließ diesen blöden Raum, in dem es mit einem Mal eiskalt geworden war.

12.

Wir waren in einem Hotelzimmer. Der Morgen graute schon, aber sie lag leise schnarchend auf der Seite in dem Bett vor mir, als hätte sie zehn Jahre lang nicht mehr geschlafen. Mit einem Lächeln auf den Lippen, einer Hand unter der Wange und ein paar störenden Strähnen im Gesicht. Ich saß in einem Sessel in der Ecke und musste mich die ganze Zeit daran hindern, diese Haare wegzustreichen, ihre reine Haut zu erkunden, zu schauen, ob sie so zart war, wie sie aussah.

Obwohl ich es wollte, tat ich nichts dergleichen. Stattdessen hockte ich wie ein verkackter Stalker im Dunkeln und beobachtete sie beim Schlafen. Der Plan stand schon längst in meinem Kopf. Die Chiefs würden begeistert sein. Sie war zwar ein Risikofaktor, könnte mich ans Messer liefern, denn sie kannte meine wahre Identität, aber ich glaubte nicht, dass sie das tun würde. Wieso ich ihr überhaupt etwas glaubte? Ich wusste es nicht, es war einfach so. Und wer nichts wagt, der nichts gewinnt. Oder?

Carlos würde sagen, ich wollte was von ihr, und zwar so viel mehr als nur eine Zusammenarbeit. Aber Carlos nervte auch meistens. Dabei konnte ich mich sehr wohl auf meinen

Auftrag konzentrieren, obwohl eine wunderschöne, absolut bezaubernde Frau um mich herum war und versuchte, mir rein aus Spaß den Kopf zu verdrehen. Vorhin hatte sie einfach so ihren Pullover und diese unmögliche Hose mit Totenköpfen, die ihr in den kleinen süßen Hintern bissen, ausgezogen, sobald wir das Zimmer betreten hatten. In nichts weiter als schwarzer knapper Unterwäsche war sie ins Bad gegangen und später wieder rausgekommen, immer noch in genau dieser Unterwäsche. Zu dem Zeitpunkt hatte ich mich schon in meinem Sessel verschanzt. Die Finger fest in die Lehnen gekrallt, um mich davon abzuhalten, diese Brüste zu berühren, diesen eleganten Hals zu küssen, die schmale Taille zu packen und sie an mich zu ziehen. Ich war hypnotisiert. Sie war überall braungebrannt und wunderschön sowie trainiert, wie es nur jemand sein kann, der täglich Sport macht. Aber die Muskeln waren nicht gedrungen oder auffällig. Sie zerstörten nicht das Bild einer perfekten Frau. Ihre Rundungen waren weiblich. Obwohl ihre Brüste klein, aber nicht zu klein waren, waren sie perfekt geformt; ihr Bauch flach, aber nicht wie ein Brett; ihre Taille schmal, ihre Hüften in genauem Gegensatz dazu breit und ihre glatten Beine elegant geschwungen.

Sie war einfach nur WOW. Und sie wusste es!

Immer noch lächelnd legte sie sich ins Bett und zog die dünne weiße Decke über ihren Körper.

»Ich bin so verdammt aufgeregt«, wisperte sie dann mit offenen wunderschönen Augen und ich musste auch lächeln.

Du bist vor allem verdammt süß, hätte ich gern geantwortet. Stattdessen meinte ich: »Und morgen geht's genauso aufregend weiter, also solltest du jetzt schlafen.«

Dann war ich ins Bad gegangen, hatte die Tür hinter mir geschlossen, mich ausgezogen, war unter die Dusche getreten, hatte das Wasser angemacht und mich endlich um meinen fast schon schmerzhaft harten Schwanz gekümmert. Natürlich nur, damit ich besser schlafen konnte und nicht wegen dieser zu Fleisch gewordenen, leise schnarchenden Sirene im Nebenzimmer.

***

Nur saß ich jetzt um sieben immer noch schlaflos hier in diesem Sessel und beobachtete sie. Ich wollte einfach keinen einzigen Atemzug verpassen. Sie war zu schön, es wäre Verschwendung gewesen, sie nicht die ganze Zeit anzustarren. Ehrlich!

13.

Es gefiel mir nicht, wie Hendlmaier sie anglotzte, während sie vor dem Zimmer saß, dessen Tür wir offengelassen hatten – denn ich konnte nie wissen, was sie als Nächstes tun würde –, und an ihren Nägeln rumpulte. Wie ein verdammter besoffener Lüstling auf dem Oktoberfest starrte er sie an. Petry und Miller waren da schon professioneller und konzentrierten sich auf das Wesentliche. Sie fanden meinen Plan riskant, waren aber nicht abgeneigt. Insgeheim hatten sie aber Gefühlsorgasmen pur, denn mir war es gelungen, was die ganze Einheit in fünf Jahren nicht hinbekommen hatte.

Die Drogenkönigin hatte nun einen Namen.

Cassandra Cavalli. Lustig, sie besaß denselben Nachnamen wie Luca, mein Patenonkel, aber wahrscheinlich hießen in Italien einige Leute so.

Gianna Devito hatte allerdings den Nachnamen ihres verstorbenen Vaters Vincent angenommen, wahrscheinlich, um keinem aufzufallen. Er war Cassandras Bodyguard gewesen und vor Jahren ums Leben gekommen.

Auf jeden Fall sagten die Chiefs zu, wobei mir von Anfang an klar gewesen war, dass sie das tun würden, und ich bedachte Carlos mit einem triumphierenden kleinen Grinsen. Der stand nur daneben und hielt das alles immer noch für keine gute Idee.

»Oh wow, die hier würde sogar ich ranlassen«, vernahm ich Benjamins ekelhafte Stimme hinter mir und drehte mich um. Er stand vor Gianna, zusammen mit zwei anderen Kollegen, die sie dämlich angrinsten und mir den Blick auf sie versperrten.

»Geh weiter!«, knurrte sie nur.

»Du wirst jeden Abend Meldung an Morgan abgeben. Er wird immer in Reichweite sein und wir werden immer bereit sein. Zur Not sind wir innerhalb von zwanzig Minuten da, aber so lange wirst du auf dich allein gestellt sein. Wenn es Komplikationen gibt…«, erklärte Petry gerade, aber ich hörte ihm nur noch mit einem Ohr zu.

»Was, wenn nicht?«, säuselte Benjamin und ich spannte mich an, versuchte, nur im Augenwinkel hinzusehen, weil ich jetzt unmöglich wegkonnte. Schließlich stand ich vor meinen Vorgesetzten.

»Oh, wenn nicht, dann werde ich gleich meinen übergroßen Schwanz auspacken und dir damit a Watschn geben. Was denkst du, wieso ich so weite Sachen trage?«, meinte sie ungerührt und ich musste grinsen. Sie war so verdammt lustig – und heiß!

»Scheiße!«, murrte dieser unausstehliche Kerl und machte, dass er davonkam. Ich versuchte zwanghaft, mein Lachen zu tarnen, das in meinem Hals kitzelte, und mich wieder auf meine Chefs zu konzentrieren, vor deren Schreibtisch ich mit hinter dem Rücken verschränkten Armen in den Sachen von gestern stand.

Ich fühlte mich, als hätte ich drei Tage durchgeboxt.

Ich musste dringend duschen, mich umziehen! Einen Menschen aus mir machen. Außerdem wurde mein Gesicht langsam grün und blau. Der Schlag von diesem Riesen hatte gesessen. Ich brauchte dringend Arschcreme von daheim, war aber froh, dass ich nicht nach Hause und unter die Augen meines Vaters musste – und meiner Mum. Sie würde ausflippten, wenn sie mein Gesicht sah.

Es hieß, das Eisen zu schmieden, solange es heiß war, also würde ich erstmal Kleidung kaufen gehen und mich danach mit ihr in die Höhle des Löwen begeben. Wo sie mich dann als den neuen Freund ihrer Mama vorstellen würde. Da ich bereits gestern beim Kampf aufgefallen war und schon in den Kreisen verkehrte, hätten wir die perfekte kleine Liebesgeschichte. Tja, und dann am Ende dieses Tages … ja dann … keine Ahnung … mal sehen … würde ich mir wahrscheinlich erbärmlich in der Dusche einen auf sie runterholen – wie so oft.

***

»Glaubst du, du schaffst das?«, fragte ich Gianna, die neben mir im Hotelzimmer auf dem Bett saß und so wie ich über die morgendliche Stadt schaute. Mittlerweile war es schon elf, aber trotzdem kühl und neblig.

»Natürlich«, antwortete sie düster, ohne mich anzusehen.

Ich trug neue Kleidung: ein weißes, enges Shirt und eine schwarze Jeans. Ihr hatte ich auch gleich Schuhe gekauft:

einfache weiße Sneakers, die sie skeptisch gemustert, aber schließlich angezogen hatte; genauso wie die Socken, denn ihre waren völlig durchnässt und schwarz gewesen.

»Wie lange kennen wir uns?«

»Einen Monat.«

»Wo hast du mich das erste Mal getroffen?«

»In einem Club.«

»Wie bist du dahin gekommen?«

»Das war, als ich meinen Bodyguards ausbüxte – das war übrigens das letzte Mal, dass ich es tatsächlich schaffte.«

»Wie bin ich dir aufgefallen?«

»Du hast einem Typen ein paar auf die Schnauze gegeben, der mich befummeln wollte … Das ist so klischeehaft, Rob, das werden sie nie glauben!« Oh fuck! Wie sie meinen Namen aussprach, auch noch wie selbstverständlich meinen Spitznamen, und wie besorgt sie mich dabei ansah, machte meinen Schwanz wieder hart. Er wurde bei so ziemlich allem hart, was sie tat, aber ganz schlimm war es, wenn sie mich beim Namen nannte. Es war irgendwie so intim.

»Sie werden es glauben, weil sie wissen, dass ich mit meinen Fäusten umgehen kann. Außerdem werden sie dann gleich wissen, dass ich auf dich aufpassen kann und mir mehr vertrauen.«

»Wie du meinst.« Sie zuckte mit den Schultern.

»Okay! Dann haben wir so weit alles, oder?« Ich grinste sie breit und aufmunternd an, doch sie verzog nur das Gesicht und schien nicht wirklich an unseren Plan zu glauben. Dabei war ein Plan ohne Glaube gar nichts! Verdammt!

»Was ist?«, fragte ich immer noch guter Dinge.

»Ich weiß nicht, ob du das realistisch rüberbringen kannst!«

»Wieso?« Sie kränkte mich – ernsthaft!

»Na ja«, meinte sie gedehnt, sah auf ihre Hände in ihrem Schoß und biss auf dieser verdammt einladenden Unterlippe rum. Gleichzeitig bemerkte ich ihre unglaublichen Wimpern. Sie waren so lang, dass man sie tatsächlich als Fächer benutzen könnte, obwohl sie völlig ungeschminkt war. »Du hattest noch nie eine Freundin, right?«

Mein Lächeln fiel in sich zusammen wie Teig, wenn man den Ofen aufmacht. »Doch… ich hatte schon mal eine Freundin!«, erwiderte ich viel zu schnell und eifrig. Sie belächelte meine Reaktion, während sie immer noch in ihren Schoß starrte.

»Wann denn? Im Sandkasten?« Also auf diese Frage würde ich ganz ehrlich nicht antworten und mir die Blöße geben, indem ich *in der achten Klasse* sagte.

»Wieso denkst du, dass ich noch nie eine Freundin hatte?«, knurrte ich stattdessen aggressiver als beabsichtigt.

»Okay!«, meinte sie mit einem Mal, stand auf und ließ sich kurzerhand seitlich auf meinen Schoß plumpsen. Wären meine Hände nicht instinktiv vorgeschossen und hätten sie aufgefangen, wäre sie auch schon runtergerutscht. Fuck! Sie schlang grinsend wegen meines gequälten, verwirrten Gesichtsausdrucks die Arme um meinen Hals und spielte zärtlich mit den Härchen in meinem Nacken, was mir einen Schauer über den Rücken jagte. »Wenn wir schon seit einem

Monat zusammen sind, dann berühren wir uns auch. Wir sind vertraut …«

»Aha«, entgegnete ich sehr klug, weil mein Herz wie ein Presslufthammer in meiner Brust raste und vor allem, weil ich meinen Schwanz geradezu anbrüllte, damit er nicht schon wieder hart wurde. Sie saß schließlich direkt auf meinem Schoß und würde es sofort merken!

Der allerdings erwachte bereits leicht pochend zum Leben.

So ein Fuck aber auch!

»Siehst du, du wirkst, als hättest du in eine saure Zitrone gebissen, dabei müsste es dir doch gefallen, wenn deine total bezaubernde Freundin, in die du Hals über Kopf verliebt bist, auf deinem Schoß sitzt!«

Ich räusperte mich und hielt meine Hände vom Beben ab, die sie immer noch völlig steif hielten. »Jetzt komm schon, Rob. Es ist alles gut, kein Körperteil von mir beißt dich! Du darfst mich berühren, pack richtig zu, ich gehöre dir!« Wie gerne wollte ich, dass sie das hier ernst meinte, aber eigentlich machte sie mir nur Mut, damit wir nicht abkackten.

Wrangler! Du Pussy! Fass sie an! War das etwa tatsächlich mein Penis, der mit mir sprach?

NA GUT!

»Meinst du so?«, flüsterte ich und meine Stimme klang viel zu tief, viel zu rau, viel zu angespannt, aber meine Hand zitterte nicht, als ich sie auf ihren kleinen Schenkel legte und sie an diesem ruckartig näher an mich zog.

»Wow!«, keuchte sie, mit einem Mal mit ihrem Gesicht direkt vor meinem und ihrem Atem so nah, ihrem Duft so nah, den Blick direkt auf meine Augen gerichtet.

WOW! Sie sagte es!

Mit einem Mal verschwamm das Zimmer um uns herum. Alles wurde unscharf, außer ihr. Und wie scharf sie doch war! Ich konnte nur noch in diese Augen starren, mich kaum noch zügeln, während meine Finger sich fest in ihr Fleisch bohrten.

»Rob«, hauchte sie sehnsüchtig, unsicher, als wäre es ein Gebet, und starrte mir wie hypnotisiert in die Augen. Worauf mein Schwanz unter ihrem Arsch sofort steinhart wurde.

»Oh Gott!« Mit diesem Aufruf sprang sie auf, weil sie es genau gemerkt hatte, und ich fühlte, wie das Blut in meine Wangen schoss. Das war so unendlich peinlich! »Oh Gott! Es tut mir leid. Ich … ich dachte nicht, dass du so ... ähhhh ... auf meine Nähe reagieren würdest. Ich, oh Gott … Sorry …«, faselte sie, während sie vor mir herlief wie ein kopfloses Huhn. Knallrot, mit glänzenden Augen und zitternden Händen.

Was sollte ich jetzt sagen?

»Sorry, ich ... äh … wollte keinen Ständer bekommen!«

»Nein!« Sie fuhr sich mit einer Hand in ihre Haare, ließ den Kopf nach hinten fallen, schloss für einen Moment die Augen und atmete ein paar Mal tief durch. Dann wirbelte sie wieder zu mir herum. »Das ist doch gut … also ... äh … irgendwie! Du weißt schon, das macht es glaubhaft!« Ihre Ausrede klang für sie wohl genauso hohl wie für mich, aber ihre süße Verwirrung und Aufgeregtheit machten es leichter für mich. Außerdem wollte ich sie küssen – ganz dringend – und lächelte sie sanft an.

»Tut mir leid, dass ich mich vor deinem Ständer erschreckt

habe, aber der ist echt verdammt groß«, wisperte sie kleinlaut und ich hielt ihr großzügig meine Hand entgegen. »Schon gut.« Sie ergriff sie, als wäre es selbstverständlich, und ihre Berührung löste ein Kribbeln in meinen Fingerspitzen aus.

»Ich muss mich nur dran gewöhnen, also …!« Wieder ließ sie sich einfach auf mich plumpsen. Zum Glück war sie so leicht, sonst wären meine Beine bereits platt gewesen. »Konzentration und nochmal von vorne!«, meinte sie, schmiegte ihre Wange an meiner Brust und schlang die Arme um mich. Meine legten sich wieder automatisch um ihren weichen, warmen, kleinen Körper. Dabei konnte ich nicht anders und schloss genüsslich die Augen. Mein Schwanz war immer noch halb steif. Sie musste es fühlen, ging aber nicht weiter darauf ein, während wir hier so zusammensaßen. Meine Traumfrau, und ja verdammt, das war sie, auf meinem Schoß, in meinen Armen, auf dem Bett.

Die Uhr tickte in der Ecke, vor dem Fenster hupten Autos – und ich war der glücklichste Mann dieser Welt. Ich schmiegte meine Wange an ihre Haare. Sie seufzte leise, ihre Finger krallten sich fester in mein Shirt und sie rückte noch näher an mich ran. So nah, dass kein Blatt mehr zwischen uns passte. Jede Kontur ihres Körpers konnte ich fühlen, sogar ihren Herzschlag.

»Das ist irgendwie schön«, meinte sie völlig verträumt und ich lächelte leicht, umfing sie noch fester.

»Das ist es.«

»Ich will mich ehrlich gesagt gar nicht mehr bewegen.«

»Ich auch nicht.«

»Rieche ich für dich auch so gut, wie du für mich?«

»Ich weiß nicht, ob dein Duft zu übertreffen ist.« Sie seufzte leise.

»Bleiben wir einfach so?«

»Okay.«

Und so blieben wir, mindestens zehn Minuten lang.

»Rob?«

»Hmmm?«

»Es tut mir leid, dich darauf aufmerksam zu machen, aber ... äh … du hast immer noch einen Ständer.«

»Das ist mir nicht entgangen, liebe Gia. Vielleicht würde es helfen, wenn du nicht die ganze Zeit mit deinem Arsch über meinen Schoß scheuern würdest«, gab ich gepresster als beabsichtigt zurück. Musste sie diesen Moment schon wieder zerstören?

»Ich scheuere gar nicht! Ich sitze ganz still« Sie wich zurück, die Hände immer noch auf meinen Schultern und funkelte mich wütend an, was mich echt ziemlich anmachte.

Ich wollte sie echt so verdammt nochmal dringend küssen, dass ich es kaum aushielt!

»Siehst du, es ist gar nicht so schwer«, trällerte sie mit einem Mal lauter, stand auf und wirkte ganz verlegen. Offenbar mied sie meinen Blick, während eine bezaubernde Röte ihre Wangen färbte. Ich verengte die Augen zu Schlitzen.

»Also ich geh noch für kleine Gias, dann können wir los! Genug geübt!« Somit wirbelte sie einfach herum und rannte fast ins Bad.

War das hier wirklich eine Flucht vor mir und ihren

Gefühlen oder wirkte es nur so auf mich? Und war das gerade ehrlich Lust in ihren Augen gewesen? Wollte sie mich vielleicht so sehr wie ich sie?

Langsam bereute ich, dass ich echt keine Ahnung von Frauen hatte!

Jaja, lacht nicht! Zu der Zeit wusste ich noch nicht, dass ich daheim den Stecher persönlich sitzen hatte, aber es wäre auch peinlich mit Dad über so etwas zu reden. Von daher ... Sackgasse. Ha, das Wortspiel war unbeabsichtigt, hat aber was.

14.

Ich schaute skeptisch auf die kleine Frau vor mir, der ich gerade die Autotür aufgehalten hatte und die jetzt wie selbstverständlich meine Hand nahm und mich hinter sich her zu den Aufzügen zog. Sie strahlte mich über ihre Schulter hinweg an.

»Schau nicht so! Wir sind glücklich verliebt, da hält man Händchen!« Ich verengte meine Augen zu Schlitzen, entzog ihr aber nicht meine Hand. Stattdessen hielt ich sie tapfer, auch, wenn mich das ziemlich ablenkte, als wir in den Fahrstuhl stiegen.

»Sie werden erst mal nicht glücklich über dich sein, schließlich bist du der Kerl, der mich gestern einfach entführt hat. Alles wird in Aufregung sein und uns erwarten, denn sie haben garantiert schon über die Kameras gesehen, dass ich wieder heimkomme.« Sie kicherte, als sie das sagte, während mein Gesichtsausdruck reglos blieb.

»Das ist mir klar!« Ich musste mich konzentrieren, also starrte ich vor mich hin und wartete, dass der Fahrstuhl im passenden Stockwerk ankam. Sie anzusehen hätte alles nur gestört.

Allerdings schob Gianna sich jetzt in mein Sichtfeld und nahm mit einem Mal mein Gesicht in ihre Hände. »Bleib cool! Ich werde nicht zulassen, dass dir etwas geschieht!«

Dann küsste sie mich, worauf ein himmlischer Chor in meinem Kopf anfing zu singen, genau in dem Moment, als die Aufzugtür aufglitt.

WHAT A FUCK!

***

Ganz abgesehen davon, dass ihr Text eigentlich mein Text war und ich gerade meine Traumfrau küsste, war alles total normal in meinem Leben. Ach, ganz zu schweigen davon, dass ich mich bei Verbrechern eingeschleust hatte, um diese auszuspitzeln, und ich sofort meine Hände in die Haare meiner Traumfrau grub, meine Lippen fester auf ihren Mund presste und stöhnte. Nicht normal war allerdings, dass sie sich mit einem vorwurfsvoll gekicherten »Rick, also bitte …« von mir löste und mir auf die Brust schlug.

Fuck!

Ich war atemlos! Völlig überrumpelt! Zerzaust und geil! Und sie stieg aus dem Aufzug!

Im ersten Moment wollte ich sie am Arm packen, sie zu mir zurückschleudern und gegen die Aufzugwand drücken, um sie besinnungslos zu küssen. Dann fiel mein Blick auf die Augenpaare vor dem Fahrstuhl und ich hielt inne.

Eine Frau, die wie dreißig aussah, mit langen schwarzen Haaren, blauen Augen und einem eiskalten Gesichtsausdruck erwartete uns bereits in einem roten Kleid. Hinter ihr stand ein blonder Kerl ungefähr in meinem Alter, der alles andere als amused wirkte und uns angewidert anstarrte – um die beiden herum eine Traube von grimmig dreinblickenden Bodyguards. Drei von ihnen erkannte ich wieder. Sie hatten uns gestern vergeblich verfolgt. Doch ein paar Gesichter waren neu und alle sahen ziemlich angefressen aus.

Gia war das aber egal.

»Hi Mum«, meinte sie locker zu der Frau, die wohl Cassandra Cavalli – die Drogenkönigin – war, und zog mich an der Hand einfach ins Penthouse . »Hi Missgeburt, auch mal daheim!«, grüßte sie genauso locker den blonden Kerl, der nur leise knurrte, während sie mich nach wie vor mit sich mit zerrte, direkt an ihnen vorbei.

»Das ist Rick, ein neuer Freund, und ich will jetzt mit ihm wilden Sex haben, also setzt euch Kopfhörer auf oder so.« Mit diesen Worten zog sie mich einfach weiter durch den langen Flur und in eines der vielen Zimmer. Also so hätte ich mir nicht vorgestellt, dass meine Freundin mich ihrer Familie vorstellte.

Ich musste grinsen, ob ich wollte oder nicht, als sie die Tür hinter uns zuschlug. Doch als der blonde Kerl ihr hinterherrief: »Lass diesmal was von ihm übrig!«, fiel mein Grinsen schlagartig in sich zusammen und blanke Wut loderte heiß in meiner Brust auf.

Ja, ich bin ein echt eifersüchtiger Scheißer! Was mir gehört, gehört mir! Und selbst, wenn sie es da noch nicht wusste, sie gehörte mir schon! Und? Ihr findet es doch heiß!

Ich war nicht nur pissig, sondern richtig, richtig wütend. So sehr, dass ich an den Raum keinen Blick verschwendete und nur fragte: »Wie viel Männer hast du denn schon nach Hause gebracht um mit ihnen wilden Sex zu haben?«

»Einige!«, meinte sie wie nebenbei und zog sich den Pullover über den Kopf, dann musste die Hose dran glauben. Schon wieder!

»Was machst du da eigentlich?«, knurrte ich fast, weil mir ihre Antwort alles andere als gefallen hatte.

»Hallooooohooo, das ist Tarnung, falls jemand reinkommt, was höchstwahrscheinlich passieren wird! Zieh dein Shirt aus!«

»Was?«

»Hast du angezogen Sex?«

»WAS?«

»Boah, dann ziehst du dich halt nicht aus! Meine Fresse, soll ich noch das Licht ausschalten?«

»Wie viel Beziehungen hattest du schon?« Ich konnte es nicht lassen, das zu fragen, während sie schnell ihr Bett durcheinanderbrachte und dann ihre Haare zerwühlte, sodass sie in alle Richtungen standen. Sie stockte in ihren Bewegungen, als sie meinen vor Wut leisen, aber leicht bebenden Stimmfall hörte, und sah mich vorsichtig an.

»Ich wüsste nicht, was dich das anginge Mister *von und zu Sag mir alles*. Aber okay. Es waren fünf! Und jetzt?« Meine Hände waren zu Fäusten geballt und ließen sich nicht mehr lösen!

»Warst du mit allen im Bett?«

»Bist du gerade sauer deswegen?«, erwiderte sie nur, und jeglicher Humor war aus ihrem Gesicht gewichen, womit ihr Ausdruck dem meinem in nichts nachstand. Die Vorstellung von ihr mit einem anderen machte mich rasend – schlichtweg zur besinnungslosen Wildsau.

»Bin ich nicht. Ich mag nur keine Frauen, die für jeden die Beine breit machen«, knurrte ich. Ich konnte nicht anders.

»WOW! *Das* denkst du von mir?!« Ihre Augen wurden groß. Sah ich da tatsächlich einen verletzten Schimmer darin?

»Wie soll ich das bitte nicht denken? Ich erinnere mich an unser erstes Treffen! Oder dass du gern halbnackt vor mir herumläufst oder dich wie selbstverständlich auf meinen Schoß gesetzt und mich in diesem Aufzug geküsst hast. So, als wäre es nichts!« Einige Sekunden starrte sie mich an, als müsste sie meine Worte sacken lassen, und die Verletzung stand ihr tatsächlich ins Gesicht geschrieben.

»Es war nicht nichts«, wisperte sie dann aber nur zu meiner absoluten Verwunderung und ich riss die Augen weit auf. »Du Idiot!« Somit ließ sie mich einfach allein in ihrem Zimmer stehen und stürmte hinaus.

FUCK

Es war nicht nichts! Also war es dann was? Aber was war es? Womöglich Liebe?

15.

Gia

Robert Wrangler war ein Arschloch! Ein selbstgerechtes Arschloch! Was ging es ihn an, wie viele Kerle ich gehabt hatte, und wie kam er darauf, sich nach einem Tag mit mir ein Urteil über mich zu bilden? Wir waren ja nicht wirklich zusammen oder so was, auch wenn ich tief in meinem Inneren den Gedanken, so einen Freund wie ihn zu haben, durchaus schön fand. Na gut, ich fand ihn perfekt.

Robert Wrangler war perfekt.

Aber er war Romeo – stand auf der falschen Seite –, und ich war nichts weiter als eine verräterische, hinterhältige Julia.

Was hatte ich mir auch dabei gedacht, ihn einfach zu küssen?

Hatte ich gedacht, das würde mich kalt lassen?

Tada ...

Überraschung

Es ließ mich nicht kalt.

Dieser Kuss machte das Chaos in mir nur größer, genauso wie die Sehnsucht nach ihm.

Aber ich durfte dem nicht nachgeben, denn er war immer noch ein Wrangler. Anscheinend hatte er keine Ahnung davon, was dieser Name zu bedeuten hatte – besonders in Bezug auf meine Familie. Und ich würde den Teufel tun und ihn in dieser Hinsicht aufklären. Das sollte mal schön jemand anders übernehmen!

Ich durfte mich nicht auf ihn einlassen.

Es gab keinen Weg.

Egal, wie sehr er mir gefiel. Egal, wie schön es gewesen war, als er mich in diesem Hotelzimmer einfach gehalten hatte. Egal, wie felsenfest ich auch glaubte, mich unsterblich in Robert Wrangler verliebt zu haben. Bei dieser Geschichte konnte nur eine Seite gewinnen.

Cavalli *oder* Wrangler.

Denn die Wranglers hatten noch eine Rechnung mit uns zu begleichen – eine echt üble – und andersrum sah es nicht anders aus.

Ob Rob davon wusste? Eher nicht!

Das alles ging mich auch eigentlich gar nichts an!

Robert Wrangler ging mich nichts an und dennoch dominierte er meine Gedanken, egal, ob ich schlief oder wach war. Ich dachte nur an ihn und doch konnte ich ihn nicht haben.

Auch jetzt, während ich hier auf Dachterrasse stand, um einen zu rauchen – natürlich einen Joint, denn ich hasste

Kippen – , beherrschte er alles in mir.

Drake – mein Halbbruder – trat zu mir und lehnte sich neben mich an die Brüstung, ohne mich anzusehen, bevor er sich eine seiner stinkenden Glimmstängel anzündete und damit die Luft verpestete.

»Das ist also dein Neuer?«, fragte er ruhig, den eiskalten blauen Blick auf die Dächer der Stadt geheftet, worauf ich heftiger an meiner Tüte zog.

»Japp!«

»Er sieht gar nicht so aus wie deine vorigen. Ist ja ein richtiger Schönling.«

»Tja, auch ich bin wohl gegen die Gehirnwäsche der Medien nicht resistent.«

»Wolltest du nicht nur bärtige Kerle daten, die aussehen wie Schotten?«

»Ja, eigentlich schon, aber man darf ja wohl seine Meinung mal ändern. By the way, was machst du hier?«

»Auch in Yale gibt es Semesterferien, Schwesterherz.«

»Oh, und da lässt du dich also tatsächlich herab, sie hier bei der Familie zu verbringen?«

»Ich hab hier was zu erledigen.«

»Was zu erledigen? Du meinst also Mum hinterherstiefeln und dich bei ihr einschleimen, für die Scheiße, die du gebaut hast?«

»Hey, ich kann auch nichts dafür. Konnte ja nicht ahnen, dass die Kleine zu den Medien rennt!« In Amerika, wo meine Familie alles andere als unbekannt war, hatte der

Penner ein Mädchen auf einer Studentenparty unter Drogen gesetzt und Sex mit ihr gehabt. Nichts Neues für die Männer meiner Schicht. Sobald du Geld hast, kannst du nämlich alles machen – vorausgesetzt es kommt nicht raus. Nur hatte irgendein Depp alles gefilmt und es dem Mädchen zugespielt, die das Video wiederum ins Netz gestellt hatte. Sein Image war zur Zeit so ziemlich im Arsch, obwohl meine Mum so Großes für ihn geplant hatte. Das tat mir jetzt aber leid. Nein, tat es natürlich nicht. Ich hasste meinen Bruder, genauso, wie ich meine Mutter hasste. Sie waren wie die irre Lennister-Schlampe und ihr Bastardsohn Geofrey aus meiner Lieblingsserie *Game of Thrones* – absolut durchgeknallt. Aber ich hatte gelernt, gute Miene zum bösen Spiel zu machen. Das oder ich wäre nicht mehr hier gewesen.

Mich fröstelte es schon bald, außerdem hatte ich nichts weiter mit meinem Bruder zu besprechen, also schmiss ich den Stummel über die Brüstung, drehte mich um und ging rein. Natürlich lief ich rein zufällig meiner Mutter und einem ihrer neuen Lover über den Weg.

»Was sollte das gestern, Gianna?«, blaffte sie mich sofort an.

»Ich hab Frischluft gebraucht!«

»Ich habe dir nicht nur einmal gesagt, es ist gefährlich für dich, alleine umherzustreifen. Sag. Davor. Bescheid!«

»Als ob dich meine Sicherheit wirklich interessieren würde!«, blaffte ich zurück, ließ sie stehen und flüchtete mich wieder in mein Zimmer …

In dem Robert Wrangler – die Vorlage für jede Cola-Werbung – auf meinem Bett auf dem Rücken lag, die Ellbogen aufgestützt, und mich beobachtete, sobald ich reingekommen war. Er verengte die Augen, während ich den übergroßen Morgenmantel auszog, den ich zum Rauchen schnell übergeworfen hatte. Dann ging ich zu meinem Schrank, holte mir ein einfaches schwarzes Schlabbershirt raus – oh ja, ich liebte die Dinger und hatte sie in jeder Farbe – und streifte es mir über. Nicht, dass er sich wieder beschwerte, weil ich halbnackt rumrannte.

»Was?«, zischte ich ihn an.

»Deine Augen sind rot«, antwortete er forschend. Anscheinend hatte er sich wieder beruhigt. Halleluja aber auch! Ich hatte keine Ahnung, was das vorher für ein Anfall gewesen war, aber so viel war mittlerweile klar, sein Ständer hatte ihn verraten. *Tja, die Schwänze der Männer lügen nicht, im Gegensatz zu ihren Mündern.* Und auch sein Kuss hatte mir eindeutig gezeigt, was Sache war. Rob stand auf mich. Und das machte unsere Situation nicht gerade leichter.

»Weil ich gerade eine dicke Tüte geraucht habe!«, erwiderte ich leichthin, schaltete die Deckenlampe aus und stattdessen die hüftgroße, rot leuchtende Lavalampe neben der Tür an. Anschließend schlenderte ich zum Bett und setzte mich neben ihn. Es war so groß, dass ich ihn nicht berühren musste – was wirklich besser so war! Aufgrund des Kusses vorhin summte immer noch alles in mir, sobald ich in seine Nähe kam. Seine Präsenz war zu stark.

»Du hast Drogen genommen?«, fragte er sofort in voller Polizeiverhörmanier und ich lachte.

»Also bitte, Gras ist keine Droge. Da ist Alkohol tausendmal schlimmer!«

»Wie bitte?«

»Na ja, wird man von Gras aggressiv oder stirbt von übermäßigem Konsum? Wohl eher nicht! Man schläft höchstens ein oder hat 'nen Lachflash oder einen Fressflash! Das einzige Risiko besteht darin, echt ziemlich fett und faul zu werden! Wenn alle Leute dieser Welt zur gleichen Zeit eine dicke Tüte rauchen würden, gäbe es das erste Mal in der Menschheitsgeschichte für ein paar Stunden Frieden. Dafür danach wahrscheinlich keine Lebensmittel mehr.« Ich lachte bei der Vorstellung, wenn alle mal bekifft durch die Gegend laufen würden. Hach, wäre das cool!

»Das denkst du ernsthaft?«

»Es ist so, mein Schatz! Hast du es denn schon mal probiert?«

»Ich bin nicht dein Schatz und nein. Natürlich nicht! Ich habe noch nie Drogen angefasst!« Er war empört, was mich noch mehr lachen ließ.

»Ja, natürlich nicht, wie konnte ich so was auch nur vom überkorrekten, perfekten Robert Wrangler annehmen?!«

Seine Hand landete auf meinem Mund. Unverhofft beugte er sich zu mir und wisperte in mein Ohr: »Shhhhh, du weißt nie, wer uns hört.« Ich schluckte mühsam. Mit einem Mal war er so nah, sein Duft so rein, so kühl, so sexy …

Ich traute mich nicht mehr, mich zu rühren. Meine Nippel stellten sich auf und ich wusste, dass auch er den Stimmungsumschwung bemerkte. Irgendetwas musste geschehen oder ich würde platzen!

Er wich ein Stück zurück, nahm seine Hand aber nicht etwa von mir, sondern sah mir tief und ernsthaft in die Augen und streichelt mit dem Daumen meine Wange.

»Es tut mir leid, dass ich vorhin so ausgeflippt bin. Ich weiß nicht, ob ich das hier so durchziehen kann, wie ich es mir vorgestellt habe. Dafür steh ich viel zu sehr auf dich«, wisperte er mit einem Mal heiser, und mein Herz drohte mich von innen heraus zu erschlagen, meine Kehle wurde trocken …

ROBERT WRANGLER STAND TATSÄCHLICH AUF MICH!

UND ER SAGTE ES MIR! EINFACH SO!

OH DU LIEBER SÜSSER GOTT DA OBEN! Du bist doch nicht so 'ne sadistische Drecksau, wie ich dachte!

»Ich stehe auch auf dich, und das schon seit zwei Jahren, wenn ich ehrlich bin!«, gab ich zu, denn ich wusste, dass er diese Wahrheit momentan genauso gut in meinem Blick erkennen konnte.

»Wir dürfen das nicht. Wir dürfen nichts füreinander empfinden«, flüsterte er, aber dabei visierte er bereits wie ein Raubtier seine Beute meine Lippen an.

»Ich weiß«, hauchte ich zurück und beugte mich allerdings schon nach vorne. »Nur … nur … einmal … kurz«, wisperte ich und strich mit meinen Lippen hauchzart über diesen Göttermund vor mir. Er stöhnte.

»Gia nein!« Seine Hand krallte sich in meine Haare; er wollte mich zurückziehen, aber ich machte nur »Shhh« und gab einfach nach.

Dann krabbelte ich auf seinen Schoß, nahm sein Gesicht in meine Hände und küsste ihn – richtig.

Das war der Moment, in dem sich mein rationaler Verstand komplett ausschaltete und meine Hormone übernahmen.

16.

Rob

Himmel Herrgott nochmal, sie küsste mich!

Und es hatte rein gar nichts mit diesen nassen, schlabbrigen, ekelhaften Küssen zu tun, die ich damals mit Meli ausgetauscht hatte. Das hier war mehr; das hier war alles!

Meine Hände umfingen endlich diese wunderbar schmale Taille, die so zierlich war, dass meine Fingerspitzen sich fast berührten. Ich kam nach oben, presste meinen Mund laut stöhnend fester auf ihren und glitt mit einer Hand in ihren zarten Nacken. Das entlockte ihr ein »Oh Gott!«, weswegen sie ihre Lippen von meinen löste, dafür aber ihren Kopf selbstvergessen nach hinten fallen ließ.

Ich war mir sicher, im Himmel gelandet zu sein, als sie richtig sexy in meinen Mund stöhnte; ich wollte sie nackt unter mir, wollte mich tief in ihrem Körper versenken – jetzt sofort. Mein Schwanz zwischen ihren Beinen pochte so hart, dass er fast weh tat, und wäre sie nackt gewesen, hätte ich einfach in sie gestoßen.

Ich verlor völlig meine Contenance.

Meine Beherrschung.

Ich verlor *mich*.

In ihrem Duft, ihrem Geschmack, ihrem leisen Stöhnen und vor allem in dem Winden ihrer Hüften. Sie spürte genau meinen Ständer durch meine Jeans, denn sie trug nichts weiter als ein Höschen, und sie war verdammt heiß zwischen den Beinen. Fest rieb sie über meinen pochenden Schwanz, fest krallten sich ihre Finger in meine Schultern …

»Wir müssen aufhören!«, wisperte ich und küsste sie heftiger.

»NEIN!«, keuchte sie in meinen Mund, aber ich fasste mit einer Faust in ihr volles Haar, zog sie daran von mir weg und lehnte atemlos meine Stirn an ihre.

»Doch, Gianna! Ich werde jetzt gehen und dich morgen anrufen, verstanden?« Immer noch sprach ich atemlos in ihr Gesicht, während ich ihren Hinterkopf festhielt. Deswegen fühlte ich auch ihr Nicken.

»Du wirst in der Zwischenzeit nichts Riskantes tun, verstanden?«

Wieder ein Nicken.

»Du wirst dich ab jetzt von keinem anderen mehr anfassen lassen. Du gehörst zu mir.« Ich konnte nichts gegen den harten Unterton in meiner Stimme tun. Sie erschauerte fühlbar und flüsterte: »Ich verspreche es.«

Ich wich zurück und sah ihr eindringlich in die Augen, während sie versuchte, mich anzulächeln, was aber lediglich in einem schwachen Zucken ihrer Mundwinkel endete. Sie war so unsagbar sexy und süß. Alles in mir verlangte danach, sie vor mir auf den Boden zu werfen und in sie zu stoßen wie ein Tier – deswegen musste ich echt schleunigst verschwinden!

SOFORT!

»Okay!« Somit stand ich auf, drehte mich um und verließ dieses Zimmer, dieses Penthouse und diese Frau, die mich so schrecklich durcheinanderbrachte, dass ich damit alles zu gefährden drohte!

17.

»CARLOS« Ich stürzte sofort in sein Zimmer, sobald mir seine Mama Samantha Morgan mit grüner Gesichtsmaske sowie Lockenwicklern in den blonden Haaren geöffnet, ich sie mit meinem üblichen »Hi Mrs. Morgan« begrüßt hatte und die Treppen hochgerannt war. Mein bester Freund saß an seinem Computer und zockte in Boxershorts und Shirt das neue *Battlefield*. Ohne aufzusehen hob er eine Hand und murmelte: »Was?«

»Sie hat mich geküsst!«, fiel ich sofort mit der Tür ins Haus, und Carlos verschoss sich vor Schock in seinem Spiel.

In seinem kleinen rosa Schreibtischstuhl wirbelte er leise fluchend herum und starrte mich an. »SIE HAT WAS?«

»Sie hat mich geküsst«, wiederholte ich geschlagen und ließ mich auf sein Bett fallen, schloss für einen Moment die Augen und … und wollte sterben.

»Und?« Er rollte mit seinem Stühlchen zu mir. »Wie war's?«

»Kurz!«

»Oh, nee Rob! Nicht schon wieder!«

Ich richtete mich auf. »Nein, Mann! Ich bin nicht gekommen; ich habe ihr gesagt, sie soll aufhören!«

»WARUM?« Das schien ihm jetzt gar nicht in den Kopf zu gehen.

»Na weil … weil … hallo … ich habe sie gerade erst getroffen, sozusagen … und schon knutschen wir wie zwei Teenies auf dem Schulhof und weil ich vielleicht als verdeckter Ermittler arbeite?«

»Ja und! Wenn's ihr Spaß macht?«

»Du bist ein Idiot!« blaffte ich ihn an. »Es macht ihr natürlich keinen Spaß. Sie tut nur alles, um ihre Mutter ans Messer zu liefern.« Carlos lachte.

»Ich dachte nicht, dass ich das so schnell sagen würde, aber ich wusste, das würde passieren!«

»Was?«

»Na, dass ihr euch wie ausgehungerte Tiere aufeinanderstürzt; diese sexuelle Spannung war ja kaum zum Aushalten. Außerdem passt ihr von den Sternzeichen perfekt zueinander!«

Ich verdrehte die Augen. Carlos war manchmal wirklich ein Weichei. Er immer mit seiner Astrologie. Mich würde nicht wundern, wenn er auch Frauenratgeber las, denn Psychologie interessierte ihn natürlich auch brennend.

»Egal, und wenn wir noch so gut zusammenpassen und du gleich aus einer Tasse eine gemeinsame Zukunft herausliest. Ich kann das nicht tun, aber ich kann mich auch nicht von ihr fernhalten.«

»Das weiß ich. Löwen sind nicht für Geduld und Zurückhaltung bekannt. Schützen – was sie ist – übrigens genauso wenig. Und beide sind Feuerzeichen, uh, uh, uh …«

»Carlos, halt die Klappe!«

»Dann gestaltet sich eine Unterhaltung aber recht schwer. Was willst du von mir?«

»Mann, ich weiß auch nicht. Sag mir, was ich jetzt machen soll!« Wild raufte ich mir die Haare und rieb mir übers Gesicht. Ich fühlte mich wie wahnsinnig.

»Gerade eben sagtest du noch, ich soll die …« Mein Todesblick brachte ihn zum Schweigen; er seufzte und wurde ernst.

»Sie ist die eine für dich, Rob. Das wusste ich sofort, als ich euch zusammen gesehen habe. Aber dieser Fall ist auch der eine für dich. Er ist alles, wofür du dein Leben lang gekämpft hast, weswegen du dich durch die Polizeischule gequält hast …«

Ich schloss die Augen.

»Du bist der rationale Part von uns beiden; der, der normalerweise immer einen klaren Kopf behält. Verlierst du ihn, sind *wir* verloren! Und sie verdreht nun mal deinen Kopf.«

»Ich weiß«, wisperte ich, ohne die Augen zu öffnen. Dieses Gespräch gefiel mir nicht, es ging in die falsche Richtung, und dennoch wusste ich tief in mir, dass er recht hatte. Es gab keine Zukunft für Gianna Devito und mich – jetzt nicht und wahrscheinlich niemals. Wir befanden uns einfach auf zu unterschiedlichen Seiten der Medaille.

»Du bist Robert Wrangler. Seit wann lässt der sich von einem süßen Gesicht und einem Hammerkörper den Kopf verdrehen?«

»Check nie wieder ihren Körper ab oder du wirst sterben – qualvoll und langsam!«, knurrte ich nur und funkelte ihn wütend an, war ihm aber auch für seine ehrlichen Worte dankbar. Manchmal sah ich den Weg vor lauter grüner Augen nicht mehr – Augen, die an zweiter Stelle stehen mussten. Mindestens.

18.

Gia

Ich konnte fliegen, wenn ich wollte. Davon war ich zumindest überzeugt, und das lag nicht an der Tüte, die ich zum Aufstehen mit meinem Kaffee auf der Dachterrasse genossen hatte.

Gestern hatte mich Robert Wrangler nämlich geküsst und berührt und mir gesagt, dass er auf mich stand. Gestern hatte er mir seine wahren Gefühle offenbart. *Mir*, Gianna Devito, der kleinen abgefuckten Mafiaprinzessin, und ja, ich wollte mich eigentlich von ihm fernhalten.

Aber ich war chancenlos.

Er war der Pluspol und ich der Minuspol.

Seine Lippen endlich zu fühlen, sein Stöhnen zu hören, seine schönen Hände auf mir … das war fast zu viel des Guten gewesen. Ich hatte mich so gehen lassen wie noch niemals zuvor.

Wie peinlich!

Ich hatte mich selber total gedemütigt. Mich ihm völlig geöffnet.

Und dann war er gegangen.

Einfach so.

Aber davor hatte er diesen einen Satz gesagt, der sich tief in mein Herz gegraben hatte.

Und du wirst dich ab jetzt von keinem anderen mehr anfassen lassen. Du gehörst zu mir.

Immer wieder erschauerte ich heftig, wenn ich an seine ernsthafte und kompromisslose Stimme zurückdachte. Sie ließ keinen Zweifel daran, dass er meinte, was er sagte. Und ich wollte nichts sehnlicher – wollte zu ihm gehören und sonst keinem. Auch wenn ich mich absolut untypisch aufführte. Ich lächelte, tanzte durch die Wohnung, war nett zu allen, anstatt mürrisch und grummlig, weil ich überhaupt lebte.

Meine Mutter und mein Bruder erkannten mich kaum wieder. Aber es war mir egal. Es passte sowieso perfekt zu unserer Tarnung. Er wollte mich hier rausbringen, er wollte mich retten und vor allem wollte er MICH.

Dieser schöne, perfekte Mann, der so heiß war, dass ich Angst hatte, es würde zischen, wenn ich ihn berührte. Okay, ich war auch nicht hässlich, aber bei Weitem nicht so perfekt wie er. Dafür war meine Stirn zu hoch, meine Titten zu klein, genauso wie mein Arsch, und meine ganze Art viel zu tölpelhaft. Ich war nicht wie diese High-Society-Bitch-Feen, die anmutig durch die Gegend schwebten. Ich war nicht leise, ich war laut. Ich grunzte beim Lachen und hatte nur selten alle Gliedmaßen unter Kontrolle. Wenn es etwas zu verschütten gab, verschüttete ich es. Wenn es etwas Unpassendes zu sagen gab, sagte ich es. Schon immer war ich in dieser durch und durch gestellten Schickimickiwelt damit angeeckt, obwohl ich hier aufgewachsen war. Kurzum, ich passte nicht hier rein, blieb aber trotzdem ich und ließ mich nicht verbiegen. Es war mir egal, was sie von mir hielten. Na gut, am Anfang nicht, aber als ich gemerkt hatte, dass ich permanent meine ach so tolle, perfekte Mutter enttäuschte, hatte ich aufgegeben, ihr gerecht werden zu wollen. Das passte ihr jetzt natürlich auch nicht, aber lange müsste ich all das sowieso nicht mehr ertragen. Bald wäre das vorbei. Dank ihm. Meinem strahlenden Helden mit dem gestriegeltem Äußerem und dem Bad Boy-Inneren.

Nur leider war dann doch nicht alles so perfekt, wie ich dachte, denn als er anrief, holte er mich schon sehr bald aus dem Himmel und auf den Boden der Tatsachen zurück.

Ich lag auf meinem Bett, denn es war bereits spät abends, als mein Handy endlich klingelte. Anstatt den Anruf sofort anzunehmen ließ ich es noch ein paar Mal mehr klingeln, dann hielt ich es nicht mehr aus, hechtete aus dem Bett und tatsächlich: **Pingelscheißer** stand auf dem leuchtenden Display. Ich lächelte verträumt, bevor ich mit einem »Hi Robbie-Boy« ranging, mich dabei wieder hinlegte und meine Decke anstarrte. Doch es blieb erst mal leise in der Leitung. »Willst du mir jetzt pervers in den Hörer atmen?«

Erst jetzt räusperte er sich und meinte knapp: »Hi!« Und ich wusste sofort, irgendwas stimmte nicht. Wie eine Sprungfeder setzte ich mich auf.

»Was ist?«, blaffte ich ihn sofort an.

»Hör mal, ich muss dir etwas mitteilen …«, sprach er

weiter und mir wurde kalt, noch bevor er mehr gesagt hatte. »Gestern war ich einfach nicht ich selbst; ich habe meine Professionalität vergessen und dich glauben lassen, zwischen uns könnte jemals mehr sein, aber das wird es nicht. Niemals!«, ratterte er runter, als hätte er es auswendig gelernt. Ich verengte die Augen und umklammerte das Handy fester.

»Willst du mich verarschen?«

»Natürlich werden wir es weiter durchziehen und den Fall zu Ende bringen; ich werde mein Wort halten. Aber ich werde mich auf keinerlei weitere Annäherungen einlassen. Sorry, das ist mein voller Ernst und keine Verarsche!«

»Aha«, war alles, was ich rausbekam. Dann schwiegen wir. Ich war ehrlich gesagt zu schockiert und getroffen, um noch etwas zu sagen. So eiskalt hatte mich noch nie jemand abserviert. Allerdings wäre es mir jedem anderen auch so ziemlich egal gewesen. Aber bei ihm nicht. Bei ihm hatte ich wirklich gedacht, es könnte mehr werden – so viel mehr. Aber na ja, so konnte man sich täuschen. *Schwamm drüber! Weitermachen! Jetzt!* Ich straffte mich.

»Gut, wie du meinst. Ich war gestern von der Tüte auch ziemlich umnebelt, was haben wir eigentlich gemacht?« *Du kleiner Bastard! Wenn du mir das Herz rausreißt, nehme ich deins mit!*

Es war wieder ewig lang still und ich grinste diabolisch.

»Dann ist es ja gut, wenn du es sowieso nicht mehr weißt«, knurrte er nun eindeutig angepisst mit bebender, schwer beherrschter Stimme und ich vollführte einen STRIKE!

»Ja, dann ist ja alles okay!«, trällerte ich.

»Ich hole dich morgen ab. Wir gehen zu einem Fake-Date ins Kino. Sieh zu, dass du Auslauf dafür bekommst!«, knurrte er.

»Welcher Film?«, singsangte ich.

»Darfst du aussuchen!« Er klang immer noch megapissig, weshalb mein Herz schneller schlug. Jemandem, dem ich egal war, wäre meine Erinnerungslücke sicher nicht so an den Penisstolz gegangen.

»Wie gnädig! Ich glaube, ich würde *Findet Dory* toll finden!«

»Ich liebe fucking Pixar!« Immer noch nichts weiter, bis auf ein dämonisches Knurren. Ich lachte.

»Okay, Robbie-Boy, wir sehen uns morgen!« Somit legte ich auf.

Mein Lächeln fiel abrupt in sich zusammen. Stattdessen wollte ich heulen.

Sie waren tot – all die Schmetterlinge!

Wild brüllend schmiss ich mein Handy gegen die Wand.

So ein Arschloch, oder?

***

Das Arschloch! (Rob ;)

Brüllend schleuderte ich mein Handy gegen die Wand.

Was für eine Scheiße!

Was für eine verfickte Bullshitscheiße!

Könnt ihr euch vorstellen, wie ich mich gerade fühlte?

Wie der letzte Penner dieser Welt! Diese Enttäuschung in ihrer Stimme war fast mehr, als ich ertragen konnte! Trotzdem hatte ich es tun müssen!

Was ein Shit!

Langsam aber sicher fing ich an, meinen verdammten Job zu verfluchen! Wäre ich doch einfach Kartoffelbauer geworden!

***

Sie wurden von vier Bodyguards begleitet und wir mussten in ihrer Limousine zum Kino fahren. Ständig unter Aufsicht, das war ganz gut. So konnte ich mich wenigstens davon abhalten, ihr zu versichern, dass ich gelogen hatte, dass ich sie nach wie vor wollte, denn das durfte ich natürlich nicht. Sie war freundlich, setzte sich sogar im Auto auf meinen Schoß, wo sie stocksteif verharrte und sich nicht rührte. Die Kälte, die sie ausstrahlte, war fast greifbar. Aber ich konnte auch nichts tun, um sie zu erweichen.

So war es leichter!

Schwer machte sie es mir, als sie mit dem Popcornmachtypen flirtete und mit dem Kartenabreißer, ganz zu schweigen von ihren Bodyguards.

Die armen Männer wussten schon gar nicht mehr, wohin mit ihren brodelnden Sexualhormonen.

Aber ich brodelte am meisten – und das nicht vor Lust.

Keiner von uns lachte auch nur eine einzige Sekunde – nicht mal bei den bayerischen Seelöwen oder dem grandios animierten Kraken! NICHT MAL BEI DIESEM FEDERVIEH!

Wir saßen beide breitbeinig und mit verschränkten Armen im Kino nebeneinander und sahen uns nicht mal mit dem Arsch an. Irgendwann fand sie das wohl zu auffällig und fragte lieblich: »Soll ich dich mit Popcorn füttern, mein kleiner Sahnekringel?« Ich Idiot meinte auch noch schulterzuckend: »Okay.« Schon stopfte sie mir meinen Mund so voll, dass ich fast erstickte. Darauf trank sie noch schnell die Cola aus, während ich noch panisch kaute, und zeigte mir, als ich danach greifen wollte, unschuldig den leeren Becher. *Kleines Biest*! Als ich aufstand, um mir was Neues zu holen, stellte sie mir auch noch den Fuß. Ich flog und stolperte durch das halbe Kino, inklusive rudernder Arme, und wurde von den Leuten fast gelyncht. Allen voran einem fünfjährigen echt dicken Jungen.

Ich hätte sie am liebsten umgebracht!

Sie grunzte immer noch vor Lachen, als wir den Kinosaal verließen.

Selbstverständlich ließ ich mir nichts anmerken – das Pokerface hatten wir während der Ausbildung zur Genüge trainiert – und griff auch nicht auf Frauen zurück, die sich mir gewohnt freizügig darboten. Nein, ich versuchte, über den

Dingen zu stehen, professionell zu bleiben und lieferte sie ziemlich zerstört aber pünktlich um elf Uhr daheim ab. Bei der Gelegenheit traf ich auch ihre Mutter, konnte mich endlich vernünftig vorstellen und sah sofort, dass diese Frau es faustdick hinter den Ohren hatte und tierisch auf mich abfuhr. Hallo! Ich war der Freund ihrer Tochter, aber das schien ihr egal zu sein. Was war das nur für ein Miststück! Wie auch immer, ich war freundlich, charmant und wurde für den nächsten Abend zum Essen eingeladen. Es sollte in einen der teuersten Schuppen in der Stadt gehen, was mich nicht weiter wunderte. Also sagte ich zu, verabschiedete ihre Mutter und brachte die Tochter zu ihrem Zimmer.

Sie brodelte genauso wie ich.

»Bis morgen Abend, mein Gummibärchen!«, meinte ich extralaut und beugte mich vor, um ihr einen angedeuteten Kuss auf die Wange zu geben.

»Bis morgen, du Schaumkuss!«, zischte sie mir ins Ohr, drehte sich um, verschwand in ihrem Zimmer und schlug mir die Tür vor der Nase zu. Sie ließ mich einfach so im Flur stehen. Ich räusperte mich, nickte den Bodyguards zu und verließ das Penthouse – aber dalli.

19.

Das Essen am nächsten Abend verlief recht ereignislos, bis auf die Tatsache, dass die komplette Familie nicht mehr alle Krüge im Regal hatte. Allen voran ihr Bruder. Der war echt nicht so ganz koscher, stand der Mutter aber am nächsten. Deswegen ging ich immer mit raus, wenn er eine rauchte, und verwickelte ihn in leichte Gespräche.

Am längsten ließ er sich über die *Schlampe* aus, mit der er letztens Sex gehabt hatte. Von dem her wusste ich, über welches Thema ich an ihn rankam. Frauen. Allerdings musste ich etwas aufpassen, da meine derzeitige offizielle *Schlampe* – Gott, ich hasste es, wenn Männer so abfällig über Frauen sprachen – seine Schwester war. Dies schien ihm jedoch völlig egal zu sein.

Bereits am fünften Abend fragte er mich, ob ich sie schon geknallt hätte und ob sie gut gewesen sei. Nie war es mir schwerer gefallen, mein Gesicht und meine Fäuste zu beherrschen, aber ich schaffte es, räusperte mich und antwortete: »Ich lasse sie lieber etwas zappeln!«

»Yeah, das stimmt. Am geilsten sind sie, wenn sie an nichts anderes mehr denken können als an deinen Schwanz und ihn trotzdem nicht bekommen!«

»Ach?«

»Ja, Mann, je länger man sie hinhält, umso mehr Spaß hat man danach mit ihnen! Klar gibt es diese Tussen, die du einmal knallst und dann weiterschickst. Aber diejenigen, mit denen du vorhast, länger zu spielen, musst du dir genau so erziehen, wie du es willst, und dann hinhalten. So lange es geht, und wenn dir dabei fast die Eier abfallen!« Begeistert von seinen Worten lehnte er sich auf der großen Couch zurück – okay, hier gab es nicht nur eine Couch, es war ein Couchzimmer, mit Kinoleinwand. Wir schauten gerade *Fluch der Karibik*, denn Gia hatte eindeutig eine Schwäche für Johnny Depp. Ehrlich gesagt machten wir schon seit zwei Tagen einen Johnny Depp-Marathon und danach wollte sie gleich einen Leo-Marathon. Natürlich war ich einverstanden, denn je mehr Zeit ich hier verbrachte und je weniger wir unter Menschen gingen, desto besser. Ich wusste nämlich nicht, wie lange ich mich noch zusammenreißen konnte. Es gab fast keinen Kerl, der vor ihren Verführungskünsten verschont blieb – sie trieb mich jeden Abend aufs Neue zur Weißglut. Reizte mich, provozierte mich, so wie jetzt.

Als sie ins Zimmer zurückkehrte, hatte sie sich die Haare zu einem unordentlichen Dutt hochgesteckt und trug nichts weiter als ein weißes Shirt mit einem Totenkopf drauf sowie ein knappes Höschen. Einen schwarzen Tanga! Sonst nichts!

Sogar ihr widerlicher Bruder blickfickte sie, als sie an ihm vorbeiging und sich dann zwischen uns auf die XXL-Couch warf. Bevor er noch auf die Idee kam, sie anzufassen, schob ich mich etwas zurück und sie an mich. Eigentlich hatte ich das so nah gar nicht geplant, aber plötzlich rieb sich ihr kleiner praller Arsch an meinem Schritt, und siehe da, er wurde natürlich in Rekordtempo hart. Also rutschte ich mit zusammengebissenen Zähnen weiter von ihr weg, worauf sie mir glucksend folgte, um sich weiter an mir zu reiben.

»GIA!«, meinte ich und funkelte sie streng an. »Dein Bruder ist hier!«

»Oh, ich kann euch auch alleine lassen. Ich schalte euch mal einen Porno an!«

»NEIN!«, riefen wir beide aus, aber da war er schon gegangen und hatte seine Worte wahrgemacht. Jetzt lagen wir hier und sahen zwei Blondinen zu, die von drei Monsterdingern in alle Öffnungen ... Na ja! Es war widerlich und hatte rein gar nichts mit Erotik, Sinnlichkeit und Intimität zu tun!

»Super gemacht!« Wütend richtete ich mich auf und schaltete wieder zu *Fluch der Karibik*. »So werde ich nie warm mit ihm!«

»Pah! Was kann ich dafür, wenn du nicht mal ein bisschen Nähe erträgst!«

»Du hast dich schon wieder an meinem Schwanz gerieben!«

»Ja, und deinem Schwanz hat es gefallen!«

»Mir aber nicht!«

»Das glaubst du ja wohl selber nicht! Und jetzt halt endlich die Klappe! Ich hasse dich!« Mit Wuttränen in den Augen verschränkte sie die Arme vor der Brust und schaute stur zur

Leinwand, auf der sich Bloom und Depp ihren epischen Anfangskampf lieferten.

»Gianna«, seufzte ich und rückte an sie heran, aber jetzt rutschte sie mit verschränkten Armen weiter von mir weg.

»Lass mich in Ruhe und nenn mich nicht so! So hat mich nur mein Vater genannt!«

Oh, das war ein heikles Thema, das merkte ich sofort. Und wieder einmal kam ihre zarte, verletzliche Seite zum Vorschein. Eine Seite, die sie nur ganz selten und nur mir offenbarte; vor allen anderen wirkte sie immer so taff – versuchte es zumindest.

»Wie war dein Vater?«, fragte ich sanft, und sie warf mir einen kleinen Seitenblick zu. Dann befand sie wohl, dass eine Antwort okay war.

»Er war das Gegenteil von Mum!«

»Okay.«

»Er war gutherzig und fröhlich und hilfsbereit …«, fing sie mit einem Mal an, aufzuzählen, ohne mich anzusehen. »Jeder mochte ihn und doch nahm ihn keiner ernst, weil er nur ein Bodyguard war und kein adeliges Blut in den Adern hatte. So einen Scheiß!«, zischte sie weiter und ich rückte wieder näher an sie heran, denn eine Träne lief ihre Wange herab. Sie schaute mich immer noch nicht an, ließ es aber zu, dass ich ihre Hand nahm und sie sanft streichelte. »Er … er war immer für mich da ... Und ich meine damit immer! Wenn Mum unterwegs war, ließ sie ihn bei mir. Mit ihm konnte ich überall hingehen, er erfüllte mir jeden Wunsch … und sie hat ihn immer nur ausgenutzt und betrogen und mit Füßen getreten!«

Jetzt war es nicht nur eine Träne, die lief, jetzt waren es viele, so viele. »Sie … sie hat ihn gezwungen, etwas zu tun, was er sonst nie getan hätte. Sie ... sie hat ihn erpresst, ich weiß bis heute nicht womit, und dafür musste er sterben! Nur wegen ihr!«

»Was hat er getan?« Meine Stimme schien sie aus ihrer ganz persönlichen Hasswelt zurückzuholen, zurück in diesen Saal auf diese Couch. Sie schniefte, straffte sich und wischte die Tränen fort, dafür zog sie auch die Hand aus meinen Händen.

»Das sage ich dir nicht! Ich will nicht, dass du etwas Schlechtes von ihm denkst, denn er war nicht schlecht! Er war das einzig Gute in meine Leben!«, sagte sie leidenschaftlich, immer noch weinend und so unsagbar schön. Ich lächelte traurig.

»Wenn du gut von ihm denkst, dann weiß ich, dass er ein guter Mensch war!«, erwiderte ich und strich ihr eine Strähne hinters Ohr. Ich konnte meine Finger nicht von ihr lassen. Nicht, wenn sie so offen und verletzlich war wie gerade eben. Sie schloss kurz die Augen, lächelte zittrig.

»Ach, das meinst du doch nicht ernst. In deinen Augen bin ich doch nichts weiter als eine verwöhnte kleine Mafiagöre«, wisperte sie und lehnte sich in meine Hand.

»Oh nein, in meinen Augen bist du eine mutige Rebellin, die sich für nichts und niemanden beugt«, flüsterte ich und jetzt musste sie breiter lächeln. Ihre Wangen wurden rot und sie löste sich lippenkauend von meiner Hand.

»Hör auf Süßholz zu raspeln, es wird dich sowieso nicht in

mein Höschen bringen.«

»Ich habe nicht vor, dorthin zu gelangen, und das weißt du.«

»Das redest du dir zumindest zwanghaft ein, aber Schatz, dein Schwanz spricht eine andere Sprache!« Mit einem Mal war sie wieder sauer und ich musste lachen, während ich gleichzeitig knallrot wurde, aber was sollte ich auch weiter diskutieren? Die Sprache meiner südlichen Regionen war eindeutig! Und wieder mal zeigte mir ihr eindeutiger Blick auf meinen Schritt, dass sie mich genau durchschaute. Aber ganz egal, wie angezogen ich mich auch von ihr fühlte, ich durfte dieser enormen Kraft nicht nachgeben.

»Sag mir, wie deine Eltern sind«, meinte sie jetzt versöhnlicher und ich lehnte mich zurück, schaute an die mit Strahlern durchwobene Decke. Sie sah aus wie ein unendlicher Kosmos.

»So sehr mich mein Vater auch manchmal zur Weißglut treibt und meine Mutter mich zu Tode tüddelt, meine Eltern sind cool. Eigentlich die absoluten Traumeltern.«

»Echt?«

»Ja, echt! Sie lieben sich bis zur absoluten Besinnungslosigkeit, turteln rum wie am ersten Tag … Das geht einem manchmal echt auf die Nerven!«

»Wow, ich dachte nicht, dass es solche Ehen im realen Leben gibt.«

»Klar streiten sie sich auch mal, und wenn sie es tun, dann heftig, denn sie haben beide enorm Feuer im Hintern, aber nie länger als zwei Tage. Dann ist alles wieder gut.«

»Was denkst du, ist ihr Geheimnis?«

»Ich weiß es nicht, aber sie scheinen irgendwie alles zu teilen, vielleicht ist das das Geheimnis!«

»Findest du nicht, dass es dann langweilig wird? Wenn man so gar keine Geheimnisse und Grenzen voreinander hat?« Mittlerweile hatte sie sich hingelegt, auf den Bauch, und stützte nun ihr Kinn auf ihre beiden Hände, während ihre nackten Füße hin und her schwangen und sie mich neugierig beobachtete.

»Ich würde mir wünschen, dass die Frau, die ich liebe, mir alles erzählt. Ich würde alles von ihr wissen wollen, bis ins kleinste Detail«, antwortete ich nachdenklich und hielt mich davon ab, ihre seidigen Strähnen erneut zu berühren, sie zwischen meinen Fingerspitzen zu fühlen …

»Du bist ja auch ein Kontrollfreak«, konterte sie und lachte leise. Ich hingegen murrte: »Das hab ich wohl von meinem Vater«, bevor ich mir noch ein Wasser öffnete und einen großen Schluck trank.

»Trinkst du eigentlich auch mal was anders als Wasser?«

»Nope!«

»Und du bist echt Vegetarier?«

»Japp!«

»Und du machst echt *täglich* Sport? Ich meine, Sport ist doch Mord, wie schaffst du das?«

»Sag mal, wird das ein Verhör?«, fragte ich schmunzelnd und sie verdrehte die Augen und öffnete ihre Haare, bevor sie sich herumdrehte und ihren Kopf auf meinen Schoß legte.

»Nein, ich glaube, ich unterhalte mich einfach nur mit

einem Freund!« Wow, ihre glänzenden Locken breiteten sich auf meinen Oberschenkeln aus wie ein Fächer – so schön, dass es mir die Sprache verschlug. Während ich meinen Blick nicht von ihr nehmen konnte, starrte sie eine Zeitlang auf die Kinoleinwand. Mein Herz schlug schon wieder zu schnell, sie war so nah, aber ich war nicht fähig, sie von mir zu schieben. Stattdessen gab ich dieser glänzenden Lockenverlockung nach und fing an, ihre seidigen, vollen Haare zu streicheln – ganz zart. Sie schloss die Lider und lächelte verträumt. Wow, wenn sie lächelte, hatte das einen ganz besonderen Effekt auf mich, den Ich-will-dich-sofort-küssen-Effekt.

»Das hat mein Vater auch immer gemacht«, wisperte sie und ich presste die Lippen aufeinander. Sie vermisste ihn wirklich – schmerzhaft. Ich hätte ihr so gern den Schmerz genommen, aber das konnte ich nicht, ich konnte nur für sie da sein. Irgendwie. Denn selbst wenn ich sie nicht küssen durfte, so war es möglich, zumindest ihr Freund zu sein. Das konnte mir keiner verbieten – nicht einmal mein verfluchter Ehrenkodex.

Also war ich es ab diesem Moment.

Ich war ihr Freund und ich hörte ihr zu, während sie mir Kindheitserinnerungen erzählte, so lange, bis sie mit einem Lächeln geborgen auf meinem Schoß einschlief.

20.

Nach genau 13 Tagen fragte mich Drake Cavalli das erste Mal, ob ich etwas mit ihm unternehmen wollte. Ich sagte natürlich zu.

Gia, die sich mittlerweile bei jeder Gelegenheit an mich kuschelte, als würde sie das schon ihr ganzes Leben lang tun, versteifte sich sofort unter meinem Arm, den ich um ihre Schulter gelegt hatte. Wir saßen gerade auf der Couch im Wohnbereich, hörten Musik, während sie einen Marihuana-Joint nach dem anderen rauchte. Das machte sie natürlich extra – in meiner Gegenwart ständig dieses widerliche, illegale Zeug konsumieren –, gerade weil sie wusste, dass es mich, allein aus Berufsgründen, wahnsinnig machte. Zwei weitere Freunde von Drake leisteten uns Gesellschaft und qualmten ebenfalls den Raum zu. Sie alle hatten Dreck am Stecken. Bei jedem Wort schlugen meine gut geschulten Polizistensensoren Alarm und ich füllte meinen mentalen Notizblock. Die würde ich noch drankriegen! *Ich krieg euch alle dran! Schon allein für die Scheiße, die sie von euch kriegt, werdet ihr bluten.*

Ihr Lachflash war schon seit einer Stunde vorbei, jetzt schaufelte sie Unmengen ungesundes Zeug in sich rein. Chips,

Schokolade, Gummibärchen. Der Tisch zwischen uns sah aus wie ein Schlachtfeld des Zuckers, Geschmacksverstärkern und des guten, alten Mononatriumglutamats.

»Gut, dann treffen wir uns heute Abend im geilsten Club, den du je gesehen hast!« Drakes eisblaue, blutunterlaufene Augen leuchteten auf. Ich meinte nur: »Geht klar!« Doch Gia war immer noch steif wie ein Brett.

»Baby?« So nannte sie mich immer, seitdem wir uns dazu entschieden hatten, nicht mehr zu kämpfen, und es statt Feindschaft mal mit Freundschaft zu probieren – und ich musste zugeben, dass ich es mochte, wie ein zerknitterter, sehr junger Mensch angesprochen zu werden, der aussieht wie ein Opa in Miniaturformat. Zumindest, wenn sie es tat.

»Hm«, summte ich und schnupperte an ihren Haaren. Ja, sorry, aber sie roch einfach zu gut. Ihr Geruch war wie eine Droge für mich – die einzig wahre Droge.

»Gehen wir in mein Zimmer?«

»Wenn du noch gehen kannst«, wisperte ich amüsiert zurück und sie schnaubte, sprang dann erschreckend schnell auf und motzte:

»Klar kann ich gehen, da braucht es schon mehr als ein paar Tüten!« Damit nahm sie meine Hand und zog mich hinter sich her.

Ihre Zimmertür knallte hinter uns zu und schon wirbelte sie zu mir herum.

»Wir sollten so was nicht mit ihm machen!«, flüsterte sie sofort eindringlich.

»Wieso?«, antwortet ich mit gerunzelter Stirn.

»Das ... das … ich weiß auch nicht, ich mag diesen Club nicht!« Wütend, als hätte ich was verbrochen, funkelte sie mich an. Ich musterte sie ratlos. Sie wusste doch ganz genau, dass es gerade gut war, etwas mit ihrem Bruder zu unternehmen. So konnte ich Informationen on Mass sammeln, aber sie musste eigentlich gar nicht mitgehen, wenn sie nicht wollte.

»Wenn du willst, kannst du ja zu Hause bleib…«

»NEIN!«, brüllte sie sofort und ich zuckte zusammen. »Nein! Ich komme auf jeden verdammten Fall mit!« Und das klang wie eine Kampfansage.

Jaja, ihr ahnt, um welchen Club es sich handelt, oder? Ich sag nur eins, langsam fängt die Kacke an zu dampfen! Dachtet ihr wirklich, es kommen nur so wenig Kapitel mit meinem Vater und dass alles so reibungslos verläuft? Denkt ihr wirklich, mein Leben wird nicht TOTAL abgefuckt? Was denkt ihr, wie Dad abgehen wird, wenn ... Also ich mach mal weiter! ;)

21.

»Was zieht man eigentlich an, wenn man in so einen Club geht?« Ich stand in Denkerpose vor meinem offenen Kleiderschrank. Carlos und Julian saßen auf meinem Bett mit einem Bier in der Hand und schauten heute zur Abwechslung mal besonders dämlich.

»Kommt drauf an, was du in diesem Club vorhast.« Julian fing sich natürlich als Erster, erhob sich und ging zu meinem Schrank. Während er in meinen Sachen wühlte, was ich echt hasste, aber ihn dennoch gewähren ließ, schwafelte er los. »Gehst du dahin, um einfach nur abzutanzen und Party zu machen, dann was Gemütliches, etwas, was dich beim Abzappeln nicht stört. Gehst du dahin, um alle Höschen in Sichtweite zu überfluten, besonders *das eine*, auf das du schon die ganze Zeit scharf bist, auf jeden Fall diese Jeans.« Er fetzte eine Hose aus dem Schrank.

»Die ist zerrissen!«

»Die hat aber180 Euro gekostet, und dieses Shirt!« Das besagte Kleidungsstück folgte.

»Das ist viel zu eng!«

»Baby, sie wollen sehen, was du zu bieten hast, und du kannst es dir leisten, es ihnen zu zeigen.«

»Das trage ich sonst zum Boxtraining!«

»Eben, und natürlich einen Gürtel! Den hier …«

»Hmpf …«

»Hat was von Shopping Queen«, kommentierte Carlos von hinten, und ich verdrehte die Augen.

»Und auf keinen Fall diese peinlichen kleinen Turnschuhe«, Julian deutete auf meine Füße.

»In denen kann ich bestens laufen!«

»Nein, Mann! Du ziehst die hier an!«

»Das sind Stiefel mit offenen Schnürsenkeln; ich bin doch keiner von den verdammten *Village People*!«

»Und du wirst deine verdammten Haare gelen!«

»NEIN, MANN!« Ich fasste mir an die Haare. »Gel zerstört die Struktur!« Meine Haare waren mir heilig! Da kam nichts ran!

»DU wirst dir die Haare gelen, wenn du willst, dass sie auf dich abfährt!«, knurrte er nur und seine Augen blitzten tödlich. Mit diesen Worten drückte er mir die Sachen in die Hände. »Ab ins Bad!« Ich verdrehte die Augen und tat wie mir befohlen.

»Ja, Papa!«

***

»Ich sehe aus wie ein Motorradgangmitglied – es fehlt nur noch das Kopftuch!«

»Das ist zur Zeit der angesagte Look bei den Chicas, vertrau mir!« Julian zupfte an mir rum. Vermutlich war an ihm ein Modeberater verloren gegangen. Stattdessen war er Immobilienmakler geworden, für Luxusvillen. So sah er übrigens auch aus, immer gestriegelt und gewiegelt, immer in Anzug, immer perfekt und absolut gerissen.

Mürrisch stand ich vor meinem Spiegel und band mir das Lederband um, das ich von Julian erhalten hatte, dann drehte ich mich zu Carlos.

»Also ich würde dich sofort flachlegen!«, hauchte er mit Sexstimme und ich musste lachen, genauso wie er. Oh Mann, worauf hatte ich mich nur eingelassen?!

Ich hasste doch Menschen und Clubs! Und vor allem konnte ich mir schon vorstellen, wie sie da erst rumflirten und auf meinem Herz rumtrampeln würde. So langsam nervte es mich wirklich und ich hatte mir schon des Öfteren überlegt, den Spieß endlich mal umzudrehen. Deswegen hatte ich Natalie in der Arbeit sogar meine Handynummer gegeben, mit den Worten, sie könnte mich jederzeit anrufen, wenn sie wen zum Reden brauchte. Als ob es mich interessieren würde, was sie zu sagen hatte. Allerdings betete ich insgeheim, dass sie mal anrief, wenn Gia in der Nähe war. Gia würde durchdrehen, hoffte ich! Dachte ich? Keine Ahnung! Jetzt im Club wäre doch die perfekte Gelegenheit, um zu testen, wie sie reagierte, wenn auch ich mal vor ihr mit einer anderen flirtete. Andererseits war ich schon immer der Meinung gewesen, Scheißverhalten nicht mit Scheißverhalten zu vergelten, denn so konnte nur noch mehr Scheiße entstehen.

Wie auch immer, es würde ein grauenhafter Abend voller Folter werden.

***

Ich war auf meinem Baby zu ihr gefahren, denn Julian hatte mir versichert, dass sie allein davon schon kommen würde, wenn sie mich darauf sah. Passend zu meinem Outfit trug ich meine dunkelbraune Lederjacke – die Jacke von damals. Ich liebte das Teil einfach. Auf jeden Fall kam Gia aus diesem verdammten Haus und mich haute es fast rückwärts um, denn sexy war gar kein Begriff für das, was mich breit anstrahlte, sobald es mich erblickte und dann die Treppen – sogar inklusive Drehung – zu mir runtertänzelte. Ohne Absprache hatte sie sich im absolut perfekten Partnerlook gekleidet, wenn auch viel heißer. Sie trug nämlich auch offene Boots, dann erst mal sehr lange nichts, nichts, nichts, nichts. Darauf folgte eine ausgefranste Jeanshotpants, die ihren kleinen, süßen Knackarsch perfekt betonte. Dazu ein Rockefellershirt, in Schwarz-Rot-Kariert, das sie locker über ein weißes einfaches Top mit einem schwarzen Stinkefinger geworfen hatte. Ein Lederarmband und wieder ein Dutt, aus dem sich einige Strähnen gelöst hatten, komplettierten ihren Rock-Girl-Look. Sie war nur leicht, aber dafür perfekt geschminkt, sodass es natürlich aussah. Ihre Augen hatte sie dunkel umrahmt, was das Grün fast unnatürlich strahlen ließ, wie bei einem Smaragd, und die hohen Wangenknochen mit einem braunen Schimmer betonte. Einzig ihr Mund war von Make-up unberührt, und das hatten diese vollen Lippen auch gar nicht nötig. Von ihren Ohren baumelten außerdem kleine Stinkefinger – wo hatte sie diese Ohrringe nur her?

»Wow!«, hauchte sie ehrfürchtig, als sie mich auf meiner Maschine vor dem Haus stehen sah.

»Das ist mein Text!« Meine Stimme klang tief und heiser, denn ich wollte sie an mich ziehen und ihr endlich mit meinem Mund zeigen, was ich von ihrer Aufmachung hielt. »Was?«, fragte ich leise, sobald sie bei mir angekommen war und andächtig über mein Bike strich, wobei ich mir wünschte, sie würde das an meinem Bauch tun – Richtung Süden einschlagend. »Dachtest du nicht, dass der brave kleine Musterschüler Motorrad fährt?«

»Das dachte ich wirklich nicht! Ich steh voll auf den Scheiß!«

»Na, dann spring auf, Baby!« Ich gab ihr einen Helm und klopfte hinter mich auf den Sitz.

Und dann wollte ich sterben. Denn als sie sich hinter mich setzte, umfing sie mich mit ihren Armen, drückte ihre wundervollen weichen Brüste eng an mich und schmiegte ihre Wange an meinen Rücken, während ich den Motor aufröhren ließ. Sie lachte und ich spürte die Vibration ihres Körpers. Dann raste ich los.

Sie brüllte vor Ektase und streckte die Arme weit von sich, als wir durch die dunkle Nacht rasten. Ich wünschte, ich hätte einfach irgendwo hinfahren können. Nur weg von hier. Irgendwohin, wo wir jemand anders wären, wo sie wirklich mein Mädchen wäre und nicht nur gefaket. Irgendwo, wo ich ihr das, was ich für sie fühlte, zeigen könnte, wo ich sie immer so glücklich machen könnte. Für immer.

***

Das Haus sah von außen aus wie eine dieser Superreich-Villas. Allein der Parkplatz auf der anderen Seite zeugte davon, dass hier irgendwas stattfand – denn er war rammelvoll. Wir gingen über die Straße und an der Seite des Hauses entlang, durch ein Tor, das weit geöffnet war, und kamen hinter der riesigen Villa an eine Art Park. Hier tummelten sich bereits sehr teuer gekleidete Leute – rauchten, quatschten, tranken, manche spazierten auch durch den Park und verloren sich im Nebel. Lachen war aus der Ferne zu hören. Vor einer abgefuckten Treppe, die in eine Art Keller führte, standen zwei grimmig dreinblickende Schränke im Anzug vor einem roten Absperrseil mit goldenen Puscheln. Sie ließen Drake und uns sofort passieren. Ich nahm Giannas Hand, als wir die Metall-Treppen runterstiegen, durch die dicke Tür traten und uns bereits der laute Bass entgegenwaberte. Wir waren plötzlich in einem lila erhellten Eingangsbereich mit einem ultramodernen Tresen links und einer Garderobe rechts. Wow! Hier waren schon mehr Leute unterwegs – alle exquisit aussehend und gestylt. Drake wurde auch hier von zwei weiteren Türstehern kommentarlos durchgelassen. So viel Security war bei einem normalen Club eigentlich nicht nötig. Ich runzelte die Stirn. Wir gingen einen langen rund geformten Gang entlang, wie durch einen Bunker. Keine Ahnung, ob wir mittlerweile überhaupt noch unter dem Haus waren oder ob sich das

Gewölbe noch weiter erstreckte. Außerdem schien es etwas bergab zu gehen. An den Seiten beleuchteten lila Neonröhren die in Metalloptik schimmernden grauen Wände wie Schwarzlicht. Die R´n´B-Musik wurde immer lauter – es spielte sogar gerade ein Lied, auf das Carlos total abfuhr. *In to you* von Ariana Grande. *Ja, ich hatte mir auch schon überlegt, ob er schwul ist, aber später erfuhr ich, dass er es NICHT ist. Nur falls ihr euch fragt ...*

Als wir aus dem Gang traten und uns auf einer Art Plattform befanden, von der eine Treppe abging, klappte mein Mund auf, denn damit hatte ich nicht gerechnet. Der Club war riesengroß. Alles war in Grau und Lila gehalten, was sehr stylisch, sehr edel, sehr minimalistisch und modern wirkte. An einer Ecke prasselte sogar ein Wasserfall herab. Eine Bar bildete die Mitte; rundherum erstreckte sich die Tanzfläche, die von Nebelmaschinen immer wieder verpestet wurde. Lichter zuckten durch den Raum; Strahler warfen bunte Formen an die Wände; an jeder Ecke tanzte eine wirklich schöne Frau, knapp angezogen, aber nicht nackt. Die Kellner wiederum waren alle fast nackt, bis auf eine Fliege und eine enge Shorts, was mich echt ankotzte, weil Gia mich natürlich sofort breit angrinste, als sie die Chippendales-Verschnitte bemerkte, während wir die Treppen runtergingen, um uns unter die Massen zu mischen. Um den rund gehaltenen Club war alles voller dunkler Nischen und gemütlichen Sitzecken. Ein weiterer Gang führte auf der anderen Seite des Raumes, wahrscheinlich zu den Toiletten. Auf der Bar tanzten einige Frauen und auch Männer. Sie sahen wie normales Partyvolk aus, aber man merkte sofort, dass es ausgebildete Tänzer waren, denn sie animierten die Leute zum Trinken, zum Knutschen und noch mehr. In wirklich fast jeder Ecke wurde gefummelt. Ein Kerl nahm direkt neben mir mithilfe seines Handrückens Speed oder Kokain und bot mir auch welches an. Ich verneinte und prägte mir sein Gesicht ein, während ich Gia vor mir her durch die Masse führte. Drake steuerte eindeutig die Bar an – und das zielsicher. Jeder Kellner kannte ihn, besonders die Mädels an den Stangen zwinkerten ihm zu, und dann mir. Gia versteifte sich immer mehr.

Wir zwängten uns an die gut besuchte Bar, an der tatsächlich einer der Hocker frei war. Ich setzte Gia auf ihn und stellte mich zwischen ihre Beine. Hier waren einfach zu viel Menschen und sie war echt klein. Sie lächelte, was ich im Augenwinkel sah, und ich beugte mich vor, um bei der Bedienung was zu trinken zu bestellen, bevor Drake das tat. Doch bevor sie mein Wasser bringen konnte, drehte Drake sich schon breit grinsend zu mir um und hatte zwei Drinks in der Hand. Alkoholisch. Eindeutig. Sie hatten sie ihm gemixt, noch bevor er etwas gesagt hatte. Ich glotzte ihn an wie ein kotzendes Pferd.

»Im Club des Nuttenkönigs genieße ich so einige Vorzüge!« Somit drückte er mir ein Glas in die Hand, während ich dachte, mich verhört zu haben. Das hier war also einer dieser legendären Untergrundclubs, von denen Normalsterbliche keine Ahnung hatten. Adrenalin rauschte sofort durch meinen Körper. Fast fingen meine Hände an zu zittern.

Drake stieß fröhlich an meinem Glas an – Mist –, doch Gia riss es mir aus der Hand, bevor ich mir eine Ausrede einfallen lassen konnte, wieso ich nicht trank. »Danke, dass du mir auch was bestellt hast, Bruder-Arschloch! Ich darf doch!« Somit trank sie und trank und trank, bis ich ihr das Glas wieder wegnahm. Sie funkelte mich wütend an, aber ich schüttelte knapp den Kopf und lehnte mich mit einem Ellbogen lässig an die Bar.

»Du kennst den Nuttenkönig?«

Drake starrte gerade eine der Tänzerinnen an, die sich direkt vor uns in nichts weiter als knappen, fast durchsichtigen Hotpants und einem Glitzer-BH einen auf dem Bartresen abrekelte.

»Klar kenn ich den. Den kennt doch wirklich jeder!«

»Okay. Ich kenne ihn nicht, aber ich bin auch kein Cavalli«, murmelte ich, um mehr Infos aus ihm rauszukitzeln, indem ich sein Ego ordentlich pushte.

»Right!« Was ein Idiot! »Du bist eben kein Cavalli!«

»Stimmt es, dass er dir jede Frau besorgen kann?«

»Rob!«, empörte sich Gia und ich lachte leise.

»Ich will doch nur wissen, ob die Gerüchte stimmen!«, knurrte ich ihr aus dem Mundwinkel zu, worauf sie die Augen verdrehte und sich vom Hocker schwang.

»Ich geh pinkeln!« Somit stürzte sie sich auch schon in die Massen. Ich wollte ihr hinterher, aber ich musste hier bleiben, wenn ich mehr herausfinden wollte.

FUCK! Dieses kleine Biest!

»Er kann dir alles besorgen, was du willst. Aber pass bloß

auf, dass du ihn immer korrekt behandelst. Tust du das nämlich nicht, bist du ganz schnell weg vom Fenster«, wisperte mir Drake mit einem Mal dramatisch ins Ohr, und ich musste an mich halten, um mein Gesicht nicht zu verziehen. Er schnippte kurz darauf in die Richtung von zwei Frauen, die gerade an uns vorbeigehen wollten. Sie lächelten sofort breit, und als er auf mich deutete, nahmen sie mich ins Visier. Beide waren dunkelhäutig und vor allem geradezu umwerfend schön. Sie sahen aus wie exotische Zwillinge und traten lasziv lächelnd auf uns zu. Drake nahm sie an den Hüften.

»Das sind Tess und Tiffany. Ich hatte sie letzte Woche, nicht wahr, Mädels?« Er zwickte einer von ihnen in den von einem pastellfarbenen Kleid knapp bedeckten Hintern. Sie kicherte gespielt, was so gekünstelt klang, dass es sich nur um eine Prostituierte handeln konnte. Hatten die ein Gewerbe angemeldet? Eine davon legte ihre Hand auf meinen Unterarm auf der Bar und fuhr mit ihrem rosa lackierten megalangen Fingernagel über die Sehnen darauf. »Hi Süßer, dich hab ich ja noch nie hier gesehen.«

»Ach nee, echt? Mann, ich dachte, wir hätten uns letzte Woche beim Einkaufen getroffen! Vor der Wursttheke«, antwortete ich mit großen Augen, doch ihr Lächeln fiel kein bisschen in sich zusammen, obwohl ich sie verarschte. Stattdessen rückte sie noch näher an mich heran, während ihre Hand bis zu meiner Schulter glitt und sie sich vorbeugte, um mir in mein Ohr zu wispern: »Bist du alleine hier?«

»Nö!«, meinte ich leichthin und nippte an meinem Wasser, das nun endlich auch gekommen war. Wie konnte man nur so lange pinkeln? Ehrlich!

»Schön, ein heißer Dreier mit so einem sexy Kerl wie dir, das wäre jetzt genau nach meinem Geschmack!« Die Alte ließ sich echt nicht abwimmeln! Drake war bereits damit beschäftigt, der anderen die Zunge in den Hals zu stecken. Aus dem würde ich gerade nichts mehr herausbekommen. Aber das kam mir sehr gelegen, denn ich konnte Gia hier unmöglich länger alleine rumlaufen lassen. Deswegen schob ich Tiff oder Tiffany oder wie auch immer, einfach zur Seite, machte mir nicht die Mühe, noch was zu sagen, und ging in Richtung Toiletten.

22

Gia

So, mir reichte es! Wie konnte er zulassen, dass sie ihn einfach so berührte? Wieso stieß er sie nicht gleich von sich? Das durfte doch nicht wahr sein!

Seit Wochen versuchte ich, ihn irgendwie zum Nachgeben zu bringen. Ich hatte ihn gereizt; ich hatte ihn geküsst; ich hatte sonst was gemacht! In fast jeder Sekunde war ich halbnackt vor ihm rumgelaufen, aber er? Er reagierte nicht! Was für eine Selbstbeherrschung hatte dieser verdammte Wrangler nur?

Ich hatte die Schnauze voll!

Ehrlich!

Es reichte!

Ich hatte ihm zwar versprochen, mich von keinem anderem anfassen zu lassen, und diesen Schwur hatte ich auch vorgehabt zu halten, aber jetzt nicht mehr!

SO NICHT, MEIN FREUNDCHEN!

***

Ich fand sie sehr schnell. Allerdings in einer Lage, die sofort mein Blut zum Kochen brachte – und zwar nicht auf die gute alte erotische Weise.

Sie tanzte nämlich – mit einem Kerl. Den sah ich gar nicht richtig. Alles, was herausstach, waren seine Hände auf den Rippenbögen unterhalb ihrer Brüste und den Lippen auf ihren. Sie stand mit dem Rücken zu ihm, rieb diesen heißen Hotpants-Arsch an seinem Schritt, während sie sich gegenseitig die Münder vergewaltigten.

Dieses Bild zwang mich fast in die Knie. Ich fühlte einen regelrechten Stich in der Herzgegend und konnte mich für ein paar Sekunden nicht rühren.

Sie sollte mich so küssen!

Meine Hände sollten sie so halten!

Sie sollte in meinen Mund stöhnen!

Ihr Arsch sollte mir gehören!

Fuck!

Fuck!

FUCK!

Meine Beine bewegten sich ganz von selbst; mein gesamter Körper handelte instinktiv. Ich schleuderte die Leute förmlich aus dem Weg, meinen Blick nur auf sie fokussiert. Anscheinend fühlte sie mich kommen, denn kurz bevor ich bei ihnen war, öffnete sie die Augen und schaute mich an. Sofort löste sie ihren Mund von dem Kerl, lächelte breit und wollte etwas sagen, aber sie kam nicht weit, denn schon hatte ich ihren dünnen Arm gepackt und zog sie hinter mir her, in den Gang, der wahrscheinlich zu den Toiletten führte. Mit meiner Vermutung lag ich richtig, doch da gab es noch eine Treppe, die *noch* weiter runterging.

Das alles interessierte mich echt nur am Rande. Ich war so verdammt sauer wie noch nie! Und das nicht, weil sie mit dieser Aktion unsere ganze Tarnung hätte auffliegen lassen können, sondern weil sie zu mir gehörte! MIR!

***

Gia

Wow! Seine Hand, die mich hielt, bebte; sein Blick war nicht nur glühend, er loderte, verbrannte mich. Gerade im Moment bereute ich echt nicht, den Kerl geküsst zu haben, denn endlich bekam ich eine Reaktion! Und was für eine!

»Hast du mich nicht verstanden, Gianna!«, knurrte Rob besitzergreifend und drückte mich an die Wand. »Ich hab keinen Bock mehr auf die Scheiße! Ich kann mich nicht mehr von dir fernhalten!« Und damit – ja damit – beugte er sich einfach so vor und küsste mich in diesem spärlich erleuchteten Gang. Und wie er mich küsste…

Beide Hände an meinen Wangen, mich haltend, sodass ich nicht wegkonnte, glitt seine warme, süße Zunge in meinen Mund. Wir stöhnten beide auf. Ich krallte mich in seine Handgelenke, presste mein Becken an ihn und fühlte, wie er an meinem Bauch hart wurde. Dabei musste ich einfach stöhnen, mich an ihm winden. Sein Shirt war verboten eng.

Die ganze Zeit schon hatte ich jeden einzelnen Bauchmuskel bemerkt und mich gefragt, ob sie so fest waren, wie sie aussahen. Jetzt fühlte ich es.

Ich brauchte ihn dringend. Überall! Presste ihn mit einem Bein an mich, versuchte, weiter hoch zu kommen. Darauf nahm er mein Knie, dann meinen Arsch, und im nächsten Moment hob er mich hoch, sodass ich beide Beine um seine perfekten Hüften schlingen konnte. Endlich war sein Ständer da, wo er hingehörte. Seine langen Finger bohrten sich in meine Arschbacken. Fest. Verlangend. Dabei bewegte er sich zwischen meinen Beinen, rieb sich vor und zurück im sehnsüchtigen Takt unseres Kusses, während ich nun mit allen zehn Fingerspitzen sein wunderschönes Gesicht umfing und ihn tiefer küsste – genüsslich stöhnend –, immer und immer wieder, und mein Becken rhythmisch mit seinem bewegte.

Ich liebe dich!

Gott! Hatte ich das echt gedacht! Ja, das hatte ich. Ja, das empfand ich. Ich liebte diesen Mann, denn so etwas hatte mich wirklich noch nie jemand fühlen lassen. Ich kam gleich – alleine von unserem Kuss, alleine von seinen Händen an meinem Arsch, alleine von den Bewegungen seines harten, großen Schwanzes, alleine von diesem Trockenfick – und mein Herz schwirrte dabei genauso wie mein Bauch sowie mein Schritt.

»Gott, Rob ...«, keuchte ich, während Schweiß mein Make-up versaute, und brach aus dem Kuss aus, warf meinen Kopf nach hinten und genoss einfach nur das grandiose Gefühl seiner Lippen an meinem Hals. Seine Hand stahl sich von hinten weiter vor zu meinem Eingang. Er massierte ihn durch die Hotpants hindurch, sodass der Saum über meinen gesamten Schritt rieb, was uns beiden ein sehnsüchtiges Stöhnen entlockte.

»Ich dachte nicht, dass ich das mal sagen würde …«, keuchte er direkt an meiner Haut, »Aber ich will da reinficken!«

»OH GOTT!« Niemals hätte ich gedacht, dass ein Robert Wrangler fähig wäre, so etwas Versautes zu sagen. Er war wohl selber schockiert davon, denn er versteifte sich genau in dem Moment, als ich zerbrach. Sein Tonfall, seine Finger an meiner Pussy, wenn auch durch die Jeans; sein Schwanz an meinem Kitzler, sein Atem, sein Geruch, seine Erregung, aber vor allem diese total heißen Worte, und ich kam – einfach so!

Mit einem leisen gepressten »Fuck!« fühlte ich genau, wie er in seiner Jeans direkt zwischen meinen Beinen zuckte, wie er sich dabei weiter an mir rieb – nun langsamer, genüsslicher –, wie er sein Gesicht an meinen Hals legte und wie sich meine Arme ohne mein Zutun fest um seinen Kopf schlangen, während meine Lider zuglitten und dahinter bunte Lichte tanzten. Ich zuckte und stöhnte in seinen Armen, während er mich weiter mit seinen Fingerspitzen massierte, den Orgasmus so verlängerte, bis er immer langsamer wurde und schließlich die Bewegungen einstellte.

Oh Gott!

Ich hatte mich gerade von Robert Wrangler trockenficken lassen! Und es war das Beste, was ich je erlebt hatte! Wow!

Robert Wrangler ist ein wahres Ficknaturtalent – aber hallo, was hatte ich auch erwartet?

23.

»Das war …« Er räusperte sich und wich ein wenig von mir zurück, um mich anzusehen. Ich lächelte ihn an und strich über seine Wangen, bevor ich mit meinen Fingern in seine – heute ekelig geligen – Haare fuhr und den Satz beendete: »Wow!«

Somit beugte ich mich vor und küsste ihn, sanft diesmal, nicht so drängend, nicht so wild, sondern genüsslich und zart. Er stöhnte in meinen Mund und ich konnte es nicht glauben, aber meine Intimmuskeln zogen sich davon erneut zusammen. »Ich will dich nicht loslassen. Ich habe schon zu lange darauf verzichtet, dich zu halten«, wisperte er zwischen unseren zarten Küssen, mit denen wir den Mund des anderen vorsichtig erkundeten.

»Irgendwann fallen dir die Arme ab.«

»Das dauert!« Er küsste mich wieder knapp, bevor er sich löste. »Ich könnte dich so zwanzig Jahre halten! Mindestens!«

»So leicht bin ich nun auch nicht und du nicht so stark!« Ich küsste ihn auch kurz.

»Wollen wir es testen?«

»Liebend gern!« Ich lachte und er gluckste mit, während er seine Nase leicht an meiner entlangrieb.

»Soll ich dich jetzt echt so durch den Club tragen?«

»Nein, schon gut!« Ich schmollte und er lächelte süß, bevor er mich runterließ und stattdessen seinen Arm um meine Schulter schlang. Er zog mich an sich und küsste meinen Scheitel.

»Du hast keine Ahnung, wie toll das ist, wenn du meinen Kopf küsst!«

»Du hast keine Ahnung, wie sehr ich das Wichsen satt habe«, glaubte ich, ihn murmeln zu hören und lachte.

»Was hast du gerade gesagt?«

»Nichts, nichts!« Immer noch grinsend führte er mich durch die tanzenden Leute zurück zur Bar. Mein Herzschlag beruhigte sich langsam, aber die Endorphine schwirrten noch durch meinen Körper. Ich schlang fest beide Arme um seinen durchtrainierten Bauch – und konnte immer noch nicht fassen, dass er tatsächlich so fest war, wie er aussah. So nah hatte ich mich noch nie an ihn rangetraut, aber jetzt waren alle Barrieren gefallen. Das ist wohl so, wenn man gemeinsam einen erstklassigen Orgasmus nur durch einen Trockenfick hatte. Wie wäre es da erst, wenn er in mir …

»Oh Gott!«

»Was?«, fragte er belustigt und wir gesellten uns zu Drake, der mit eine paar Männern zusammen stand und sich mit ihnen unterhielt. Alle waren es Anzugträger und einer davon war mir bestens bekannt.

Rob

»Hey Rick!« Drake packte mich am Arm, sobald er mich erblickt hatte, und zog mich zu der Gruppe Männer, mit denen er zusammenstand. Dann tippte er dem größten von ihnen von hinten an die Schulter. »Ich muss dir unbedingt wen vorstellen! Hier ist er, der einzig wahre Nutten-, Fick- und Spaßkönig Tristan Wrangler!«

Und somit fiel meine komplette Welt in sich zusammen, denn absolut gelangweilt drehte sich kein Geringerer zu mir um als mein verdammter Vater!

***

»Tristan, das ist Rick Cooper und meine kleine Schwester Gia. Du hast vielleicht schon von Cooper gehört.«

FUCK! FUCK! FUCK!

Dad war im Moment viel besser dabei, seine Mimik zu kontrollieren, denn sein Gesicht blieb völlig ausdruckslos, komplett eiskalt, aber ich kannte ihn. Der verräterische Muskel an seiner glattrasierten Wange zuckte. Sein Blick glitt von mir zu Gia, die ihn mit verengten Augen anstarrte wie Satan persönlich, dann wieder zu meinem Gesicht. *Oh Gott! Dad! Meine Tarnung! Denk an die verfickte Tarnung!*

Abfällig schnaubte er. »Und das sollte mich interessieren, weil?« Zum Glück. Ich hätte nicht erwartet, dass er so cool blieb.

Was tat er hier?

Mit all diesen Verbrechern auf einem Haufen, in einem schnieken sauteuren Anzug, den ich davor noch *nie* an ihm gesehen hatte? Und seit wann rauchte er Zigarren? Und hatte ich Drake da gerade richtig verstanden?

DAD WAR WER?

Ich sah meinen Vater an wie einen Außerirdischen.

»Das ist der Stern der Fightszene. Komm schon, Rick, gib ihm die Hand und stell dich ordentlich vor. Du stehst hier sozusagen vor dem Kerl, dem die gesamte Stadt gehört, dem Paten der Stadt. Al Pacino ist ein Scheißdreck dagegen.«

WAS?

Ich hielt Dad – dem Paten der Stadt – meine Hand entgegen, er nahm sie augenverdrehend und drückte dann so fest zu, dass mir fast die Finger brachen. »Schön, dich kleines Würstchen kennenzulernen!«

»AUCH SCHÖN!«, presste ich durch meine Zähne hindurch hervor und Gia an meiner Seite erwachte wieder zum Leben.

»Das reicht!« Mit diesem Zischen ging sie dazwischen und trennte unsere Hände. Dad funkelte sie an, als hätte er akute Mordgedanken, wenn er sie ansah. Sein eindrucksvoller Blick wurde aber mindestens genauso eindrucksvoll von ihr zurückgeschleudert.

Was zum verfickten Geier lief hier eigentlich ab?

Seit wann war ich im falschen Film gelandet?

»Der Stern der Fightszene?«, wandte sich Dad an Drake, der nickte wie ein Wackeldackel auf Speed. »Dann werden wir mal ein paar Worte unter vier Augen wechseln!« Somit packte er mich am Arm, und wenn ich nicht wollte, dass er mir diesen abriss, ging ich lieber mit. Sein Griff war unerbittlich. Giannas an der anderen Seite aber auch.

»Mit Ihnen geht er nirgendwohin!«, zischte sie ihn mutig wie eine Löwin an und zog an meinem anderen Arm. Mein Dad drehte sich langsam herum, als hätte er nicht richtig gehört, und da war etwas in seinen Augen, die meinen so sehr glichen, was ich da noch nie gesehen hatte. Sie waren so kaltblütig und drohend wie die eines Killers, der soeben sein nächstes Opfer auserkoren hat.

»Das hast du ganz sicher nicht zu entscheiden!«, wisperte er angespannt und entblößte dabei sogar noch so die Zähne, als würde er knurren.

»Sagt wer!«, blaffte sie sofort zurück und hatte Tränen in den Augen, aber ich wusste nicht, aus wessen Blick mehr Blitze schossen.

Verfickte Scheiße, was läuft hier eigentlich verdammt nochmal ab?! »Schon gut, lass sie!«, wisperte ich und berührte seine Brust, unter der sein Herz unerwartet schnell raste, und ließ Gianna los. »Baby, ich bin gleich zurück. Bleib bei deinem Bruder!« Somit drehte ich mich um und ging voraus. So sah ich auch nicht, wie mein Vater seinen Leuten zunickte und dann mit dem Kinn in ihre Richtung deutete …

24.

Sobald die Tür hinter uns zugefallen war wirbelte mein Vater zu mir herum und offenbarte mir das gesamte Ausmaß seiner brodelnden Emotionen. Er packte mich am Hals und drückte mich kurzerhand gegen die Tür. WOAH!

»WAS TUST DU HIER?«

»DAD!«, röchelte ich und krallte mich in seinen Arm. »Ich ermittle ...« Das brachte ihn dazu, vorerst loszulassen und einen Schritt zurück zu treten. Seine Kiefer malten, während er die Finger tief in seine dunkelbraunen Haare grub. Dabei zerrte er sich fast ein paar aus und ging dann zu einem Schreibtisch, vor dem eine riesige Scheibe war, durch die man den gesamten Club überblicken konnte. Anschließend schenkte er sich jede Menge bernsteinfarbenen Alkohol ein, trank das Glas auf einmal aus, schenkte nach und zündete sich eine Kippe an.

»Was tust du hier?« Er war nicht der Einzige, der sauer war, und ich konnte ihn das genauso fragen!

Er lachte humorlos auf. »Was denkst du denn, was ich hier tue, Robbielein?«

»Du … du verkaufst Prostituierte und Drogen!«

»Oh wow, du hast gut aufgepasst und kriegst tausend Punkte. Was willst du mit der Schlampe?«

»Mit wem?«

»Gianna *fucking Hure* Cavalli.« Er betonte jede einzelne Silbe und sah mir dabei gleichermaßen abfällig wie arrogant in die Augen. Zuerst dachte ich, mich verhört zu haben, dann ballte ich meine Hände zu Fäusten.

»Nimm das zurück! Sie ist keine Hure!«

»Oh doch«, meinte er gelangweilt und pustete etwas Rauch aus, dann setzte er sich in seinen Sessel mitten im Raum. Hätte man Dad nicht so gut gekannt, wie ich es tat, hätte man nicht gemerkt, wie außer sich er war. Ich jedoch merkte es, denn seine Bewegungen waren nicht *ganz* so geschmeidig und kontrolliert wie sonst.

Mein ganzer Körper bebte und ich wusste nicht, was ich zuerst machen wollte. Jegliche Zurückhaltung war dahin. »IST. SIE. NICHT!«

»Ist sie wohl! Wie lange willst du das Spiel noch weiterspielen? Sie ist eine verschissene Cavalli, die einzige Tochter von Cassandra Schlampenfotze und *Vincent*!« Den letzten Namen stieß er mit so viel Abscheu aus, dass er sich anhörte wie ein Fluch. Seine Augen schossen Funken, seine Lippen waren bleich und aufeinandergepresst. Mein Vater sah sonst attraktiv aus, aber der Hass auf seinem Gesicht entstellte ihn. So hatte ich ihn noch nie gesehen.

»Und?«, fragte ich.

»Und ihr verdammter Vater VINCENT hat deinen Bruder getötet, noch bevor er auf die Welt kommen konnte! Ihr verdammter Vater hat deine Mutter – MEINE FRAU – fast umgebracht!«

»W … was?« So langsam aber sicher wurde mir schlecht. So richtig, richtig kotzübel, und ich fühlte, wie das Blut mein Gesicht verließ.

»Setz dich!«, befahl er knapp. Ich tat es, weil es besser war, zu gehorchen, wenn Dad diesen Ton anschlug, und zweitens, weil bunte Punkte vor meinem inneren Auge tanzten. Wie ein Sack ließ ich mich auf die Couch neben mir fallen.

Das konnte nicht wahr sein! Das war ein Albtraum!

»Wir Wranglers hassen die Cavallis – zumindest den Cassandra-Kleinschwanz-Teil der Sippe.«

Ich schüttelte den Kopf und fuhr mit allen Fingern durch mein Haar, so wie Dad noch kurz zuvor, und starrte blicklos auf den dunklen Boden.

»Ich hätte nicht gedacht, dass sie dich gleich auf so einen großen Fall ansetzen! Du bist doch noch verdammter Anfänger! Was soll das?!«, knurrte er weiter und trank einen weiteren großen Schluck von seinem Whiskey. Als es kurz darauf klopfte, blaffte er: »WAS?«

Eine wunderschöne Frau, mit braunem, langem Haar und eleganten Zügen in einem schwarzen Minikleid kam herein. »Sorry Chef, ich störe nicht lange, aber …« Ihr Blick glitt über mich, ihre Augen wurden groß und sie wisperte: »Ist das Robbie?«

»Ja, Heidi, das ist Robbie!«, knurrte mein Dad pseudofröhlich, ließ seinen Kopf zurückfallen, schloss die

Lider und rieb sich die Augen. »Und rate mal, wen er fickt?«

»Wen?«

»Gianna Cavalli!«

»WAS?« Sie wurde genauso leichenblass wie jeder von uns in diesem Raum und sah mich an, als wäre ich bereits tot.

»Viel Glück!«, meinte sie, bekreuzigte sich und ging raus, doch kurz bevor sie die Tür schloss, steckte sie den Kopf nochmal rein. »Denk dran, dass Mia es *nicht,* und ich betone WIRKLICH *NICHT*, gutheißen würde, wenn du euren Sohn umbringst! JAAAA, ICH GEH JA SCHON!« Somit zog sie den Kopf schnell wieder aus der Tür und verschwand. War auch besser so, bei Dads Todesblick.

Und so saßen wir hier also …

Ich und mein Vater – den ich nicht kannte. Null. Nie gekannt hatte. Ich starrte ihn an wie einen Fremden und wisperte: »Das hätte ich nie von dir gedacht, Dad.«

»Was, Robbie? Dass ich mit Leuten ficke, die andere Leute ficken, und dann jeden Cent, den ich bekomme, in etwas Gutes stecke?«

»Dass du Drogen verkaufst!«

»Tja, irgendjemand muss es ja tun; irgendjemand muss der Böse sein. Und es wird immer jemanden für diesen Job geben. Zumindest bringe ich ungepanschtes Zeug unter die Leute, bevor sie den Mist kaufen, der sie sofort killt. Meine Leute stehen wenigstens nicht an jeder Straßenecke und bringen den Scheiß auf dem Schulhof unter die Kids! Das, mein lieber Sohn, tut die Mutter deiner Freundin und ihr Gesocks! Außerdem habe ich keine Lust auf dieses scheinheilige Getue!

Wer entscheidet, dass zum Beispiel Waffen zu verkaufen legal ist und Drogenhandel illegal? Ha? Was ist schlimmer? Eine Waffe zu verkaufen, die dafür gemacht ist, einen anderen Menschen zu töten oder ein paar Pillen, durch die man sich wenigstens ein paar Stunden lang besser fühlen kann? *Wer* macht die Leute denn abhängig? Wer zwingt die Menschen reihenweise dazu, sich in andere Welten zu retten, weil sie die Realität nicht ertragen können? Ich bin es nicht! Dieser abgefuckte Staat ist es; dieses System ist es, das den Leute nichts mehr lässt, keinen gesunden Menschenverstand, keine Zukunftsvisionen, keine Träume, keine Hoffnung! Tja, es heißt: ficken oder gefickt werden. Ich bin ein Ficker; ich ficke alles und jeden; ich ficke sogar dieses beschissene System, so, wie es jeden anderen Menschen dieser Welt fickt. Abgesehen von den wenigen, die sich die Regeln ausdenken! Die wenigen, die das meiste Geld und die größte Macht haben.«

»Du verkaufst Menschen!«

»Weil sie es wollen!«

»Was?«

»Keine einzige Hure in diesem Club ist hier unfreiwillig. Sie sind alle volljährig, werden ordentlich bezahlt, haben einen Arbeitsvertrag, sogar Urlaubs- und Weihnachtsfickgeld. Ich halte viel von zufriedenen Mitarbeitern, denn dann sind die Kunden auch zufrieden. Diejenigen, die Leute gegen ihren Willen benutzen, sind deine geliebten Cavallis. Frag deine Freundin doch mal, wie es in den Clubs ihrer Mama zugeht. Auch so sauber und gesittet wie hier? Deine eigene Mutter hat in so einem Club gearbeitet und du weißt, wie es ihr da ging!«

»Dad, ich dachte ... dachte, du wüsstest nichts davon, dass sie eine Hure …«

»Oh Robbie, du bist in mancher Hinsicht noch so verdammt naiv und gutgläubig.« Er sah mich mitleidig, aber auch liebevoll bis verängstigt an. Er hatte Angst um mich. Riesenangst. Und egal, was er getan hatte, er war mein Vater. Ich liebte meinen Vater und er liebte mich.

»Du kennst Drake.«

»Weil ich Cassandra langsam und qualvoll zerstören will und weil ich mit der Missgeburt noch eine ganz andere Rechnung offen habe.«

»Welche?« Dad winkte ab.

»Sag es!«

»Drake ist dein Cousin!«

»WAS?«

»Drake ist der Sohn vom Onkelficker Patrick Engel, dem Onkel deiner Mum. Leider konnte ich ihn nicht töten, bevor er es schaffte, seinen verseuchten Samen in Cassandras Fotze zu pumpen. Aber na ja, wenigstens habe ich schon bald seinen Sohn unter meinen Fittichen. Jetzt fehlt nur noch eine …«

»Nein, Dad!« Ich wusste sofort, wen er meinte und sprang auf. Er lachte.

»Du hast mir gar nichts zu sagen.«

»Wenn es um sie geht, schon! Du wirst sie in Ruhe lassen!«

»Oder was?« Seine leise, ruhige Stimme peitschte durch den Raum, als hätte er mich geschlagen. »Was? Was willst du tun, wenn ich sie nicht in Ruhe lasse?«

Ich presste die Zähne aufeinander; ich würde mich nicht dazu herablassen, meinem eigenen Vater zu drohen, auch wenn ich mich so langsam fragte, *wer mein Vater eigentlich war*! Der Gute oder der Böse?

»Siehst du«, meinte er sanft und stand auf. »Du kannst gar nichts tun, Robbie. Versuche nicht, sie zu schützen. Du hast mit diesem Kampf nichts zu tun. Sie ist das Risiko nicht wert.« Mein Vater schenkte noch etwas zu trinken ein und gab sich versöhnlich. »Vergiss sie einfach!«

»Fick dich! Sie ist jeden verdammten Kampf dieser Welt wert!« Mit diesen Worten schlug ich ihm das verdammte Glas aus der Hand und es zerschellte an der Wand neben uns. Ich starrte ihm unnachgiebig und zu allem bereit in die Augen, aber er lachte nur spöttisch.

»Sie hat dich ja echt ganz schön an den Eiern. Oh Mann, das hätte ich nicht gedacht. Sie muss gut im Bett sein!«

»Ich hab sie nicht gefickt! Darum geht es nicht!«

»Na umso besser, dann wird es nicht so weh tun.«

»Dad!«

»Ich weiß ja, du bist jung. Und sie ist wirklich hübsch, außerdem hat sie Feuer im Arsch – das muss ich zugeben, aber …«

»Dad, ich liebe sie!« DAS ließ ihn jetzt stocken, bevor ich ihn »Du liebst sie nicht!« zischen hörte, als könnte er es mir vorschreiben. Jetzt musste ich lachen, einfach, weil es mit einem Mal so klar war, so klar, wie nie etwas zuvor, und weil es was Befreiendes an sich hatte. »Doch, Dad, ich liebe sie!«

»NA SUPER!«, brüllte er mit einem Mal. »GUT!« meinte er ruhiger und betätigte ein Knöpfchen auf dem Schreibtisch. »Bringt sie her!« Mit blitzenden Augen wandte er sich wieder an mich. »Gut, Robbie, wie du willst! Dann wirst du sicher mitkommen wollen, wenn wir sie zu Luca bringen. Der wird dann gemeinsam mit mir entscheiden, wie es mit ihr weitergeht.«

»Ich entscheide, wie es mit ihr weitergeht, UND SONST KEINER!«

»Du entscheidest gar nichts«, brüllte er mit einem Mal wieder – diesmal wirklich sauer. »Das hier ist kein verdammtes Spiel. Hier geht es um dein verdammtes Leben, und du glaubst doch wohl nicht, dass ich dich jetzt hier raus und in die Höhle des Feindes zurückspazieren lasse. Du bleibst genau hier, an meinen Arsch geklebt. Wir werden nach Italien fahren, sie Luca überreichen und danach wirst du nur noch für mich arbeiten. Vergiss deine Zukunft, so, wie du sie dir vorgestellt hast; vergiss deinen Job! Du bist mein Sohn und ich lasse nicht zu, dass du ohne mich mit diesen Leuten in Berührung kommst! Und ja, du kannst mich jetzt gerne hassen! Du kannst mich verfluchen; du kannst dich auf den Boden werfen und rumheulen wie eine kleine Pussy, es wird *nichts* ändern! Dein Schicksal ist besiegelt und ihres auch!«

Tristan Wrangler hatte gesprochen.

25.

Es gab keinen Ausweg. Ich wusste, wenn mein Vater etwas sagte, würde er jedes einzelne Wort auch wahrmachen. Er würde mich zur Not knebeln und fesseln, mich mit Gewalt zwingen, seinem Willen zu gehorchen, und vor allem könnte er ihr etwas antun, so viel Hass wie in ihm brodelte.

Ich hatte geschworen, sie mit meinem Leben zu schützen; ich hätte aber nicht gedacht, dass ich sie vor meinem eigenen Vater beschützen müsste.

»Lass mich alleine mit ihr fahren!«

»Klar, Robbie, und dann findet ihr euch zufällig in der Karibik in einem schönen Strandhäuschen wieder und man sieht euch nie wieder! Ich weiß, wozu ein Wrangler fähig ist, wenn er denkt, verliebt zu sein! Zu allerhand bescheuertem Blödsinn!«

»Ich *bin* verliebt!«

»Rede dir ein, was du willst! Ich werde mitkommen!«

»Dann lass mich wenigstens mit ihr alleine in einem Auto fahren. Du kannst dich gern an unseren Arsch heften und alles überwachen, aber ich will dich nicht mehr sehen; ich will dich nicht mehr hören. Ich will gar nichts mehr mit dir zu tun haben!«

»Gut! Wenn du schmollen willst, gerne. Welchen willst du, den Audi oder den Audi?«

»WAS?«

»Deine alte Kiste fällt bei so einer Strecke auseinander.«

»Ich darf deinen Audi fahren?« Heilige Scheiße! Er ließ sonst *niemanden* an seinen heiligen Audi – nicht mal Mum!

»Jaaahaa red ich chinesisch oder was?«

»W … wieso?«

»Es wird nicht dein Nachteil sein, für mich zu arbeiten, das wirst du schon bald merken. Spätestens, wenn du deinen eigenen Audi bekommst. Ich habe einiges mehr zu bieten als diese Klappspaten, die sich Gesetzeshüter nennen.«

»Ich werde NICHT für dich arbeiten, Dad! Niemals! Ich bin Polizist! Ich stehe auf der anderen Seite des Gesetzes!«

»Jetzt nicht mehr!« Er zuckte die Schultern, drehte sich um und ließ mich alleine in seinem verdammten Büro zurück. Ich war knapp davor, alles kurz und klein zu schlagen. Ehrlich!

***

Tristan Grund unserer schlaflosen Nächte Wrangler

Wie ein alter Mann ließ ich mich oben auf mein Bett fallen und nahm mein Handy aus der Hosentasche. Es reichte ja nicht, dass ich gerade von Robbie durchgefickt worden war – in den Arsch! Nein, jetzt würde erst der wirklich schlimme

Part kommen. Diese ganze Scheiße irgendwie Mia zu verklickern …

Mittlerweile hatte sie sich damit abgefunden, dass ich niemals aus diesem Clan rauskommen, dass es kein Ende geben würde, bis ich tot war. Die Vergangenheit hatte ihre Spuren auf uns hinterlassen, allein was unsere Denkweise anging – im Positiven sowie Negativen. Als einer unserer besten Freunde uns in den Rücken gefallen war und unser Baby getötet hatte, da war etwas in Mia gebrochen. Sie hatte – vor 13 Jahren – nicht nur zugestimmt, dass ich weitermachen und jeden zur Strecke bringen sollte, der das zu verantworten hatte. Sie hatte es von mir gefordert. Eiskalt.

Mit unserem Kind war auch ein Teil in ihr gestorben. Der Teil, der an das Gute in den Menschen glaubte.

Aber dass Robbie jetzt die selbe Laufbahn einschlagen musste wie ich. Das würde sie noch einmal umbringen.

Leider gab es keinen Weg dran vorbei.

Ich würde ihn niemals wieder alleine zu diesen abgefuckten Cavallis lassen. Ich würde ihn gar nichts mehr alleine tun lassen, bis ich mir sicher sein konnte, dass er verstanden hatte, wie die Dinge liefen. Sie waren gefährlich. Ein Leben bedeutete ihnen nicht viel – und ich würde alles tun, um das Leben meines Sohnes zu beschützen. Ich würde zum Bösen dieser Geschichte mutieren und alles zerstören, wofür er jemals gekämpft hatte! Ich würde sogar seine verdammte Schlunze, diese kleine Schlampe Gianna killen, wenn es nötig wäre.

Ich tötete nicht nur für mein Mädchen.

Er hatte keine Ahnung, mit wem er sich einließ. Aber wie auch? Vor den Kindern hatten wir mein Doppelleben strengstens geheim gehalten, doch das war jetzt vorbei. Robbie war mittendrin statt nur dabei, und es gab keinen Weg zurück.

Da es mitten in der Nacht war, dauerte es natürlich fünf halbe Ewigkeiten, bevor mein Mädchen abnahm – bei Weitem nicht so verschlafen, wie ich gedacht hatte, sondern alarmiert.

»Tristan, alles okay?«, fragte sie sofort und ich schloss für einen Moment die Augen. Ihre Stimme war immer noch Balsam für meine geschundene Seele. Sie war alles für mich.

»Hey Baby … na ja … also, ich habe noch alle Gliedmaßen und so eine Scheiße. Dem Ficker geht's auch gut. Ansonsten hab ich ein bisschen Kopfschmerzen…«

»*Was ist passiert*?« Ich wusste, dass sie sich jetzt aufgesetzt hatte. Sie merkte allein schon an meinem Tonfall, dass etwas nicht stimmte. Absolut nicht.

»Ich werde dir jetzt was erzählen, was dir nicht gefallen wird, und du wirst nicht durchdrehen.«

»Aha.«

»*Aha* mich nicht an. Ich kann nichts dafür! Das schon mal vorweg!«

»Was ist los? Tristan, sprich mit mir! *Sofort*!«, knurrte sie jetzt richtig pissig, und ich atmete tief durch, schloss erneut kurz die Augen und strich mir zum tausendsten Mal durch die Haare, die denen meines Sohnes so sehr glichen – wie auch meine Augen.

»Es geht um Robbie!«

»WAS IST MIT ROBBIE?!«, brüllte sie, wodurch

vermutlich das ganze Haus wach wurde. Außerdem saß sie nicht mehr, sondern war aufgestanden, wie ich an ihrem unruhigen Hin- und Herlaufen hörte. Bereit, sich anzuziehen und loszustürmen. Ich kannte sie in und auswendig.

»Setz dich wieder! Ich habe alles im Griff!« Vor meinem geistigen Auge sah ich, wie sie sich aufs Bett plumpsen ließ und den Hörer fester umklammerte.

»Was ist mit ihm?«, wisperte sie jetzt und erste Tränen bahnten sich in ihrer Stimme an. Es brachte nichts, um den heißen Brei herumzureden. Ich hatte außerdem schon lange zuvor damit aufgehört, irgendwelche Geheimnisse vor meiner Frau zu haben, um sie von allem fern zu halten, spätestens als diese Geheimnisse fast unsere Ehe gekillt hätten.

»Er wurde von seinen tollen Polizeioberkommissaren in die gute alte Mafiaszene eingeschleust, hat dort keine Geringere als Gianna Devito alias Cavalli getroffen, denkt, sich in sie verliebt zu haben und wird jetzt deswegen kein Polizist mehr sein, sondern für mich arbeiten.«

»Willst du mich verarschen?«

»Ja, so hat Robbie auch reagiert, als ich ihm sagte, er soll für mich arbeiten – witzig, dabei seid ihr gar nicht verwandt …«

»Tristan Wrangler!«, knurrte sie unheilvoll in den Hörer. »Das kann nicht dein Ernst sein! Wie oft hast du mit Luca diskutiert? Dich fast mit ihm geschlagen, weil du nie wolltest, dass Robbie in Berührung mit dem kommt, was du tust!«

»Jetzt bleibt mir kein anderer Ausweg, denn er *ist* schon in Berührung damit gekommen! Jetzt heißt es nur noch zu entscheiden, auf welche Seite er sich stellt und vor allem, ob er diesen Kontakt überlebt oder nicht!«

»Tristan!«

»Ich weiß, was ich tue! Und es gefällt mir auch nicht! Aber mir bleibt kein Ausweg!«

»Du machst seine ganze Zukunft kaputt!«

»Das macht er ganz alleine! Ich versuche nur, die Scherben aufzusammeln und so zusammenzufügen, dass er sich nicht daran schneidet. Zumindest nicht zu sehr!« Jetzt schluchzte sie auf und mein Herz stach ein kleines bisschen. »Es tut mir so leid, Baby«, wisperte ich. »Ich wünschte, ich hätte ihn davor bewahren können. Du weißt, wie sehr ich versucht habe, seinen Arsch aus dieser Scheiße rauszuhalten!«

»Ich weiß«, weinte sie nun wirklich und ich wollte zu ihr. Sie in die Arme nehmen. Ihr sagen, dass irgendwie alles gut werden würde – auch wenn ich keine Ahnung hatte wie. Es war alles einfach nur beschissen!

»Wir haben Drake; wir haben Gianna; wir haben alles, was wir wollten, und wir werden sie jetzt nach Italien zu Luca bringen. Ich nehme Robbie mit. Mach dir keine Sorgen, ich werde auf ihn aufpassen wie auf meinen Ficker.«

»Das will ich ja wohl hoffen!«, schniefte sie aggressiv. »Und genauso weiß ich, dass du sowieso tun wirst, was du für richtig hältst – egal, was ich sage! Jetzt muss ich also ertragen, dass nicht nur der Mann, den ich liebe, jeden Tag in Gefahr ist, sondern auch mein Sohn!«

»Ich wünschte, ich hätte es dir ersparen können!«

»Einmal Famiglia, immer Famiglia!«, knurrte sie bitter.

»Bis in den Tod«, gab ich seufzend dazu und wünschte, ich würde in einer anderen Welt leben. In der Welt, die ich mir für Mia und meine Familie schon immer gewünscht hatte. In einer sicheren Welt – aber gab es die überhaupt noch?

26.

Rob

Ich war immer noch alleine in Dads Büro, als sie zerzaust und mit verrutschtem Hemd hereinstolperte. Dabei wirkte sie so wütend wie eine durchgedrehte Wildkatze.

»IHR ARSCHLÖCHER! Die Eier sollen euch abfaulen!«, brüllte sie noch den zwei Anzugtypen hinterher, die sie hier rein verfrachtet hatten und die Tür gerade hinter sich schlossen. Sobald wir allein waren, richtete sie ihr Hemd und ihr Blick fiel auf mich. Wie ich hier so vor der Scheibe stand und den Club überblickte.

»ROB!«, rief sie, eilte zu mir, nahm mein Gesicht besorgt in ihre Hände und inspizierte mich genauestens. »Alles okay? Hat er dir was getan?«

Ich zog mein Gesicht von ihr weg, weil ich ihre Berührung nicht ertragen konnte. »Es ist alles okay! Geht's dir gut? Haben sie dir was getan?« Schnell überflog ich ihre immer noch bebende Gestalt, aber sie wirkte unversehrt.

»Nein«, knurrte sie und sah auch wütend nach unten auf die feiernde Menge.

»Du wusstest es die ganze Zeit?«, wisperte ich und konnte sie nicht ansehen. Es drohte mir, die Luft abzuschnüren, denn mir war klar, was ich ihr antun musste. Ich musste sie verraten.

»Ja, ich wusste es die ganze Zeit! Willst du mich jetzt nicht mehr, wegen Sachen, die mein Vater getan hat?«

Sofort schüttelte ich den Kopf und kniff die Lider zusammen. »Du kannst nichts dafür, wir können beide nichts dafür, was unsere Eltern tun …« *BITTE BABY!*

»Gottseidank!« Sie legte ihre Arme um mich, schmiegte sich an und vergrub ihr Gesicht an meiner Brust.

»Ja, wir können nichts dafür«, hauchte sie, ich erwiderte ihre Umarmung nicht, sondern blieb einfach nur stocksteif stehen und versuchte mich darauf vorzubereiten, was ich gleich in ihrem Gesicht sehen würde. »Du bist mir zu wichtig, Robert Wrangler, … ich … ich kann nicht mehr zurück. Egal, was zwischen unseren Familien ist, ich brauche dich.« Ich schloss für einen Moment geschlagen die Augen. »Ich werde für uns kämpfen! Gegen jeden! Sogar gegen Mum!« Ich konnte nicht mehr atmen, konnte es nicht mehr ertragen und schob sie an den Schultern von mir. Jetzt oder nie.

»Ich werde dich zu deinem Onkel Luca bringen.« Sofort fiel ihr Glück, ihre Leidenschaft, ihre Liebe für mich in sich zusammen. In ihrem Blick blieb fassungsloser Unglauben.

»Was?«

»Wir werden nach Italien fahren und ich werde dich zu deinem Onkel bringen!«

»WAS?«

»Du hast mich richtig verstanden!«, knurrte ich jetzt fast, hielt sie immer noch an den Schultern und sah ihr unbeugsam in dieses wunderschöne Gesicht. Sie schüttelte den Kopf, Tränen stiegen in ihre Augen und sie trat einen Schritt zurück.

»Du machst gemeinsame Sache mit diesem Wichser, mit deinem Vater …«

»Gianna!«

»NEIN! Du hast zu mir gesagt, du würdest mich befreien!«, brüllte sie mit einem Mal. Dann umfing sie sich selbst mit den Armen, während die ersten Tränen sich aus ihren Augenwinkeln lösten. »Du … du hast es mir versprochen! Jetzt komme ich vom Regen in die Traufe! Ich habe dir vertraut! Ich habe … habe dir geglaubt!«

»Ich wollte dich befreien, aber versteh doch …« Ich wollte sie anfassen, sie am Arm nehmen, an mich ziehen, aber sie knurrte mich mit blitzenden Augen an.

»Fass mich nicht an! Fass mich nie wieder an, Robert Wrangler!«

***

Wir saßen in Dads verkacktem 250.000 Euro Wagen – sie natürlich schweigsam und eiskalt, ich mürrisch und niedergeschlagen – und machten uns tatsächlich auf nach Italien. Ich konnte es selbst nicht glauben, als ich die Daten ins ultramoderne Navi tippte.

Dabei ignorierte ich ihr leises Schluchzen, sobald wir losfuhren, drehte das Radio lauter, in der Hoffnung, es nicht mehr zu hören. Es war ein Sinnbild für das, was aus mir geworden war. Innerhalb von einem Monat war aus dem braven Robert Wrangler, der Gesetze hüten und Menschen beschützen wollte, der Sohn vom Paten der Stadt und ein abgefuckter kleiner Verbrecher geworden – ohne Chance, noch einmal in mein altes Leben zurückgehen zu können.

Denn sie verkehrte in diesen Kreisen, und ich würde sie hier niemals ungeschützt lassen. Dafür würde ich alles tun. Allerdings hatte ich auch keine andere Wahl. Dad würde sie so oder so nach Italien bringen, auch wenn ich nicht mitspielte – dann besser mit als ohne mich. Auch wenn ich damit zum Bösen der Geschichte mutierte. Von ihrem Helden zu ihrem Kidnapper.

Ganz toll!

Super verkackt, Wrangler, aber das kannst du ja am besten!

***

Fünf Minuten, nachdem wir losgefahren waren, klingelte mein Handy. Ich hatte schon drauf gewartet und stellte seufzend das Radio lauter. Dabei fragte ich mich, ob es jetzt mit ihr genauso sein würde – so, als hätte ich sie nie gekannt. Ich wollte momentan nicht mit ihr reden, nicht nach dem ganzen Dreck, der passiert war, und noch weniger nach dem, was ich jetzt wusste. Da war so viel Wut und Frust und Chaos in mir. Ihre Stimme zu hören, würde mir den Rest geben.

Aber wenn Mum etwas wollte, war sie verdammt stur, und so klingelte zehn Minuten später das Handy immer noch, da sie unentwegt anrief.

Irgendwann wurde es Gianna wohl zu blöd, denn das Display des Handy erhellte immer wieder das Innere des Wagens, wenn ein neuer Anruf reinkam, also drehte sie das Radio leiser. »Geh ran!« Sie nahm das Handy und hielt es mir entgegen. Doch ich ignorierte sie, starrte stur nach vorne und umklammerte das Lenkrad. »Es ist deine Mutter!«, meinte sie fest und genauso fest sah sie mir in die Augen, als ich ihr einen unsicheren Seitenblick zuwarf. »Meine Mutter hat noch nicht angerufen und das, obwohl sie mittlerweile wissen müsste, dass ich von ihrem Todfeind entführt worden bin. Mein Handy ist hier immer noch sicher und angeschaltet in meinem BH und es hat nicht einmal geklingelt! Diese Frau liebt dich und macht sich Sorgen. ALSO. GEH. RAN!«

»Dad hat es dir nicht abgenommen?«, fragte ich mit großen Augen und sie grinste breit.

»Wer sucht schon im BH nach einem Handy?« Durch das Hemd sah man die Kontur auch gar nicht, aber zu lange durfte ich da nicht hinsehen, deswegen starrte ich wieder nach vorne. Ignorierte ihre Hand mit dem Telefon weiterhin.

»Hast du schon jemandem darüber verständigt, was wir vorhaben?«, fragte ich. Sie kaute auf ihrer Unterlippe, ich sah es ganz genau und konnte wieder diesen Mund auf meinem fühlen, ihr Stöhnen hören, ihre Fingerspitzen spüren …

»Nein«, sagte sie schlicht. »Jetzt geh endlich ran!« Und dann drückte sie einfach auf den grünen Knopf und hielt mir das Telefon ans Ohr, das ich ihr sofort abnahm.

***

»Robbie?«, fragte meine Mutter sofort und ich wusste es beim ersten Ton. Das war noch genauso Mum, wie sie es immer gewesen war – freundlich, mitfühlend, sanft …

»Hey Mum.« Ich klang, als hätte ich gerade ein Zeugnis mit lauter Sechsern nach Hause gebracht.

»Hey«, wisperte sie und dann sagte keiner von uns was – eine sehr lange Zeit.

Was sollte ich denn auch sagen? Dad hatte ihr sicher alles berichtet. Und was sollte sie sagen? Sollte sie mich fragen, ob es mir gut ginge? Sie wusste ganz genau, wie ich mich fühlte, das hatte sie schon immer gewusst. Meine Mutter hatte einen Instinkt dafür. Sie spürte, wie es den Menschen in ihrem Umfeld ging und besaß die Gabe, jeden nach einem Gespräch mit ihr immer irgendwie besser fühlen zu lassen. Aber jetzt war das schwer möglich.

»Ich hab Pfannkuchen gemacht!«, meinte sie plötzlich völlig aus dem Zusammenhang gerissen und ich musste lächeln. Ein trauriges, aber es war ein Lächeln.

»Du weißt ganz genau, dass ich nicht zum Essen kommen kann. Das ist eine fiese Info, Mum!«, zischte ich mehr als sarkastisch.

»Okay«, wisperte sie wieder und gab sich gekünstelt freudig. »Also du besuchst Onkel Luca endlich mal in Italien, er wird sich freuen.«

»Mum, bitte … Hör auf damit!«

»Okay. Weißt du was, versprich mir nur eins.«

»Was?«

»Tu nichts Unüberlegtes. Denk ab jetzt über jeden Schritt genauestens nach, keine impulsiven Handlungen. Keine Gefühle …« In ihrer Stimme klang ein Ernst mit, der mir Angst machte. »Flipp nicht aus. Weder vor Dad noch vor Onkel Luca, lass es über dich ergehen – erst mal.«

»Aber sie wollen die Frau, die ich lie…« FUCK! Gerade so konnte ich mich in meiner Wortflut stoppen, fühlte aber, wie das Blut in meine Ohrspitzen und Wangen rauschte. Meine Mum lachte leise, sanft, so wie meine Mum eben war.

»Ich weiß, dass du sie liebst.«

»Was, wieso? Dad behandelt mich die ganze Zeit wie ein Kleinkind, das seine eigenen Gefühle nicht einschätzen kann.«

»Du musst Gia Cavalli lieben, sonst wärst du niemals dort, wo du jetzt bist. Wegen keiner anderen Frau würdest du das tun, was du jetzt tust. Ich kenne einen Wrangler, wenn er jemanden liebt. Dann zählt nichts außer ihr. Aber Robbie, vergiss bitte niemals, dass du für mehr Leute zählst, für mich und deine Schwester und auch für Berta.« Ich verdrehte die Augen, aber hatte ein warmes Gefühl im Bauch.

»Ja, Mum.«

»Du kannst mich immer anrufen; du kannst mich alles fragen. Jetzt, wo du die Wahrheit weißt, bin ich irgendwie erleichtert, auch wenn ich das nicht sein sollte. Ich wollte diese Last nie auf deinen Schultern ablegen.«

»Mum, du weißt, für dich trage ich alles, egal wie schwer. Ich liebe dich.« Mit einem Mal hatte ich den heftigen Drang, ihr das zu sagen. Jetzt oder nie. Sie schluchzte leise auf.

»Gott, du bist wirklich der Sohn deines Vaters! Und du weißt, dass ich dich auch liebe, mehr als mein eigenes Leben! Ist dein Vater bei dir?«

»Leider«, knurrte ich und starrte düster die zwei Scheinwerfer an, die an meinem Arsch klebten. Mein Dad winkte mir, allerdings nicht gerade fröhlich.

»Ich weiß, es ist eigentlich noch zu früh, das zu verlangen, aber sei nicht zu hart zu ihm.«

»Er kann mich mal!«

»Ich wusste, dass du das sagen würdest.« Sie seufzte, dann wisperte sie: »Kannst du mich mal wieder anrufen, wenn ihr da seid? Und mir sagen, ob ihr gut angekommen seid?«

»Klar!«

»Okay! Danke, bis dann, ich geh jetzt Pfannkuchen essen!« Somit hatte sie schon aufgelegt und ich wusste, dass sie jetzt weinte, es jedoch nicht vor mir hatte tun wollen. Ich wollte zu Mum, ehrlich; ich wollte zu meiner Mama. Stattdessen legte ich das Handy wieder zurück, drehte das Radio lauter und trat aufs Gas.

27.

Gia

Es war für mich wirklich nicht leicht, nicht loszuheulen, während Rob mit seiner Mum sprach, vor allem, bei folgendem Satz: »Aber sie wollen die Frau, die ich lie…« Hatte er da gerade wirklich sagen wollen, dass er mich liebte? *So richtig?* Wie ich ihn? Wieso tat er es dann? Wieso brachte er mich zu seinem Onkel, obwohl er wusste, dass ich nicht hinwollte? Wieso hielt er sich nicht an sein Wort?

Wieso brach er mir das Herz?

Er war so hingebungsvoll und leidenschaftlich; er stand zu seinen Gefühlen; er würde für seine Mutter wirklich alles tun. Das merkte ich sofort und wurde fast eifersüchtig. Warum machte er nicht auch alles für mich, wenn er so stark für mich empfand? Jede Menge Fragen, von denen ich nicht eine beantworten konnte. Nur eins wusste ich sicher: Ich liebte diesen beschissenen Robert Wrangler. Denn ich war glücklich für ihn; glücklich, weil er Menschen hatte, die ihn wahrhaftig liebten und beschützten und sich um ihn sorgten.

Aber ich war auch enttäuscht und verletzt, und einfach sauer.

Er trieb mich in die Arme meiner Feinde, hielt mich dort sogar gefangen. *Er war der Feind!*

Wie konnte der Mann, den ich liebte, so schnell zum Feind geworden sein?

Gestern Abend in dem Club hatte ich wirklich kurz gedacht, wir könnten es irgendwie schaffen – egal wie. Doch dann war alles völlig aus dem Ruder gelaufen und die Geschichte nahm nun einen Verlauf, den ich ganz sicher nicht vorausgesehen hatte …

Einen Verlauf mit völlig ungewissem Ausgang.

***

Ich döste so vor mich hin, während wir die fast leere Autobahn entlangrasten, doch als sein Handy erneut vibrierte, weckte mich das sofort. Ich konnte gerade noch den Namen »NATALIE« auf dem kleinen Bildschirm erkennen, als sich Rob auch schon das Handy schnappte und sofort abhob.

»Was?«, zischte er und sah sich vorsichtig nach mir um. Vermutlich hoffte er, ich wäre nicht aufgewacht. Mit verengten Augen erwiderte ich seinen Blick und verschränkte die Arme vor der Brust. Er zuckte fast zusammen, beherrschte sich aber und lächelte dann. Eine eindeutig weibliche Stimme laberte ihm das verdammte Ohr ab und er LÄCHELTE?

Ich würde ihn töten!

»Es tut mir leid, ich werde die nächsten Wochen nicht zur Arbeit erscheinen. Ich habe Gürtelrose …«

Ein Quietschen drang an sein Ohr, was so laut war, dass sogar ich es hören konnte, worauf er das Handy für einen Moment stirnrunzelnd von sich weg hielt. »Nein, nein, da hatte ich das noch nicht!« Wieder sah er mich so vorsichtig an, dass ich meine Hände zu Fäusten ballen musste, um ihm nicht an die Gurgel zu springen.

Was hatte er mit der Schlampe Natalie gemacht?

Wo wohnte sie!?

Ich würde ihr den verfickten Mund ausreißen, wenn sie ihn damit berührt hatte. Und die Finger auch! Alles!

Robert Wrangler gehörte mir!

Irgendwie!

So genau wusste ich das auch nicht, aber auf eine seltsame Art und Weise hatte er mir schon ab dem ersten Moment gehört, als wir uns getroffen hatten!

Und klar, ich hatte gesagt, er solle mich nie wieder anfassen, aber das war kein Freifahrtsschein, um *andere* Frauen anzufassen! So war das nicht! Und er sollte auch nicht mit ihnen telefonieren! Oder dabei LÄCHELN! Sein Lächeln war zu schön, es sollte nur mir gehören!

»Ja, Natalie«, murmelte er. »Okay …« Als er grinste, reichte es mir endgültig.

Kurzerhand nahm ich ihm sein Handy ab, öffnete mein Fenster und schmiss es hinaus. Dann ließ ich es in aller Ruhe wieder hochsurren und ignorierte seinen starren, fassungslosen Gesichtsausdruck. Er war so schockiert, dass er nicht einmal brüllen konnte.

»Ich mochte sie nicht!«, sagte ich locker, ohne ihn

anzusehen, und versuchte wirklich zwanghaft, nicht in Tränen auszubrechen – vor Lachen.

***

Der Knallkopf fuhr gleich bei der nächsten Tankstelle raus, packte meine Hand und zerrte mich durchs Gestrüpp neben der Autobahn. Ich musste mit meinem Handy leuchten, während er seins suchte. Motzend, fluchend, mich beschimpfend, aber auf eine lustige Art. Er nannte mich unter anderem einen kleinen Hornochsen – was mich zum Lachen brachte. Ich half ihm, weil ich ein schlechtes Gewissen bekam und wir fanden sein Handy sogar am Autobahnrand liegen – mit zerbrochenem Display und absolut unbrauchbar. Aber hey, wir hatten es gefunden!

Ich lachte immer noch, als sein Vater durch das Gebüsch gestapft kam und uns fragte, ob wir hier verdammt noch mal 'ne Nummer schoben oder was die Scheiße sonst sollte. Rob ignorierte ihn völlig, nahm meine Hand und zog mich wieder zu der Tankstelle. Vor den Frauentoiletten ließ er mich los. »Geh aufs Klo!«, befahl er knapp und positionierte sich mit verschränkten Armen davor wie ein Bodyguard.

»Was soll das denn?«, fragte ich nicht mehr ganz so amüsiert.

»Bei dir weiß man nie«, antwortete er, ohne mich anzusehen, und überblickte den Parkplatz. Ich verdrehte die Augen und gehorchte – widerwillig.

Selbstverständlich zahlte ich keine 70 Cent, sondern schwang ich mich unter der Schranke durch. Ich war doch nicht bescheuert, dafür zu zahlen, dass ich so freundlich war, denen nicht auf den Parkplatz zu pinkeln!

***

Natürlich hatte er völlig recht. Bei mir konnte man nie wissen und natürlich floh ich bei der erstbesten Gelegenheit. Wie er mich davon abhalten wollte, indem er auf der anderen Seite wartete? Keine Ahnung. Es war einfach, das Fenster zu öffnen; auf das Waschbecken zu steigen – die Blicke der anderen Pisser, haha zu ignorieren –, mich hochzuhieven, das Knie hochzuziehen, mich hochzustemmen, mich umzudrehen, den Leuten im Waschraum, noch mal zu zeigen, dass sie leise sein sollten, und mich mit den Beinen voran wieder hinabzulassen. HA! Das war echt easy! Zufrieden grinsend klopfte ich mir die Hände ab, drehte mich um und lief frontal in eine harte Brust. Als ich hochsah, waren es mir bekannte grünbraune Augen – nur nicht die von Rob. Tristan Wranglers Lippen verzogen sich selbstgefällig grinsend nach oben.

»Und gleich wieder zurück, Prinzessin!«, forderte er trocken mit verschränkten Armen und ich funkelte ihn wütend an. Wieso sah der eigentlich bei allem, was der tat, genauso gut aus wie sein Sohn? Was waren das nur für verkackte Gene?

»Können wir nicht drum rum gehen?«

»Nö!«, meinte er locker und nickte zu dem Fenster.

So ein Arsch!

***

Rob hatte von meinem Fluchtversuch Nummer eins keine Ahnung. Fröhlich pfeifend ging er mir voraus in die Tankstelle, kaufte allerhand Zeug – Wasser und Cracker, alles andere war zu ungesund –, und literweise Kaffee, natürlich ohne Zucker, ohne Milch. Sein Dad tankte inzwischen beide Autos voll und rauchte in aller Ruhe dabei – so ein Pfosten! Aber wenn alles in die Luft fliegen würde, wäre ich froh, also kommentierte ich es nicht. Stattdessen lud ich meine Arme voll mit Süßigkeiten, Red Bull und Cola und stiefelte zu Rob an die Kasse. Dort ließ ich alles fallen und fing noch diverse Riegel auf, die die Flucht ergreifen wollten – die stammten wohl aus *Sausage Party*. Aber sie hatten keine Chance. Rob verzog das Gesicht, aber er hielt seine verdammte Kreditkarte hin und zahlte murrend.

»Sehr freundlich!« meinte ich, packte alles in die weiße Tüte, die mir die verdatterte Verkäuferin gegeben hatte, und tänzelte voraus aus der Tankstelle. Aber in meinem Kopf bildete ich schon wieder tausende neue Fluchtpläne. Rein aus Prinzip!

28.

Sein Vater entschied, dass es besser war, nicht die gesamte Strecke an einem Tag zurückzulegen, und ehrlich gesagt, war ich heilfroh, mitten in der Nacht aus dem Auto auszusteigen und endlich festen Boden unter den Füßen zu haben.

Diese Fahrt war die reinste Folter gewesen. Allerdings waren wir mittlerweile schon am Meer. Ich hörte das entfernte Wellenrauschen und sog tief die salzige Luft in die Lungen – sie erinnerte mich an meine Kindheit, in der ich viel öfter als jetzt in Italien gewesen war. Leider konnte ich nur noch ein paar Brocken der Sprache, aber dennoch waren das hier für mich Landsmänner. Es war wie heimkommen.

Wir fuhren einen kleinen Berg hoch und hielten einen Moment vor einem uralten Tor. Es handelte sich eindeutig um irgendeinen herrschaftlichen Sitz, dessen Zugang lautlos aufglitt, sodass wir passieren konnten. Der Kiesweg wurde rechts und links von hohen Hecken gesäumt. Das Haus war dunkel und endlos. Als wir der hell erleuchteten Auffahrt folgten, wirkte es fast wie ein Geisterschloss, aber nur auf den ersten Blick. Im Grunde schien es ultramodern zu sein. Hinter der Villa blieben wir stehen und ich stöhnte erleichtert, als Rob meine Autotür öffnete und ich aussteigen konnte. Dann hob ich den Blick und mir klappte vor Erstaunen der Mund auf. Es war atemberaubend schön hier.

Wir waren hier mitten in den toskanischen Weinbergen auf einem der höchsten Hügel, von dem man sicher fünfzig Kilometer weit ins Land sehen konnte – sogar die Weinberge auf der anderen Seite. Alles war durch orange flimmernde Straßenlaternen und Lichter in den Häusern erhellt; Autos fuhren wie Ameisen über unzählige Straßen; Züge rollten durchs Land. Hier und da waren andere Villen auf den umliegenden Hügeln stark beleuchtet. Der Ausblick hatte etwas Malerisches, absolut Beruhigendes. Er war umwerfend.

»Wow,«, wisperte ich leise, während Rob die paar Sachen aus dem Kofferraum holte, die wir während der Fahrt gekauft hatten.

»Das kannst du laut sagen«, erwiderte er, stellte sich neben mich und ließ, so wie ich, die Gegend auf sich wirken.

Klar, wir waren in einer Scheißlage, aber ich wusste nicht, wieso mich das abhalten sollte, die schönen Dinge nicht dennoch zu genießen, wie zum Beispiel dieses bombastische Panorama. Mein Motto war, aus allem das Beste zu machen, und wäre es noch so beschissen.

»Wem gehört die Villa?«, fragte Rob, als sein Vater ihm die Sachen abnahm. Der grinste breit.

»Mir.« Dann schlenderte er ins Innere des Hauses.

Rob sah ihm hinterher, als hätte er ihm eröffnet, der Weihnachtsmann zu sein.

***

Vorhin hatte ich ein leises Plätschern gehört, als wir auf dem Parkplatz ausgestiegen waren. Jetzt war ich frisch geduscht, trug lediglich ein gemütliches riesiges Schlafshirt in Schwarz, ein frisches Höschen und entschied mich dazu, die warme italienische Nacht zu erkunden und rauszufinden, was es mit dem Wasser auf sich hatte.

»Ich gehe nur in den Garten«, meldete ich mich brav bei Rob ab, der in dem wirklich gemütlichen aber teuren Wohnzimmer saß – inklusive Kamin und antiken Möbeln – und seit einer Stunde düster vor sich hinstarrte. Ohne eine Antwort abzuwarten, ging ich raus auf die überdachte Terrasse, vorbei an dem riesigen Grill und einem komischen Kopf aus Marmor auf einem Sockel von »Papa Alfredo«, der, wie ich anhand der Inschrift erfuhr, der Architekt der Villa war. Ein guter Mann, denn das Haus war wirklich wunderschön und exquisit, aber nicht protzig eingerichtet. Wie verzaubert schlenderte ich weiter, nahm die drei Treppen in den riesigen Garten und ging barfuß über das strohige pieksige Gras, das von der toskanischen Sonne völlig ausgedörrt war.

Die Villa rückte immer weiter in den Hintergrund, bis sie ganz verschwand, als ich einen leichten Abhang hinabging. Dafür wurde das Grillengezirpe immer lauter. Der Mond spendete genug Licht, sobald sich meine Augen angepasst hatten, sodass ich keine Angst verspürte. In der Natur hatte ich nie Angst, denn ich liebte es, draußen zu sein. Dann fühlte ich mich als Teil von etwas Großem, Mächtigem, und so genoss ich jede Sekunde. Ich konnte nachts durch Wälder gehen oder durch Parks, ohne Angst zu haben. Außer, wenn Menschen in der Nähe waren. Zu viele waren eine perverse Abartigkeit – vor denen sollte man Angst haben. Nicht jedoch vor der Natur, aus der wir entstanden waren.

Dann sah ich ihn. Erhellt von ein paar Scheinwerfern lag er ruhig in der Dunkelheit und überschaute die umliegenden Berge – ein riesiger Panoramapool. Auf der einen Seite lief er über und bildete somit einen Wasserfall, der in einem kleinen Becken am unteren Teil des Hügels mündete. Es hatte etwas Magisches an sich, das leise Wasser rauschen zu hören und zuzusehen, wie das Licht sich darin spiegelte und verschiedene Formen auf den Grund reflektierte.

Lächelnd setzte ich mich an den Rand und testete, ob der Pool beheizt war. Das war er tatsächlich, außerdem liebte ich es, zu schwimmen. Lippenkauend schaute ich mich um, aber es war weit und breit niemand zu sehen und von außen konnte auch niemand auf das Gelände einsehen. Dann zuckte ich die Schultern, zog kurzerhand das Shirt und mein Höschen aus und hechtete ins kühle Nass.

Es war wunderbar erfrischend. Alle meine eingeschlafenen, strapazierten Nerven wurden sofort prickelnd zum Leben erweckt, als ich an die Wasseroberfläche kam und ein paar kräftige Züge schwamm. Ich fühlte mich wie ein Fisch, absolut frei; tauchte unter, nur um wieder nach oben zu kommen. Dann drehte ich mich auf den Rücken, ließ mich so treiben und beobachtete den klaren Sternenhimmel über mir.

Ich sah darin seine Augen. Sie durchbohrten regelrecht meinen Verstand und erinnerten mich an den Abend im Club. Wie er mich angesehen, meinen Namen gestöhnt, mich gehalten hatte.

Die eigentlich warme Luft fühlte sich nun kühl an, sodass sich meine Brustwarzen aufstellten. Es hatte etwas Aufregendes, nackt zu schwimmen. Vor allem, weil ich wusste, wer sich noch auf dem Gelände befand. Ein Prickeln überlief meinen Körper, machte – zusammen mit meinen Erinnerungen an ihn – meine Nippel noch härter und ließ meinen Schritt verlangend pochen. Sanft strich ich über meine Brustwarzen, hob ein wenig die Hand und ließ das Wasser auf meinen Bauch perlen. *Was gäbe ich dafür, wenn er jetzt hier wäre.* Das Pochen zwischen meinen Beinen wurde stärker und ich schloss leise stöhnend die Augen.

***

Rob

FUCK!

Ich stand mit einem absoluten Überständer hinter einem verkackten Pinienbaum und hatte Atemnot, denn was diese kleine Nixe da machte, war mehr als sexy; es war absolut berauschend, magisch, hypnotisierend … Dafür gab es keine Worte.

Einerseits fühlte ich mich wie ein irrer Stalker, hier im Schatten zu stehen und sie zu beobachten, andererseits konnte ich meine Augen nicht von ihr lösen. Egal, wie sehr ich wollte.

Was dachte sie sich auch? Dass ich sie auch nur eine Minute aus den Augen lassen würde? Dass ich ihr vertrauen würde? Mittlerweile wusste ich genau, wie Gia tickte. Sie wartete nur auf eine Möglichkeit abzuhauen. Außerdem war alles besser, als drinnen mit Dad zu sitzen. Der hing sowieso nur am Telefon, rannte durch die Bude, fluchte, war aufgebracht und diskutierte mit irgendwelchen Leuten, teilweise auf Italienisch – schön, wusste ich auch mal, wie perfekt er diese Sprache beherrschte. Zu dem Zeitpunkt, als Mum angerufen hatte und er schwer seufzend rangegangen war, hatte ich das Telefon genommen, ihr gesagt, dass es mir gutging und war dann so schnell ich konnte abgehauen.

Kurz darauf hatte ich Gianna im Pool vorgefunden – nackt und auf dem Rücken schwimmend. Ich hatte sie noch nie nackt gesehen, aber sie war genauso perfekt, wie ich sie mir immer vorgestellt hatte, auch ohne Komplettrasur. Statt sich alle Haare zu entfernen, hatte sie einen schmalen, gepflegten Streifen stehen lassen. Das war so heiß!

Meine Finger zuckten, mein Ficker sprengte fast die Hose, und mir lief das Wasser im Mund zusammen, als wäre sie meine Lieblingsspeise auf dem Büfett. Einfach unwiderstehlich. Und sie strich mit ihren Fingerspitzen gerade sanft über diesen flachen Bauch herab und stöhnte sehnsüchtig: »Rob …«

Ich konnte nicht mehr an mich halten. Lautlos trat ich an den Pool heran, und als hätte sie meine Präsenz gespürt, fand mich ihr smaragdgrüner Blick sofort. Sie war nicht überrascht oder schämte sich, sie ließ sich einfach weiter treiben und sah mir intensiv in die Augen. Offensichtlich wollte sie mich, genauso wie ich sie wollte.

»Jede einzelne Nacht träume ich von dir«, begann ich zu reden und knöpfte gleichzeitig mein schwarzes Hemd auf. »Jede Nacht verführst du mich in meinen Träumen, mit genau diesem wunderschönen Körper, deiner Stimme, deiner gesamten Art. Jede Nacht ist die reinste Folter. Jede Nacht erlebe ich das Paradies im Traum, aber wenn ich aufwache, liegst du nicht in meinen Armen.« Schließlich zog ich das Hemd aus, während ich um den Pool herumging und sie glühend von allen Seiten beobachtete. Sie folgte mir mit Blicken, blieb ansonsten völlig ruhig. Aber ihr Körper sprach für sie. Gänsehaut perlte über ihren Körper und ihre Nippel wurden noch steifer.

»Red weiter!«

»Seitdem ich dich das erste Mal gesehen habe …« Ich öffnete meinen Gürtel. »Kann ich an nichts anderes mehr denken als an deine Augen, diese wunderschönen störrischen Augen, und deine Lippen, diese perfekten, vollen Lippen. Lippen, die jeden Mann in den Wahnsinn treiben.« Ich zog den Reißverschluss herab. Die Hose fiel zu Boden, sodass ich mich ihr und auch meiner Socken entledigen konnte. Dann schlenderte ich weiter um den Pool herum – zog die Kreise um meine Beute enger. Sie zischte, als ihr Blick sich auf den Ständer hinter meiner schwarzen Calvin Klein Shorts heftete. »Ja, so hart machst du mich. Nur ein einziger Gedanke an dich und ich verliere die Kontrolle über meinen eigenen Körper.« Sie lächelte triumphierend, worauf ich auch grinsen musste, und streifte mein Unterhemd ab. »Ich wusste, dass dir das gefallen würde. Du bist eine dieser Sirenen aus den Geschichtsbüchern. Mit deiner Ausstrahlung ziehst du alle in deinen Bann und machst sie absolut abhängig von dir. Du hast mein gesamtes Leben auf den Kopf gestellt. Ich weiß nicht mehr, was ich eigentlich vom Leben will, was ich von mir will oder wer ich bin. Ich weiß nur, dass ich dich so sehr will wie nichts zuvor auf dieser Welt. Ich habe versucht, mich zu wehren, aber ich kann nicht mehr und ich will auch nicht mehr.« Somit zog ich meine Shorts aus und sie hielt den Atem an. Ihre Augen wurden etwas größer, als er an die frische Luft sprang. Mein Herz raste wie verrückt, alles in mir bebte, aber sie formte ein fasziniertes »OH!« mit ihren wunderschönen, vollen Lippen und wisperte dann »Wow, Rob!« bevor sie mir in die Augen sah. Ich wurde knallrot, überwand mich aber und stieg über die drei Treppen langsam zu ihr ins Wasser. Auch wenn meine Knie dabei weich wie Pudding waren. »Wenn du es nicht willst, dann sag es. Jetzt oder nie. Denn ich werde mich nicht noch länger zurückhalten! Es reicht, Gianna, ich will nicht mehr spielen – jetzt wird es ernst!«

***

In dem Moment, als ich bis zu den Schultern im Wasser versank, stellte sie sich gerade hin und sah mich mit großen Augen und feuchten perfekten Lippen an.

»Rob«, wisperte sie, während ich auf sie zuschwamm.

»Was?« Meine Stimme war leise und rau, heiser und erregt. Ihr Blick ungläubig, aber lustvoll auf mich gerichtet, als sie die Hände vor der Brust verschränkte, mir wieder diese verletzliche süße Seite offenbarte.

»D … du bist nackt!« Sie drehte sich mit mir, weil ich sie umrundete.

»Du auch!« Wie ein weißer Hai schwamm ich weiter auf sie zu – meine Beute fest im Blick – und wusste, es gab kein Zurück mehr. Es stand in ihren Augen geschrieben, genauso wie in meinen.

»Rob!« Ihre Lippen bebten, genauso wie ihre Stimme. Wie ein verängstigter sexy Hase sah sie mich an, aber da war auch diese Sehnsucht in ihrem Blick, die meinen Schwanz schmerzlich pochen ließ.

»Ja?«

»Was hast du vor?« Langsam schwamm sie rückwärts vor mir weg, genauso langsam und gemächlich verfolgte ich sie.

»Weißt du was, reden wir doch mal Tacheles. Du willst mich, ich will dich. Du platzt bald und ich auch.« Darauf konnte sie nichts antworten, sie konnte auch nicht protestieren, denn es war die Wahrheit und sie war keine Lügnerin.

»Ich weiß, wir sind in einer beschissenen Lage. Ich bin so was wie dein Kidnapper, aber …« Ich drängte sie an den Rand des Pools, sodass sie keine Möglichkeit mehr hatte, zurückzuweichen. Ohne ihren Blick loszulassen, stützte ich langsam meinen Arm hinter ihr ab. »Ich will dich, Gianna Devito. Ich will dich endlich um mich herum spüren, und wenn es das Letzte ist, was ich spüre.« Sie stöhnte, als ich mich vorbeugte und mit meinen Lippen über ihre Schläfe geisterte, dort gegen ihre Haut sprach, sie mit dem anderen Arm einkeilte und dann langsam meinen nackten Körper an sie schmiegte. Meinen Schwanz an ihren Bauch, mein Knie zwischen den ihren. Sie glitten mehr als bereitwillig auseinander und ihre Schenkel legten sich um meine Hüften, als hätte wir es einstudiert, weswegen mein Schwanz das erste Mal mit ihrer nackten und sehr feuchten Pussy in Berührung kam.

Wir stöhnten beide auf. Es war wie ein elektrischer Schlag, ihre Hitze zu fühlen.

»Oh Gott!« Sie schlang ihre Arme um meinen Nacken.

»Was?«

»Fick mich!«

»So böse Worte aus so einem schönen Mund«, hauchte ich und strich ihre Unterlippe nach, bevor ich mich vorbeugte und dem Weg mit meinem Mund folgte. »Du weißt genauso gut wie ich, wenn wir es einmal tun, gibt es kein Zurück mehr. Das Feuer zwischen uns schwelt zu heiß, als dass es irgendjemand wieder löschen könnte.«

»Ich will nicht, dass es gelöscht wird.« Ihre Schamlippen schmiegten sich einladend und verstandraubend um meinen Schwanz, der irgendwie in genau die richtige Position rückte.

»Gia, ist es das, was du willst?« Ich bewegte mich – direkt an ihrer heißesten Stelle.

»Ja, Rob, verdammt! Frag nicht tausendmal!« Langsam wurde sie wütend. Ich mochte es und reizte sie noch ein wenig weiter – keine Ahnung, woher ich die Kraft dafür nahm.

»Soll ich es wirklich tun, einfach nach vorne stoßen, in dich eindringen?« Ich deutete es an; sie keuchte auf.

»Ja!« Ihre Stimme bebte, genauso wie ihr ganzer Körper. Nicht vor Angst, sondern vor Spannung, vor Lust …

»Verhütest du, Baby?«

»WAS?«, zischte sie mich jetzt an, drängte mir ihr Becken weiter entgegen, schob sich fast selbst um mich, sodass ich mich hinter ihr an den Poolrand krallen musste.

»Ich habe gefragt … oh fuck … ob du verhütest!« Sie hatte sich noch weiter vorbewegt. Meine Eichel presste sich leicht in sie und meine letzte Gehirnfunkton verabschiedete sich.

»JA, MANN! Ich nehm die Pille! Das kannst auch nur du, so kurz davor, so was fragen! Mach jetzt endlich! Wir haben lang genug gewartet!« Sie funkelte mich fordernd an, so süß, so bezaubernd, so verdammt sexy. Ich konnte nicht anders.

Verbissen umfing ich ihn, hielt ihn fest und bewegte meine Hüften nach vorne.

»Ohhh fuuuuck!« Sie war so wunderbar eng, warm und weich. Es war wow, sich in sie zu schieben – langsam, denn ich war ziemlich groß und sie klein, aber dafür sehr feucht, und das nicht vom Wasser. Ihr schien es nicht weh zu tun. Sie hielt den Atem an, mit ihrem Mund direkt an meinem, und schloss vor Genuss die Augen, bewegte dann ihr Becken ruckartig nach vorne sodass ich auf einmal bis zum Anschlag in ihr war. Ihre Lider glitten auf und da war nichts als die dunkelste Lust, die pure Gier und die absolute Hingabe … Zittrig sah ich sie an, hatte Angst zu kommen. Dann lächelte sie.

»Ich bin deine Erste, nicht wahr?«, wisperte sie und zog ihr Becken zurück.

»Fuck!«, knurrte ich und krallte mich noch fester in den Rand hinter ihr. Ich sagte jetzt besser nichts, aber das eine Mal davor war eigentlich gar kein richtiger Sex gewesen. Es war *nichts* im Gegensatz hierzu gewesen, das wurde mir jetzt klar.

»Und du kämpfst schon jetzt damit, nicht zu kommen«, hauchte sie und bewegte ihre Hüfte wieder nach vorne, nahm mich tief auf.

»Gott!« Ich ließ meinen Kopf nach hinten fallen, krallte mich mit einer Hand in ihren Arsch und fing an, mich mit ihr zu bewegen – langsam, genüsslich. Ich hielt es kaum aus.

»Wie fühlt es sich an, nach so langer Zeit endlich in mir zu sein?«, fragte sie und biss mir ins Ohrläppchen. Dieses kleine Luder! Sie machte mich fertig! »Endlich das zu fühlen, was du schon die ganze Zeit willst?«

Sie stöhnte und ich stieß mit einem »Verdammt gut!« härter zu, woraufhin sie aufquietschte und sich an meinen Schultern festklammerte.

»Yeah, Baby, das ist es. Dich so hart zu fühlen, dass du fast platzt; zu fühlen, wie du wie ein Tier in mich fickst und dich immer mehr gehen lässt. Oh GOTT!« Ich hatte erneut härter zugestoßen, war schneller geworden, ich verlor einfach meine Beherrschung. Aber wie auch nicht? Und sie wollte es. Sie wollte alles von mir. »Zu fühlen, wie geil ich dich mache, wie ich dich dazu bringe, deine Kontrolle zu verlieren; dir zu nehmen, was du brauchst. Oh Gott im Himmel!« Tief holte ich Luft, rang mit mir, krallte mich mit beiden bebenden Händen in den Beckenrand fest, aber ich hatte keine Chance. Ich brauchte keine weiteren Worte, konnte es nicht mehr ertragen. Sie war viel zu heiß und ich hatte zu lang auf genau das hier gewichst.

In dem Moment, als ich fühlte, dass ich explodierte, presste ich meine Lippen auf ihre und küsste sie. Küsste sie, wie sie hoffentlich noch nie ein Mann geküsst hatte.

Ja ja, es tut mir ja auch immer noch leid, dass ich sie nicht stundenlang in diesem Pool gefickt habe, bis sie mindestens drei Orgasmen hatte – aber jetzt mal im Ernst, wer hält es schon stundenlang aus, wenn er endlich seine absolute Traumfrau das erste Mal ficken darf! KEINER! Also bitte, haltet euch ein wenig mit euren verzogenen Gesichtern zurück! Außerdem war es trotzdem heiß!

29.

Gia

»Du bist nicht gekommen!«, zischte mich Robert Wrangler mit einem Mal an, als wäre das ein Vergehen. Dann fühlte ich seine Hände an meiner Taille. Er hob mich auf den Beckenrand, als würde ich nichts wiegen, beugte sich vor und seine heiße Zunge glitt zwischen meinen Schamlippen entlang. Ich war noch so geschwollen, so feucht und so erregt, dass ich sofort aufstöhnte und eine Hand in seine Haare grub.

»Dein Vater könnte uns sehen.«

»Ist mir fuckegal!«, knurrte er und schob zwei Finger in mich – bis zum Anschlag. »Sag mir, was du brauchst!«, forderte er düster, unerbittlich und offenbarte mir eine Seite, die ich so heftig ausgeprägt noch nie an ihm gesehen hatte.

Er war dominant – und wie.

»Gott, Rob, leck über meinen Kitzler«, keuchte ich und ließ meinen Kopf nach hinten fallen, als er es tat. »Oh Gott, ich komme gleich!«

»Ich weiß!«, knurrte er und das war alles, was ich brauchte. Ein paar Stöße seiner langen Finger, während seine warme, weiche Zunge genüsslich meinen Kitzler umkreiste und schließlich ein paar Mal direkt darüber leckte. Die Wucht meines Orgasmus´ knockte mich förmlich aus und ich fiel nach hinten auf die kalten Kacheln, die den Pool umgaben. Gerade so konnte ich mich davon abhalten, meine Ektase in die italienische Nacht zu schreien. Gerade so konnte ich meine Hände auf meinen Mund pressen, während ich zuckte und kam und kam und kam, weil er immer weitermachte.

Doch schließlich wurden seine Bewegungen langsamer, sanfter, aber er starrte immer noch zwischen meine Beine und wirkte wie hypnotisiert.

»Das war das Heißeste, was ich jemals erlebt habe«, murmelte er und zog seine Finger langsam aus mir. Ich wimmerte fast, doch gleichzeitig musste ich leise lachen. Er schwang sich neben mich aus dem Wasser und beugte sich mit einem Mal über mich. Küsste mich.

»Du bist der Wahnsinn!«, wisperte er und sah mir tief und glücklich in die Augen, während er mir ein paar nasse Haare von der Wange strich. »Und es tut mir leid, dass ich … dass ich so früh … Ich hätte dir gerne mehr gegeben … Ich wollte…« Ich lachte wieder und hielt seinen Mund zu.

»Das macht nichts. Du hast mir mehr gegeben, als ich mir jemals gewünscht habe!« Dann kuschelte ich mich in seine Arme, schaute mir den Sternenhimmel an und genoss das Gefühl, wie sein Sperma träge aus meinem Inneren floss. Ich fühlte mich auf eine neanderthalermäßige Weise so, als hätte er mich markiert. Als hätte er mich für alle Zeit für sich beansprucht. Als würde ich nun wirklich ihm gehören –

obwohl ich von so etwas eigentlich nicht viel hielt – und wusste, dass es wirklich keinen Weg mehr zurück gab. Und ich wollte nicht mehr zurück. Nie wieder. Alles, was ich wollte, war Robert Wrangler. Immer und immer wieder, und doch würde ich ihn nicht bekommen.

***

Es dämmerte. Die Sonne ging langsam hinter den gegenüberliegenden Bergen auf und hüllte den leichten Nebel, der über der Wiese lag, in ihren orangefarbenen Glanz. Die Dämmerung hatte etwas Magisches, als würde diese Welt in eine andere Welt übergehen. Alles, was wach gewesen war, legte sich schlafen; alles, was geschlafen hatte, erwachte zum Leben. Vögel fingen an zu zwitschern, Rob motzte im Schlaf, ich grinste und kuschelte mich enger in seine Arme.

Mittlerweile hatten wir auf eine der unzähligen Liegen am Pool gewechselt, worauf mich Rob in eine Decke gepackt hatte wie eine Wurst im Schlafrock. Jetzt lag ich hier, mitten in Italien, in Robert Wranglers Armen auf dieser Sonnenliege und war die glücklichste Frau dieser Welt – und gleichzeitig die traurigste.

Nun wusste ich endlich, wie es war, wenn man mit jemandem schlief, den man wirklich liebte. Sex ohne Gefühle ist nur ein schwacher Abklatsch dessen, was man dabei empfinden kann, wenn man seinen Körper mit jemandem vereint, dem man auch seine Seele geschenkt hat. Es war kurz, aber trotzdem so heiß gewesen. Schon alleine sein Blick, als er den Pool umrundet und sich dabei ausgezogen hatte, hatte mich so unsagbar erregt, dass ich nicht mehr klar denken konnte. Düster, verlangend, unnachgiebig, und dann dieser Körper, den er in aller Ruhe vor mir entblößte, und erst dieser Schwanz. Ich würde normalerweise niemals behaupten, dass ein Schwanz hübsch wäre, aber Robert Wranglers Schwanz *war* hübsch – ästhetisch, gerade, perfekt geformt und größer als jeder Schwanz, den ich davor je in mir gehabt hatte. Er besaß einen Pornoschwanz! Er war eindeutig von Gott gesegnet und er wusste es – ich hatte es an dem triumphierenden Glitzern in seinen Augen gesehen. Meine überraschte Reaktion gefiel ihm nicht nur, es ließ ihn zucken und er schien noch härter und mächtiger zu werden. Ich konnte kaum meine Augen von seinem Penis nehmen, aber ich schaffte es irgendwie doch. Denn sein Körper, oh Gott im Himmel, dafür bräuchte er eigentlich einen Waffenschein! Völlig gepflegt und vor allem mit Muskeln an genau den richtigen Stellen, an denen sich das Wasser spiegelte. Mein Mund wurde trocken, als er mit der Eleganz einer Raubkatze ins Wasser stieg. Obwohl die Wasser ja eigentlich meiden – zumindest Löwen. Egal!

Robert Wrangler hatte sich entschieden, sich das zu nehmen, was er wollte – mich – und es gab kein Zurück mehr. Was er gesagt hatte, wie tief seine Gefühle für mich wirklich gingen, wie er ins Wasser gekommen war und mich wie ein weißer Hai langsam verfolgt hatte – das war der Inbegriff der Sexyness. Robert Wrangler war das Synonym für Sexyness. Ehrlich, ich hatte noch niemals so einen Mann wie ihn erlebt. Das lag sicher auch an den Genen, denn auch wenn ich Tristan

Wrangler hasste, so konnte ich nicht umhin, zuzugeben, dass er unsagbar attraktiv war. George Clooney und Michael Fassbender waren ein Scheißdreck dagegen. Dieser Mann würde wohl mit jedem Jahr nur an Attraktivität zunehmen, wie auch sein Sohn.

Robert Wrangler hatte mich in aller Ruhe in die Enge getrieben, mir keine Chance gelassen, mich mit dem Rücken an die Wand gedrängt. Nicht, dass es mich gestört hätte. Ganz im Gegenteil. Ich wollte es, brauchte es, würde verrückt werden, wenn ich ihn nicht bald in mir hätte. Und dann hatte ich ihn das erste Mal gespürt, diesen Schwanz an meinen Schamlippen – und ich wäre schon da fast gekommen! Noch immer fühlte ich ihn so unsagbar groß und mächtig zwischen meinen Beinen – wie er in mich eindrang, wie er mich dehnte, wie er tief in mich stieß, wie er immer mehr die Kontrolle verlor, wie er in mir kam, während er sein Becken eng an meins presste und mich küsste, wie mich noch nie ein Mann geküsst hatte – und musste die Augen schließen und in diesem berauschenden Gefühl baden. Es war so intensiv, dass ich ihm kaum standhalten konnte. Wie sich meine Muskeln heftig zusammenzogen, wenn ich daran dachte, wie warm mir im Bauch wurde, wie mein Kopf anfing zu schwirren. Es war perfekt; Rob war perfekt; wir waren perfekt, und doch …

… musste ich es tun.

Ich sah auf sein attraktives schlafendes Gesicht herab und strich über seine hohen Wangenknochen, seine volle Unterlippe, über sein markantes, nun von einem dunklen Schatten bedecktes Kinn. Robert Wrangler war schlicht umwerfend und ich liebte ihn mit jeder Faser meiner Selbst; ich verzehrte mich nach ihm in jeder Minute meines Daseins. Mit ihm wollte ich alt werden und kleine Robbies machen, aber das würde nicht passieren. Denn der Mann, den ich liebte, hatte mich gekidnappt, hielt mich gegen meinen Willen fest und würde mich zu dem schlimmsten Menschen dieser Welt bringen.

Luca Cavalli.

Oh, was hatten mir meine Mutter und mein Bruder für Horrorgeschichten von ihm erzählt. Luca Cavalli war angeblich zu allem fähig. Ich wäre wahnsinnig, wenn ich da freiwillig und ohne jegliche Proteste hingehen würde. Deswegen hieß es, Rob zu verraten – schließlich hatte er mich ja auch verraten – und zu verschwinden. Im Grunde schon vor Stunden, aber ich hatte mich nicht dazu bringen können, mich von seinem warmen, harten Körper zu lösen. Einem Körper, der eigentlich in ein Modemagazin gehörte und nicht versteckt unter Kleidung. Er war so perfekt. Jede Frau fing an zu sabbern, wenn sie ihn sah. Kombiniert mit diesem Gesicht war sein Anblick anbetungswürdig. Es war ungerecht. Manche Menschen waren so schön, manche so hässlich. Aber nicht jeder Mensch – egal, ob schön oder hässlich, jung oder alt, dick oder dünn – hatte eine so reine Seele wie Robert Wrangler. Und ich musste sie brechen.

»Es tut mir leid, Baby. So sehr!« Mit diesen Worten beugte ich mich vor, verkniff mir die Tränen und küsste ihn noch einmal kurz. Seinen Duft sog ich dabei tief in mich ein, während meine Lider für einen Moment verträumt zuglitten.

Dann straffte ich mich, löste mich von ihm, überblickte den Garten und nickte mir einmal selbst ermutigend zu.

Ich musste es tun – alleine schon, um mir selbst treu zu bleiben!

Diese Nacht würde ich nie vergessen; ich würde *ihn* nie vergessen. Aber ich würde mich für niemanden – nicht mal für ihn – selbst aufgeben. Also hieß es: jetzt oder nie!

Carpe Diem – nutze den Tag!

30.

Eigentlich war schon wieder alles viel zu einfach gegangen. Roberts Vater – dieser elendige Tristan Wrangler – hatte im Wohnzimmer quer auf der Couch mit seinem Handy am Ohr gelegen und laut geschnarcht. Neben ihm hätte, seinen eigenen Geräuschen nach zu urteilen, tatsächlich ein Wald gefällt werden können, er hätte es nicht geschnallt, so tief schlief er.

Schnell hatte ich mich angezogen. Die Jeans, die Rob mir gekauft hatte, das schwarze Top und den weißen Pullover – dazu meine Boots. Dann hatte ich Robs Geldbeutel geplündert – diesmal hatte ich ihn wirklich gewissenlos bis zum letzten Cent ausgeraubt, sodass er einen Grund zum Heulen hatte – und war aus dem Haus geschlichen. Eine Lücke im Zaun zu finden, war nicht schwer, auch wenn ich ein paar Kratzer von den Büschen davontrug und sich einige Blätter in meinen Haaren verfingen.

Nach nicht mal zehn Minuten fand ich mich um etwa sechs Uhr morgens auf einer verlassenen Landstraße wieder, entschied mich erst mal den Weg Richtung Tal zu gehen und dabei zu trampen. Ich hatte Glück. Schon nach einer halben Stunde kam eine Truppe von drei Italienern in einem winzigen

Auto von einer Party vorbeigedüst, stoppte und setzte dann zurück. Alle drei hatten lustige Sombrerohüte auf, weshalb ich mir ein Lachen nicht verkneifen konnte. Mit gebrochenem Italienisch erkundigte ich mich nach dem nächsten Bahnhof und sie waren so nett, mich hinzufahren. Dabei machten wir im Auto Party. Die Kerle waren spitze, so richtig lustig. Sie wollten mich überreden, dass ich mit zu ihnen kam, aber ich lehnte natürlich ab. Ich musste weg von hier – und zwar schnell.

In der Stadt am Bahnhof abgeliefert, winkten sie mir noch aus dem winzigen kleinen Flitzer, was ich traurig erwiderte, als sie auch schon davonfuhren.

Dann betrat ich die Wartehalle und versuchte aus den Zugplänen schlau zu werden. Der nächste nach Verona – Romeos und Julias Hood – würde in einer Stunde fahren, also setzte ich mich auf dem menschenverlassenen Bahnhof auf ein Bänkchen und wartete und wartete und wartete …

Dabei spürte ich schon die ganze Zeit so einen Druck hinter den Augen. Immer wieder kam mir in den Sinn, wie Rob aufwachen und merken würde, dass ich nicht mehr da war, dass ich ihn verraten hatte. Aber spielte das eine Rolle? Schließlich hatte er mich zuerst verraten, ich verabreichte ihm nur seine eigene bittere Medizin. Ich vergalt nur Gleiches mit Gleichem, denn ich ließ mich nicht mehr einsperren. Von keinem. Nicht einmal von ihm. Trotzdem war es beinahe unerträglich schwer, meine Tränen zurückzuhalten. Ihnen schien es egal zu sein, was er mir zuvor angetan hatte.

»Ich hätte niemals gedacht, dass ich jemals so eine Frau

wie dich treffen würde«, drifteten meine Gedanken zu gestern Nacht ab.

Wir lagen auf der Liege – nackt –; seine schönen langen Finger malten Kreise auf meine Schultern und meine Seite. »Weißt du, vor dir gab es einige Frauen, die mir eindeutige Angebote machten, einige, die mich versuchten, anzufassen und zu küssen, aber ich empfand bei ihnen nichts. Gar nichts. Ich wurde nicht einmal richtig hart und du siehst ja, was für ein Auf und Ab es bei dir ist. Es ist, als hätten mein Körper und meine Seele auf dich gewartet – auf die Richtige!«

»Glaubst du wirklich, ich bin die Eine für dich?«, fragte ich schüchtern, mein Herz schlug mir nämlich bis zum Hals. Diese Worte von ihm zu hören, löste eine heftige Welle von Emotionen in mir aus und machte mir gleichzeitig Angst, weil ich das auch noch nie empfunden hatte.

»Wenn nicht du, dann keine«, antwortete er ernsthaft und sah mich intensiv an. Dann beugte er sich vor und küsste mich – sanft, langsam, zärtlich –, bis ich in seinen Mund stöhnte – hingebungsvoll, sehnsuchtsvoll –, denn ich vergötterte seine Lippen und was er mit ihnen anstellen konnte. Doch zu schnell wich er zurück.

»Das heißt«, fragte ich und strich mit dem Zeigefinger über diese geliebte Unterlippe. »Du bist 24 Jahre alt und hattest vor mir tatsächlich noch keine Frau, weil du auf mich gewartet hast?«

»Na ja«, antwortete er mürrisch und zog die Stirn in Falten. »Meli, mit einem verdammten l, in der achten Klasse. Ich sage dir nur, dass ich einmal probiert habe, mit ihr zu schlafen, und es war eine einzige Katastrophe. Ehrlich! Seitdem fragte ich mich, wieso alle so ein Aufsehen um Sex machen. Sex hier, Sex da, überall Sex. Besonders bei den Leuten in meinem Alter. Ich fand es ehrlich gesagt kompliziert und ein bisschen widerlich.« Ich hasste zwar Meli, mit einem verdammten l, und wollte sie töten, aber andererseits war es seinen Worten zufolge mit ihr nicht gerade toll gewesen, was meine schon wieder brodelnde Eifersucht etwas besänftigte.

»Aber Rob, das verstehe ich nicht so ganz … Ich meine, ich habe die Blicke der Frauen gesehen. Du müsstest nur schnippen und 99 Prozent von ihnen würden sich dir zu Füßen werfen und dich anbeten. Wieso ich?«

»Weil du genau dieses eine Prozent bist, das es nicht tun würde«, erwiderte er. Dann küsste er mich wieder und machte mich mit seinen Lippen wahnsinnig ...

Ich bin das eine Prozent für ihn!

Schwer fiel mein Kopf in meine Hände, der Druck hinter meinen Augen war immer stärker geworden. Irgendwann, während der Erinnerung, hatte sich die erste Träne gelöst und den Weg über meine Wange und mein Kinn genommen, um vor mir auf den Boden zu tropfen. Ich starrte sie an, während noch viele weitere bittere Tränen folgten – denn sie war symbolisch für so vieles. Aber vor allem dafür, dass ich ihn wirklich liebte, sonst hätte es nicht so weh getan, sonst hätte ich auch mal an etwas anderes denken können, sonst wäre das hier nicht so verdammt schwer gewesen.

Ich war Gianna Devito. Ich machte, was ich wollte, wann ich es wollte, wie ich es wollte. Immer!

Aber Robert Wrangler machte mich schwach. Andererseits war er stark genug für uns beide, sodass ich nicht immer nur die Taffe sein musste, sodass ich einfach nur ich sein konnte. Eine kleine verletzliche Frau, die einsam war, die allein war, die Ängste hatte – wie jeder andere Mensch. Bei ihm konnte ich mich völlig fallen, ihn mein wahres Ich sehen lassen, denn ich glaubte ihm, dass er alles für meinen Schutz tun würde und dass er mich auch beschützen konnte. Mein Herz glaubte fest an ihn, auch wenn mein Verstand versuchte, sich etwas anderes einzureden. Er hatte damals Vertrauen von mir gefordert, was ich ihm sofort gewährt hatte, denn es war die Wahrheit gewesen. Ich vertraute ihm und ich liebte ihn – bis zur absoluten Dämlichkeit.

Schnell schüttelte ich den Kopf, lachte leise, weil ich so verdammt verrückt war, stand auf und marschierte den Bahnsteig mit zu Fäusten geballten Händen entlang. Kurze Zeit später fuhr der Zug ein, doch ich marschierte weiter, während Leute ein- und ausstiegen. Ich ignorierte ihn, obwohl ich mir mein Ticket längst gekauft hatte.

Denn eines war mir klar geworden: So sehr ich es auch wollte.

Ich konnte ihn nicht verlassen, denn ich liebte ihn. Bedingungslos.

Und es bringt nichts, gegen die einzig wahre Liebe anzukämpfen. Dabei kann man nur verlieren.

***

Zunächst war ich noch in meinen Gedanken gefangen, im nächsten Moment stand Tristan Wrangler in seinen üblichen schwarzen Klamotten, seinen stechenden Augen und seinem verdammt perfekten Gesicht, das Rob in gewissen Zügen so sehr ähnelte, auf dem Bahnsteig vor mir und grinste mich mit verschränkten Armen an. Dieser Mann war echt gruslig.

Ich ging auf ihn zu, denn ich hatte meine Entscheidung bereits getroffen, und blieb vor ihm stehen. Sah ihn an, während all die Menschen an uns vorbeiflossen wie eine wirre zusammenhängende Masse an Fleisch und Blut und Wasser – vereint durch ihre Energie, aber nichts davon ahnend.

»Es war klar, dass Sie mich nicht unbeobachtet lassen würden.«

»Natürlich nicht«, antwortete er sanft. In seinen Augen, die sonst so herablassend gewirkt hatten, schimmerte etwas Neues, etwas Neugieriges. Als würde seine Versuchsratte ein völlig ungewöhnliches, unerwartetes Verhalten an den Tag legen.

»Ich kann ihn nicht verlassen.« Genervt, weil er mich heulend gesehen hatte, wischte ich mir noch die Überreste der letzten Tränen weg.

»Das habe ich gemerkt.« Seine Stimme war so weich wie Samt. Einlullend. Beruhigend. Fast liebevoll und warm wie sein Blick. So hatte ich ihn noch nie gesehen. Den eiskalten Tristan Wrangler.

»Was tun Sie hier?«, zischte ich ihn megapissig an, weil ich ihn hassen wollte – musste –, und weil das fast nicht ging, wenn er so weich mit mir sprach.

»Sehen, ob du meinen Test bestehst. Und jetzt komm, Prinzessin. Ich bring dich nach Hause.« Wow, das hätte ich nicht gedacht. Wie angewurzelt blieb ich stehen und starrte ihm hinterher, legte den Kopf schief und verstand nicht so ganz, was hier ablief. Aber Tristan Wrangler ging einfach weiter, überragte fast alle Menschen, nicht nur von der Größe, sondern auch von dieser faszinierenden, gefährlichen Ausstrahlung her, und drehte sich nicht einmal nach mir um.

Er wusste, ich würde mitkommen.

Denn ich hatte seinen Test bestanden.

31.

»Rob!« Wie ein Wilder packte er unsere Sachen in zwei Einkaufstüten und lief vor mir her zum Auto. »Ich habe doch gesagt, ich konnte dich nicht verlassen. Ja, ich habe es versucht, aber ich saß auf diesem Bahnhof und habe mich anders entschieden. Jetzt bin ich wieder hier, aus ganz freien Stücken! Und es tut mir nicht leid, dass ich gegangen bin. Ich habe das gebraucht, um mir klar zu werden, was ich wirklich für dich empfinde! Hörst du, du Hornochse?! Ich glaube, ich habe mich wirklich in dich verliebt! Also fühl dich gefälligst geehrt! Rob! Rob, kannst du mal stehenbleiben?« Ich verfolgte ihn bis zum Parkplatz, doch er ignorierte mich königlich – wie schon den ganzen Morgen, nachdem wir zurückgekommen waren –, öffnete den Kofferraum, packte unsere wenigen Habseligkeiten ein, bis ich ihn mit einem lauten Knall schloss. »Hör auf mit dieser Kindergartenshow und sieh mich endlich an!« Sein Blick fiel auf mich. Oh, oh, er war wirklich wütend, völlig außer sich und dabei so heiß, dass sich meine Intimmuskeln zusammenzogen.

»IST. SCHON. OKAY!« Jede Silbe betonte er genauestens, während seine Augen einen wahren Blitzschauer auf mich abfeuerten. Damit ließ er mich stehen, umrundete das Auto, setzte sich auf den Fahrersitz und knallte die Tür hinter sich zu.

Robert Wrangler war eine beleidigte Leberwurst. Na super. Ich hasste Leberwurst!

***

»Wir fahren jetzt durch Italien, ich werde ganz oben eingeführt. Jetzt hör auf zu brüllen, nein, du sollst nicht herkommen. Wieso? Weil das vielleicht zu gefährlich und auffällig wäre! Oh doch, das entscheide ich! Ja, halt sie auf dem Laufenden! Mir egal! Ich werde meinen Job nicht verlieren! Ich werde ihnen den größten Fisch ever liefern, dann werden sie sich schon wieder einkriegen! Es ist mir egal! Er hat mich belogen, er ist ein Verbrecher! Carlos! Mein eigener Vater! Nein! Nein! Nein! Sei ruhig! Liebe ist nicht alles! Hmpf …« So ungefähr hörte sich das Telefonat an, das Rob mit Carlos führte. Lustigerweise über mein Handy, da seins ja kaputt war. Da hatte er aber Glück, dass er die Nummer seiner kleinen niedlichen Schnauzbart-Ehefrau auswendig wusste, der liebe Rob, der gerade komplett durchdrehte. Wollte er tastsächlich seinen eigenen Vater verraten?

Ja, momentan war er sauer auf seinen Vater – natürlich. Aber ich glaubte nicht, dass er dazu imstande wäre, ihn wirklich ins Gefängnis zu bringen. Dafür bedeutete ihm seine Familie zu viel, was mir wieder klar geworden war, als er heute Morgen mit seiner Mutter telefoniert und sie beruhigt hatte, aber auch daran, wie er seinen Vater immer ansah, wenn dieser mit ihm sprach. Es können einen nur Menschen verletzen und enttäuschen, die man wirklich liebt. Menschen, die er niemals verraten würde. Vielleicht glaubte er, es zu können, aber das lag nicht in seiner Natur. In dieser Hinsicht kannte ich ihn besser.

Robert Wrangler war ein guter Mensch und gute Menschen verraten die Menschen nicht, die sie lieben – niemals. Egal, was diese sich zu Schulden kommen lassen.

Und wieder einmal saß ich hier und wünschte mir, ich hätte auch so ein Verhältnis zu meiner Familie; wünschte mir, sie wären nicht so abgefuckt und bösartig und nur auf Geld und den Schein aus. Aber na ja, man kann sich seine Familie nicht aussuchen, aber wenigstens die Menschen, mit denen man sein Leben verbringen will!

Irgendwann hatte Rob seine Ehefrau beruhigt und über alles informiert und legte seufzend auf.

»Danke!« Ohne mich anzusehen, gab er mir das Handy zurück und strich sich abgekämpft über das Gesicht, ließ seinen Kopf nach hinten fallen und rieb sich die Schläfe, als hätte er Migräne.

»Du willst deinen eigenen Vater verraten?«, fragte ich leise und er warf mir einen stechenden Seitenblick zu.

»Mit Verrat kennst du dich doch aus!«

»Ich *wollte* dich verlassen, aber ich *habe* dich nicht verlassen! Wie oft soll ich das noch wiederholen?«, zischte ich mit zusammengebissenen Zähnen.

»Ich dachte, dir hätte diese Nacht was bedeutet«, murmelte

er vor sich hin und klang dabei so verletzt, dass ich es nicht aushielt. Ich nahm seine Hand, seine schöne große Hand, von der Gangschaltung, und legte sie an mein Herz, schmiegte mich gegen seine Wärme.

»Diese Nacht hat alles für mich bedeutet, sie hat alles für mich verändert. Deswegen bin ich noch hier und ich verspreche dir, dass ich nie wieder gehen werde. Solange du das nicht willst«, wisperte ich, weil es für mich nicht leicht war, das einfach so zuzugeben, aber ich kannte ihn und ich vertraute ihm, deswegen sagte ich es einfach. »Diese Nacht mit dir war alles für mich, Robert Wrangler.«

»Für mich auch«, murmelte er wieder, schon etwas versöhnt, etwas weicher, und sein Seitenblick traf mich vorsichtig. »Ich habe so etwas noch nie erlebt wie mit dir. Es ist fast schon magisch, wenn ich dich berühre, wenn ich in dir bin, dann scheint es diese Welt nicht zu geben. Alles, was davor wichtig erschien, verpufft. Nichts ist mehr wichtig, außer du.«

»Oh Gott!« Sofort wurde es hundert Grad heißer in diesem Auto und zwischen meinen Beinen fing es an, sehnsüchtig zu pochen. Das gestern war nicht genug gewesen, um mein angestautes Verlangen nach ihm zu stillen. Vermutlich würde das niemals geschehen. »Wenn du in mir bist, vergesse ich auch alles um mich herum, aber das tue ich ehrlich gesagt allein schon, wenn du mich ansiehst.«

Er sah mich an.

»Wo sind wir noch mal?«, fragte ich und wir lachten leise. Seine Hand schmiegte sich um meinen Nacken, dann legte er den Arm um meine Schulter und zog mich an sich, küsste meinen Scheitel und ich schloss verträumt die Augen. Gottseidank hatte er aufgehört, eine Leberwurst zu sein. Er roch soooo unsagbar gut. Das Gefühl, so von ihm gehalten zu werden, war wirklich einmalig.

»Was tun wir jetzt?«, wisperte er in meine Haare.

»Wir genießen einfach nur die Zeit und lassen es auf uns zukommen?«

»Hmmm ...«

»Und wir machen sehr bald wieder Pause!«

»Wieso?«

»Weil ich dich küssen will und mehr. Das am Pool hat nicht gereicht – noch lange nicht.«

»Fuck, Gia!« Ich musste lachen, als er das zischte, und schaute in seinen Schritt. Er war hart unter seiner Jeans und zuckte eindeutig. Wie gern hätte ich ihn berührt. Ihn erkundet. So richtig. Aber ich würde ihn jetzt bei Tempo 150 auf der Autobahn sicher nicht ablenken. So wahnsinnig war nicht einmal ich.

»Gib mir noch mal dein Handy!«, forderte er und ich reichte es ihm. Er wählte eine Nummer, hielt es an sein Ohr und schaute mich an. Sein Blick verbrannte mich, während er verlangte: »Dad, wir müssen Pause machen! Sofort!« Und dann einfach auflegte.

***

Wir blieben an einem Rasthaus stehen. Die Sonne schien heiß und unbarmherzig herab. Hunderte Leute verschiedener Kulturen liefen umher, vertraten sich die Beine, rauchten und aßen. Sobald wir standen, kam Tristan Wrangler zu uns und riss Robs Tür auf. »Wieso zum verfickten Teufel müssen wir jetzt Pause machen. Wir haben noch zweihundert Kilometer!«

»Weil ich mein Mädchen küssen muss!« Somit zog Rob die Tür einfach wieder zu, packte mich am Nacken, zog mich an sich, sah mir tief in die Augen und wisperte: »Und noch viel mehr!« Dann legte er diesen Traummund auf meinen.

Und ich war das glücklichste Mädchen dieser Welt!

Mutter 'ne Schlampe! Ja mei!

Gekidnappt? Scheiß drauf!

Heimatlos! Wen interessiert's?

Absolut in Robert Wrangler verliebt? Oh ja! Und das war das Einzige, was zählte!

32.

Rob

Ich wartete bis Dad, wie von mir angenommen, abziehen würde, um eine zu rauchen. Während er in seinem Kofferraum nach irgendwas kramte, nutzte ich meine Chance. Es hieß: Jetzt oder nie!

Ich ließ von Gia ab – auch, wenn es mich fast alles kostete –, startete den Motor, umfasste das Lenkrad fester und knurrte: »Anschnallen!«, bevor ich das Gas durchdrückte und direkt zum Auto von meinem Dad fuhr, das etwas abseits stand. Neben ihm blieb ich stehen, während er düster die Arme verschränkte und knurrte: »Was, schon fertig?«

»Nö!« Somit nahm ich mein schwarzes sexy Baby aus meinem Schulterhalfter und schoss auf seinen rechten Vorderreifen. Er brüllte auf und rannte zu dem Ding, aus dem pfeifend die Luft entwich, während er sich die Haare raufte, »DAS HAST DU NICHT GETAN! Geht's noch?!«, und die anderen Leute sich brüllend in und hinter ihre Autos retteten. Ich grinste breit und setzte meine Sonnenbrille auf.

»Bye Dad!« Somit wendete ich und fuhr direkt auf die Autobahn. Denn ich hatte einen Entschluss gefasst.

Ich würde nichts mehr tun, was sie nicht wollte.

Ich würde sie nicht kidnappen und irgendwo hinbringen, wo sie nicht hinwollte.

Ich würde sie nicht gegen ihren Willen festhalten!

Ich würde ihr die Freiheit schenken – so, wie ich es versprochen hatte. Egal, was mein Vater verlangte! Oder Hendlmaier oder sonst jemand auf dieser verfickten Welt!

»Rob!«, brüllte Gia neben mir, während ich auf der Überholspur entlang raste. »Was tust du?«

»Ich gebe dir deine Freiheit!« Ich grinste sie kurz und etwas irre an, während sie mich mit großen Augen ansah, in denen sich langsam aber sicher Tränen sammelten.

»Du gibst mir meine Freiheit?«, wisperte sie mit brüchiger Stimme, und ich nahm ihre Hand, küsste sie und legte sie auf meinen Schenkel.

»Japp, Baby, egal, wohin du willst. Ich bringe dich hin!«

»Aber dein Auftrag!«

»Ist mir scheißegal!«

»Aber dein Vater!«

»Ebenso. Nur du zählst, und jetzt sag mir, wohin du willst!«

33.

Gottseidank hatte ich genug Geld auf dem Konto, um in dem Hotel einzuchecken, das sie sooo verdammt verliebt musterte, sobald wir in das Fischerdorf an der Küste gefahren waren. Sie ließ meine Hand nicht los, hörte nicht auf, sich an mich zu schmiegen und mich jedes Mal anzustrahlen wie ein Atomkraftwerk, wenn mein Blick sie auch nur streifte. Sie war selig und ich somit der glücklichste Mensch auf diesem Planeten.

»Wow!«, murmelte sie, als wir das weiß eingerichtete Hotelzimmer über den Dächern des kleinen Dorfes betraten und man das Meer durch die riesigen französischen Fenster bereits rauschen hören konnte. »WOW!«, meinte sie nachdrücklicher, ging nach draußen auf die riesige Terrasse – überblickte das bunte, typisch italienische Dörfchen in Hanglage und das darunter liegende weite, blaue Meer. Ihre dunklen Haare wehten im salzigen, warmen Wind; sie lächelte verträumt, und in ihrem weißen knappen Kleid schien sie, als wäre sie einem Immobilienkatalog entsprungen und würde Werbung für diesen Traum von einem Penthouse machen. Sie war so unsagbar schön, dass es fast wehtat, sie anzusehen.

Dennoch trat ich neben sie, legte meinen Arm um ihre Hüfte und flüsterte: »*Wow*, du sagst es.« Sie drehte sich zu mir um, strahlte immer noch und schlang beide Arme um meinen Nacken. Langsam ging sie auf die Zehenspitzen und küsste mich sanft.

»Was tun wir jetzt?«

Meine Hände hinter ihrem Rücken packten sie fester, als sie sich an meinem sich gerade bildenden Ständer rieb.

»Ich hätte da schon so einige Ideen«, antwortete ich mit viel zu rauer, viel zu erregter Stimme.

»Ach ja? Was zum Beispiel?« Ihre Hand glitt herab, sie strich über meinen Schwanz unter der Jeans und ich biss ein Stöhnen zurück, als sie anfing, an ihm nach unten und oben zu reiben und dabei ihre volle Unterlippe mit den Zähnen vergewaltigte.

»Ich könnte dich gleich hier auf dieser Dachterrasse ficken«, knurrte ich und sie erschauerte merkbar, als ich meine Lippen über ihren Hals wandern ließ und sie gegen das Geländer drückte.

»Ja, das könntest du«, wisperte sie und öffnete meinen Gürtel, den Knopf sowie den Reißverschluss, dann umfasste sie ihn. »Oder du könntest dir hier erst mal von mir einen blasen lassen. Das hat noch nie eine Frau bei dir getan, oder? Ihn in den Mund genommen und dich damit zum Spritzen gebracht!« Fuck! Wenn sie so versaut redete, kam ich fast, ohne dass sie mich berührte. Aber das holte sie sofort nach! Ich zischte, als sie uns herumdrehte, meine Eichel umfasste und die Vorhaut darüber zog – und wieder zurück. Meine

Hüften ruckten ganz von allein nach vorne.

»Du wärst die Erste«, presste ich hervor, und krallte mich mit beiden Händen hinter mir am Geländer fest.

»Das wollte ich hören!«, wisperte sie und ging vor mir in die Hocke. Von da unten funkelte sie mich mit ihren Augen verlangend an und leckte sich über die Unterlippe, während sie ihn langsam und genüsslich wichste. »Ich schwöre bei Gott, ich habe noch nie einen so schönen Schwanz gesehen wie deinen. Ich liebe ihn«, murmelte sie, als sie ihn fasziniert anstarrte, beugte sich dann vor und tippte meine Eichel mit der Zungenspitze an, während sie weiterhin meinen Blick festhielt. Das zu sehen, brachte mich erneut fast zum Kommen und ich klammerte mich fester an dem Geländer fest, um nicht in die Knie zu gehen, während ich die Zähne aufeinanderbiss. Dennoch brach es durch meine Lippen, als sie ihn unverhofft mit ihren warmen, weichen Lippen umschloss – das Stöhnen gemischt mit einem leisen »FUCK!«. Eine Hand legte ich auf ihren Kopf, fasste in diese volle, seidige Fülle, zwang mich, sie nicht weiter nach vorne zu drücken, weil ich ganz dringend ganz in ihren Mund wollte. Mit der anderen stützte ich mich auf das Holz hinter mir. »Und ich liebe deinen Mund!«

»Hmmm …« murmelte sie, umfasste mit einer Hand zart meine rasierten Eier und kraulte sie, während sie ihn in der anderen festhielt und meine Eichel langsam mit der Zungenspitze umkreiste.

»Ich liebe deinen Geschmack«, wisperte sie und nahm die Spitze komplett in den Mund, saugte leicht daran, sodass meine Eier leicht zuckten. Oh fuck! Ich war schon wieder bereit, zu kommen, dabei hatte sie ihn noch nicht mal ganz im Mund gehabt! »Dein Schwanz gehört ab jetzt mir!« Kämpferisch funkelte sie mich an.

WOW!

Ich wollte gar nicht widersprechen!

Sie konnte ihn haben!

Sie konnte alles an mir haben!

Ehrlich!

»Und wie mein Schwanz dir gehört!«, gab ich ihr recht und ließ meinen Kopf nach hinten fallen, schloss stöhnend die Augen – weil sie ihn jetzt endlich, ganz langsam, ganz tief in ihren wundervollen Mund nahm.

Ich konnte sie dabei nicht ansehen. Hätte ich das getan, hätte ich sofort gespritzt! Ja, ich ließ mir einfach so einen von ihr blasen. Ja, ich genoss es aus vollen Zügen. Ja, ich war ein Wichser. Und ja, ich riss die Augen wieder auf, als ich fühlte, wie ich an ihrem Rachen anstieß. Aber sie würgte nicht, oh nein. SIE stöhnte jetzt leise, worauf ich doch nach unten sah.

Diesen Anblick konnte ich nicht ertragen!

»Warte!« Mit diesen Worten richtete ich sie an den Schultern auf und nahm ihr meinen Penis weg. Sie stockte, eindeutig enttäuscht, doch das war mir in dem Moment egal. »Ich … ich kann das nicht!« Und damit packte ich ihn ein. Sie sah aus wie ein Kind, dem man das soeben ausgewickelte Geschenk wieder weggenommen hatte und sah mich mit großen Augen absolut schockiert an. Und sie schimmerten. Feucht!

Fuck!

»Was soll das?«, knurrte sie mit bebenden Lippen, aber ich stoppte sie und nahm ihr Gesicht in meine Hände.

»Hör zu, ich bin völlig wahnsinnig nach dir. So wahnsinnig, wie ich noch nie nach einer Frau war. Ich habe keine Ahnung von Sex, aber ich weiß, wie man eine Frau richtig behandelt! Und ich will sicher nicht einer der Kerle sein, der sich erst mal einen blasen lässt, bevor er der Frau gezeigt hat, was sie ihm bedeutet. Das hast du nicht verdient, Baby. Du bist mehr als das. Verstehst du mich?«

Nun traten tatsächlich Tränen in ihre Augen und ich ließ sie los.

»Ich verstehe dich«, schluchzte sie fast, aber sie hielt sich davon ab und biss sich stattdessen auf die angeschwollene Unterlippe. Trotzdem sah sie enttäuscht nach unten.

»Hör mir zu!« Allerdings erwiderte sie auf meine eindringlichen Worte nicht meinen Blick. »Gianna!« Diesmal hob ich ihr Kinn mit meinem Zeigefinger und wurde fast von dem Ausdruck in ihren schönen feuchten Augen erschlagen. Sie empfand verdammt viel für mich, genauso wie ich für sie.

»Lass uns reingehen. Lass mich dich ausziehen. Lass mich dir zeigen, was du mir bedeutest – in Ruhe. Bitte Baby.« Ich nahm ihr Gesicht erneut in meine Hände und sah ihr tief in die Augen. Sie nickte mit angehaltenem Atem – so süß, so vertrauensvoll, so unsagbar schön – und ich lächelte.

»Danke!« Damit beugte ich mich vor und küsste sie sanft, bevor ich ihre Hand nahm und sie ins Innere des riesigen Wohnraumes führte, hinter einen Paravent und direkt zu dem wirklich großen Bett, von dem man auch das Meer überblicken konnte.

Das Herz raste in meiner Brust, als ich mit ihr vor den großen Spiegel trat und mich hinter sie stellte. Mein Kopf hatte keine Ahnung, was ich tun sollte. Aber mein Körper wusste das sehr wohl, es war ein Instinkt.

»Tu nichts, beweg dich nicht, dein Körper gehört jetzt vollkommen mir«, raunte ich und streifte einen Träger ihres Kleides herab. Unsere Blicke waren über den Spiegel verwoben. Ihre Augen waren so groß, so wunderschön, so unsicher, aber auch so dunkel vor Lust. Ich dachte schon, sie würde aufbegehren, denn Gianna Devito gehörte nicht zu den Frauen, die einfach so gehorchten und sich als Eigentum bezeichnen ließen, aber sie verwunderte mich – wieder mal. Sie nickte und schloss die Augen, als ich auch den anderen Träger herab streifte, das Kleid zu Boden fiel und sich um ihre nackten Füße bauschte. Ich hörte, wie sie den Atem anhielt, während ich sie das erste Mal fast ganz nackt im Sonnenlicht musterte. Sie trug keinen BH. Ihre dunkelbraunen, kleinen Nippel waren bereits hart wie Stein und auf ihrem weißen Höschen verriet sie ein dunkler Fleck.

»Augen auf! Sieh mich an!«, forderte ich leise und ihre wunderschönen Augen, umrahmt von langen, dichten schwarzen Wimpern glitten auf. Ihr Blick nahm meinen wieder gefangen, während ich ihren Hals von hinten verwöhnte und meine Hand über ihren Vorderkörper streichen ließ. Ich nahm ihre Brust kurz in meine Hand – sie passte perfekt –, umkreiste dann ihren Nippel. Hauchzart. Sie stöhnte tief und rieb ihren kleinen heißen Arsch an mir. Fuck! Aber ich beherrschte mich, küsste sie weiter und wanderte mit meiner Hand an ihrem Vorderkörper langsam nach unten …

»Oh Gott!«, keuchte sie, als ich an ihrem Venushügel ankam und einfach unter ihr Höschen glitt, ihre kleine, süße, feuchte Pussy mit allen fünf Fingern umfing. »Das gehört mir. Für immer.«

»Ja, Rob!« Ich hätte nie erwartet, sie mal so handzahm zu erleben, aber sie gab sich mir völlig hin. Vertraute mir, begehrte mich, wollte mich.

»Gefällt dir das?«, wisperte ich und umkreiste zärtlich ihre bereits angeschwollene Klitoris mit dem Zeigefinger, neckte sie, aber gab ihr nicht mehr.

»Oh Gott, das fragst du ernsthaft?! Ich kann es nicht erwarten, bis du endlich in mir bist!«

Ich lachte leise, während eine sichtbare Gänsehaut ihren Rücken herabrieselte. Dann ging ich hinter ihr die Hocke. »Du wirst noch etwas warten müssen. Erst will ich dich sehen. Von allen Seiten«, raunte ich und zog ihr Höschen runter. Fast keuchte ich bei dem Anblick, der sich mir jetzt bot. Sie war rasiert, angeschwollen und feucht, und ihre Schamlippen so von hinten zu sehen, war tödlich. Leise stöhnend umfasste ich meinen Schwanz, versuchte, ihn zu beruhigen, während ich mich vorbeugte und zwischen diesen wunderschönen Schamlippen entlang leckte – ihre Süße mit meiner Zunge aufnahm und ihren Eingang antippte.

»Oh bitte …« hauchte sie stöhnend, wand sich mit zitternden Beinen.

»Bitte *was*?«

»Bitte Rob!«

Ich lachte wieder, stand auf und führte sie ein paar Schritte zu dem weichen Teppich vor dem Kamin. Von hier aus konnte ich sie immer noch im Spiegel beobachten. »Knie dich hin, Baby«, forderte ich und sie tat es sofort. Ich kniete mich hinter sie, küsste ihren Hals wieder, während ich ihren Kitzler weiter reizte und meinen Schwanz endlich aus der Hose holte, sonst hätte er sie jede Sekunde gesprengt. *Ich schwöre!* Von hinten schob ich ihn zwischen ihre feuchten Schamlippen und wir beide stöhnten auf, als wir im gegenüberliegenden Spiegel beobachten konnten, wie meine Eichel ihren Kitzler massierte. »Willst du, dass ich ihn dir gleich bis zum Anschlag rein schiebe? Oder soll ich dich erst nur ein bisschen mit meiner Eichel reizen?«

»Scheißegal Mann!« Gia verlor ihre Geduld und ich liebte es. Sie schlang ihre Hände um meinen Nacken, streckte sich und küsste meinen Hals, rieb ihre zarte Pussy an meinem Ständer vor und zurück, wichste ihn mit ihren Schamlippen und ich biss die Zähne aufeinander. »Bitte Rob!«

»Nicht so!«, verkündete ich mit letzter Kraft und legte mich auf den weichen Teppich. »Komm!«, forderte ich dann und hielt ihr meine Hand entgegen!

»OH Gott!«, keuchte sie und ihre Finger zitterten tatsächlich, als sie ihre Hand in meine legte und ich sie über mein Becken zog.

»Schau es dir an, Baby. Schau es dir im Spiegel an, wie wir uns vereinen, und entscheide dann, wie wir es tun«, wisperte ich, verschränkte ihre beiden Hände mit meinen und sah, wie ihr Blick zu dem Spiegel glitt, genau in dem Moment, als sie sich langsam auf meinem steinharten Schwanz herabließ.

Ihre engen Muskeln umschlangen ihn unbarmherzig. Ich biss die Zähne aufeinander und hielt ihre Hände ein wenig zu fest, aber sie war selber in ihrem Lustrausch gefangen, warf ihren Kopf zurück, sobald ich bis zum Anschlag in ihr war, und fing dann langsam an, ihre Hüften nach vorne und hinten zu wiegen.

»Du passt perfekt. Wir sind füreinander geschaffen!«, hauchte sie und begann, nach oben und unten zu gehen.

»Sieh mich an!« Sie schüttelte den Kopf, biss sich auf die Unterlippe, völlig in ihre Lust versunken. »Sieh mich an, Gianna!«, forderte ich härter und stieß ruckartig nach oben. Sie kreischte leise, ihre Augen flogen auf und endlich sah sie mich an. Und wie …

Gia

WOAH! Wie er mich ansah!

Dominant!

Dunkel!

Verlangend!

Unerbittlich!

Wunderschön!

Ich kam fast von seinem Anblick, aber noch nicht ganz, noch nicht ganz. Erst musste ich noch genießen, wie sein Schwanz immer wieder tief in mir verschwand; wie sich meine Muskeln immer enger um ihn zogen; wie sich unsere Finger immer fester verschlangen. Aber es dauerte nicht lange, da fühlte ich die ersten Wellen meines Orgasmus durch meinen Körper rauschen.

»Ich komme gleich«, wisperte ich und beugte mich vor.

»Nicht nur du«, knurrte er verbissen und küsste mich, während er mit einer Hand meinen Nacken umfasste, mich fest nach unten drückte und genauso fest nach oben in mich stieß. So tief, so erregend, so heiß. Ich liebte es, ihm so hilflos ausgeliefert zu sein. Ich liebte es, wenn er die Kontrolle verlor. Ich liebte es, wenn er in mir kam.

Mit mir gemeinsam.

Dann flogen wir und ich wollte nie wieder auf dem Boden aufkommen.

34.

Nackt lagen wir in dem riesigen Bett, in das wir es erst vor Kurzem geschafft hatten, sagten nichts, genossen noch die letzten Sonnenstrahlen, das Rauschen der Wellen und die kleine Blase, in der wir uns befanden.

Ich hatte keine Ahnung, was ich jetzt mit meiner neu gewonnenen Freiheit anfangen wollte; ich wusste nur, dass ich dahin gehen würde, wo er war. Robert Wrangler – mein absoluter Traummann und wahrscheinlich auch von jeder anderen Frau dieser Welt, die klar bei Verstand war.

Robert Wrangler war sexy.

Er war ehrlich.

Er war lieb.

Er war witzig.

Er war schlau.

Er war treu.

Er war stark.

Er war unsagbar heiß. Ach, und er war SO verdammt sexy!

Ich konnte es nicht glauben, als ich verträumt mit

meiner Fingerspitze die leicht definierten Muskeln an seinem Bauch nachfuhr, dann weiter hinab über sein V und vor allem über diesen weichen, aber dennoch mächtigen Schwanz, der gerade Pause machte. Sanft strich ich über eine Ader, doch als ich an der Eichel ankam, fühlte ich schon wie er langsam pochend wieder zum Leben erwachte, sodass sich mein Bauch erneut verlangend zusammenzog.

Das konnte doch nicht wahr sein! Es war, als wären unsere Lustzentren durch irgendeinen unsichtbaren Draht verbunden. Wenn er geil wurde, wurde ich es auch. Sofort.

Wir hatten so viel zu besprechen, so viel zu entscheiden. Aber ich fand, die Zeit durfte noch ein bisschen länger stehen bleiben. Also ignorierte ich sein Zischen, als ich seine Eichel mit dem Zeigefinger umkreiste und sich sein Schwanz langsam aber sicher ganz aufstellte. Bereit für die nächste Runde. Er brauchte wirklich nicht lange, um sich zu erholen, aber wenn es ihm auch nur ein bisschen so wie mir ging, würde er wahrscheinlich niemals genug von Sex mit mir bekommen.

»Fuck, Frau! Du machst mich wahnsinnig, und dafür benötigst du nicht mehr als eine Fingerspitze!«, raunte er, worauf ich leise lachte. Er war mittlerweile ganz hart und ich wollte ihn gerade umschließen, da wirbelte er mich mit einem Mal auf den Rücken, packte meine Haare mit einer Hand, während er mit der anderen seinen Schwanz hielt, den er unerbittlich und mit einem Ruck in mich schob.

»Was gibt es da zu lachen?«, fragte er, zog seine Hüften zurück und stieß wieder in mich – fester. »Findest du mich witzig?«

Ich konnte nur aufstöhnen, meine Hände in seine starken Schulterblätter krallen und den Kopf schütteln.

Oh nein, witzig war gerade nicht das richtige Wort.

Unsagbar heiß!

Das war es!

Genauso stieß er auch in mich. Dann knurrte er: »Das will ich doch hoffen!«, und zeigte mir, dass er auch eine ganz andere Seite als eine weiche hatte. Innerhalb von drei Minuten kam ich, wobei mir nicht klar war, wie er das so kurz nach meinem ersten Orgasmus schaffte. Wenig später folgte er mir, explodierte tief in mir und hielt mich dabei immer noch reglos an den Haaren fest, während er mich küsste.

WOW!

»Ich hoffe, dir ist das Lachen jetzt vergangen!«, meinte er dann mit einem schelmischen Funkeln in diesen grünbraunen, wunderschönen Augen, gab mir noch einen Kuss auf die Stirn, ließ mich los und schlenderte ins Bad.

Ich blieb atemlos, völlig geflasht liegen und schaute nur seinem heißen Arsch hinterher, der sich entfernte.

WOW!

***

Wir relaxten kurz darauf in dem sprudelnden Whirlpool, der sich in einer Ecke der Dachterrasse befand. Auf einem Tischchen neben uns stand Champagner und eine Schüssel verschiedener süßer Früchte, mit denen ich gerade meinen Traummann fütterte. Alles war von sanften Kerzen erhellt; die Nacht war hereingebrochen, aber es war dennoch nicht kalt. Oh nein, ganz im Gegenteil.

Ich war glücklich, kam mir vor, als würde ich von innen her strahlen; jeder Muskel war entspannt, sogar mein Hirn weigerte sich, mehr als nötig zu denken. So wunderbar hatte ich mich schon lange nicht gefühlt, während ich nackt auf seinem Schoß saß und dabei zusah, wie seine sexy Lippen sich um eine Erdbeere schlossen, wobei er mich schon wieder mit diesem einen besonderen Blick fesselte.

»Schon wieder?«, wisperte ich und konnte nichts gegen das Zittern in meiner Stimme tun. Er lächelte schief, atemberaubend, einen Arm hinter sich am Poolrand gelehnt. In der anderen hielt er sein Glas, an dem er mysteriös grinsend nippte.

»Nein«, meinte er schlicht und ergreifend.

»Wieso nicht!«, empörte ich mich sofort und zog die Erdbeere zurück. Er lachte leise, sah aus wie ein gerade gesättigtes Raubtier und fuhr meine Lippen mit der Fingerspitze nach.

»Weil ich dich das nächste Mal zappeln lassen werde. Du bist viel zu bezaubernd, wenn du dich nach meinem Schwanz verzehrst.«

»Ich geb dir gleich bezaubernd!«, knurrte ich und rutschte weiter vor, rieb mich an ihm. »Wenn ich will, dann bringe ich dich innerhalb von zwei Minuten dazu, nichts anderes mehr zu wollen als meine Pussy!«

»Versuch es!«, antwortete er lässig und seine Augen blitzten auf.

Oh, das war eine Kampfansage, die ich nur zu gerne annahm!

Ich rieb mit meinen Nippeln über seine glatt rasierte Brust, sah ihm tief in die Augen und rutschte noch weiter nach vorne, bis meine Mitte an seinem schon wieder halbsteifen Schwanz lag. »Du weißt, dass du keine Chance hast, Robbie-Boy!«

»Du hast keine Ahnung, was ich für einen Willen habe, wenn ich etwas will, Gianna-Baby«

»Was willst du denn?«, hauchte ich an seinem Mund. Meine Fingerspitzen fuhren in seine Haare, während ich anfing, meine Pussy verlockend an ihm zu kreisen.

»Ich will, dass du mir vollkommen verfällst. Ich will, dass du süchtig nach mir wirst. Ich will deine Droge werden.«

»Du willst einen Rob-Junkie aus mir machen?«, empörte ich mich gespielt und strich mit meiner Zungenspitze über seine süße Unterlippe. Er lachte leise, wovon ich erschauerte.

»Ich will nur, dass es dir genauso geht wie mir. Baby, ich bin absolut süchtig nach dir – ab dem ersten Moment.« Sein Arm legte sich um meine Hüfte und ich fühlte, wie sich seine Muskeln anspannten, als er mich hochhob. Dann packte er meinen Arsch, presste mich enger an sich, sodass ich aufkeuchte.

»Ich bin auch absolut süchtig nach dir, Robert Wrangler«, wisperte ich an seinen Lippen und ließ mich langsam auf seinen Schwanz herab. Ich würde niemals genug von ihm bekommen, auch wenn es mittlerweile schon ein wenig brannte. Ich würde ihn immer in mir haben wollen, ihm immer so nah wie möglich sein wollen. Ich war wirklich völlig abhängig von ihm – von seinen Lippen, seinen Fingern, die sich fester in meinen Arsch bohrten, unseren Takt vorgaben. Von seinem Atem in meinem Mund, von seinem brennenden Blick, von seinem berauschenden Duft, von den sexy Tönen, die er von sich gab, wenn er tief in mir war.

»Wolltest du mir nicht widerstehen?«, keuchte ich und zog meine Muskeln um ihn herum zusammen.

»Ich hab's mir anders überlegt! Dich zu ficken, ist so viel besser, als gegen dich zu kämpfen«, hauchte er direkt an meinem Hals, packte mit der anderen Hand meinen Nacken und hielt mich fest. Fickte mich langsam, genüsslich, leise stöhnend und absolut gründlich.

»Dito!«, konnte ich gerade so stöhnend erwidern, da musste ich mich schon an seinen Schultern festkrallen, weil ich kam – schon wieder.

***

Okay, ich geb´s ja zu!

Robert Wrangler, heißester Typ dieses Planeten, fickte mich in dieser Nacht kaputt.

Wir machten es wie die Karnickel.

Oder Sexschildkröten.

Irgendwann mussten wir aus dem Pool raus, weil wir schon völlig aufgeweicht waren, und gingen uns schnell abduschen. Auf dem Waschtisch folgte die nächste Runde. Dann verschwanden wir ins Bett, wo wir es noch mal trieben, aber nur, weil er mich einfach anfing zu lecken. Und obwohl ich mich schon etwas wund fühlte, war er so zart und feinfühlig, dass ich tatsächlich schon wieder kam. Während meines Höhepunktes konnte er wohl nicht widerstehen, denn er füllte mich schon wieder aus. Ich schrie ein bisschen, weil es mittlerweile wirklich brannte, aber die Lust überschattete schon bald den Schmerz. Danach wollten wir ja eigentlich schlafen, aber er kuschelte sich von hinten an mich. Automatisch bewegte ich meinen Hintern, worauf er meinte, dass ich aufhören solle, wenn ich nicht total wund enden wollte. Ich hörte nicht auf ihn – wie immer. Und ich endete total wund.

***

Als ich am nächsten Morgen meine Augen aufschlug und mich bewegen wollte, keuchte ich vor Schmerzen auf. Jeder einzelne Muskel in meinem Körper brannte wie die Hölle. Totgefickt. Das hatte ich jetzt davon!

»Oh Gott! AUA!«, murmelte ich, weil ich ihn nicht wecken wollte, und stand auf. Leise fluchend schleppte ich mich leicht gebeugt wie eine uralte Oma mit Gicht und Rheuma ins Bad. In Zeitlupe benutzte ich die Toilette, machte mich frisch – immer noch fluchend – und schlurfte zurück, nur um auf seinen amüsierten Blick zu treffen. Er schien gar nicht beeindruckt von der Nacht, aber er war ja auch sportlich, offensichtlich ausgeruht, nackt, zerzaust, völlig zufrieden und lachte mich aus.

»Du gehst wie ein Schildkröte!«

»Haha!«, machte ich nur, humpelte zu der kleinen Kaffeeecke und machte mir einen Espresso. Ich brauchte dringend Koffein, eine gute Massage, eine künstliche Hüfte und vielleicht irgendeine Creme oder so, denn mein Feuchtgebiet fühlte sich wie ein Brennofen an – leider nicht auf die angenehme Art.

Ich spürte, wie er sich mir näherte, denn wenn Robert Wrangler mir nahekam – vor allem nackt –, fing die Luft um uns herum förmlich an zu knistern, und ich wirbelte herum.

»Nein! Fass mich nicht an! Du sexsüchtiges Monster!« Er lachte, ignorierte meine Worte komplett, packte meine Taille und zog mich an sich. Seine Nase strich sanft über meine.

»Ich werde dich anfassen, wann ich es will, wo ich es will und wie ich es will, und jetzt halt die Klappe und küss mich!« Somit küsste er mir das Hirn wieder in den Schädel, das er mir heute Nacht rausgefickt hatte. Ich stöhnte erst vor Schmerzen, kurz darauf vor Lust, bis ich mich schließlich verlangend an ihm rieb.

Sofort ließ er von mir ab. Ich schmollte ihn an, denn ich hatte vor, trotz der Schmerzen, noch eine Runde zu wagen, aber er lachte, schüttelte den Kopf und schlenderte einfach ins Bad. Der Penner!

35.

Wir verbrachten den Morgen damit *der kleine Maulwurf* zu schauen, denn hier gab es nur einen Sender, auf dem rund um die Uhr diese Serie lief – und wir liebten es beide seit Kindheitstagen an. Ab und zu bestellten wir was beim Zimmerservice, ansonsten bewegten wir uns nicht aus dem Bett.

Zum Nachmittag hin gingen wir gemeinsam duschen und Rob setzte mich danach auf den Waschbeckenrand. »Beine breit!«, forderte er auf diese neue, absolut heiße dominante Art und ich folgte augenverdrehend. Doch er tat nichts, außer mich einzucremen – ganz hauchzart – und mich damit wieder heiß zu machen. Ich biss mir auf die Unterlippe und versuchte, meine Hüften zu kontrollieren, aber sie kreisten trotzdem genüsslich. Er grinste schmal, während er beobachtete, wie er mit seinem Zeigefinger meine Pussy mit weißer Creme versorgte. »Oh nein, Baby, wir werden es jetzt nicht tun, egal, wie sehr du mich auch anmachst!« Ich schmollte, er lachte und trug mich dann zum Bett.

Dort lagen wir und lachten über den kleinen Maulwurf in seinem Auto, als es an der Tür klopfte. Dreimal – sehr laut.

Sodass sie in den Angeln erzitterte. »Arschaufreißservice!«, rief auch noch eine mir allzu bekannte Stimme und meine Augen wurden groß. Wie hatte er uns nur gefunden?

Bevor ich was sagen konnte, legte Rob seinen Zeigefinger kurz auf meine Lippen, stand dann auf und hielt mir mein Kleid entgegen. Schnell und leise schlüpfte ich rein, während er in seine Jeans stieg und nach seinem Schulterhalfter griff. »Macht auf, ich weiß, dass ihr da drin seid!«, rief ein nicht gerade amüsierter Tristan Wrangler durch die Tür.

»Er kann die Tür nicht einfach aufbrechen!«, wisperte mir Rob zu, der sein weißes Shirt angezogen hatte und gerade das Schulterholster anlegte. Im nächsten Moment drohte Tristan Wrangler: »Ihr wolltet es so!«, und die Tür erzitterte in ihren Angeln.

»Fuck!«, fluchte Rob jetzt mit großen Augen, da erzitterte sie noch einmal und noch einmal, bis das Schloss schließlich nachgab, genauso wie das Holz. Vier Gorillas mit Sonnenbrillen und Anzügen stürmten das Zimmer und warfen sich sofort auf uns. Einer griff nach meinen Arm, worauf Rob ihm den seinen brach. Der Typ schrie, aber Rob kümmerte sich nicht darum, packte meine Hand, zog mich weiter und haute den nächstbesten Affen um, der sich uns in den Weg stellte. Der hängte sich daraufhin an mein Bein, also trat ich ihm so sehr auf die Hand, dass er brüllte, während wir Richtung Terrasse rannten. Ein weiterer Gorilla wollte ihn angreifen, doch er ging zu Boden, bevor er überhaupt ausholen konnte. Das war so verdammt heiß! Keiner hatte eine Chance gegen Robert Wrangler außer …

»Jetzt reicht's!« Mit diesen Worten kam eine riesige Faust von der Seite in mein Sichtfeld. Tristan Wrangler boxte seinem Sohn in die Niere, der darauf fast in die Knie ging. Dann packte Wrangler Senior mich, verdrehte mir schmerzhaft den Arm, stellte sich hinter mich und hielt mir etwas Kühles an die Schläfe. »Ich hab die Schnauze voll! Schluss jetzt!«, forderte er in aller Ruhe. Rob, an dem sofort ein weiterer Gorilla hing und ihm die Arme hinter seinen Rücken zog, keuchte. Seine Augen blitzten vor Wut, als er sah, dass sein Vater mich festhielt.

»Lass sie los! SOFORT!«, knurrte er.

»Oh, ich weiß nicht, Robbie. Hab grad keine Lust dazu. Viel mehr hätte ich Lust eine Kugel durch diese raffinierten Gehirnwindungen zu schicken, so viel Ärger, wie mir diese verdammte Cavalli macht!«

»DAD!«

»Lasst ihn los!«, forderte Tristan Wrangler nur ruhig und der Affe gehorchte. »Komm her!«, befahl Tristan. Rob runzelte die Stirn, ging aber auf ihn zu. »Noch näher, Robbielein, noch näher …« Er tat es, wenn auch mit einem angepissten »WAS?« Sobald Rob in Reichweite war, bekam er einen Kinnhaken von seinem Vater. »HEEY!«, brüllte ich und riss mich von dem nun grinsenden Tristan Wrangler los, der lässig seine Waffe in den hinteren Hosenbund steckte.

»Ich hab dir schon tausendmal gesagt, du sollst deine linke Seite besser decken und nicht so verdammt gutgläubig sein!« Rob spuckte Blut aus. Als ich seine Schulter berührte, richtete er sich auf und heftete seinen tödlichen Blick auf seinen Vater.

»Oh Robbie, sag nichts. Ich weiß, dass du mich gerade hasst, aber irgendwann wirst du merken, dass ich diese ganze Scheiße nur für dich tue. Ich hab euch jetzt einen ganzen Tag rumvögeln lassen, bin ja nicht so! Aber irgendwann ist auch mal Schluss! Also halt jetzt die Klappe und komm! Wir haben Verspätung, und wenn Luca eines nicht ausstehen kann, dann das!« Somit drehte er sich um und ging lässig voraus, während er sein Handy bereits zückte. Tristan Wrangler war das größte Arschloch, das ich je getroffen hatte! Aber vor allem gefährlich.

***

»Geht's, Baby?«, fragte ich immer wieder, während wir mitten in der Nacht eine Insel irgendwo im Nirgendwo erreichten und mit einer Limousine an trockenem Gestrüpp und ein paar vereinzelten Häuschen vorbeikamen. Wir waren noch zwei Stunden gefahren, dann am Hafen in ein Schnellbot umgestiegen und schließlich hier gelandet. In der Mafiahochburg. Im Feindesgebiet.

Tristan Wrangler hatte seine vier Gorillas mit dabei. Zwei vor uns, zwei hinter uns. Wir hatten keine Chance mehr auf Flucht, aber ich wollte es auch gar nicht versuchen, schließlich war Rob wegen mir verletzt worden. Sein Kinn war bereits stark gerötet und dürfte die Tage wahrscheinlich in den schönsten Farben erstrahlen. Außerdem hielt er sich die Seite. Hoffentlich hatte ihm dieses Arschloch von Vater nicht irgendwas mit seiner Riesenpranke gebrochen! Wenn ja, würde ich ihn im Schlaf umbringen, und wenn es das Letzte wäre, was ich tat. Es war schockierend gewesen, was es in mir angestellt hatte, zuzusehen, wie jemand Rob verletzte. Wir waren so eng verbunden – ich hatte es fast selbst gefühlt, es hatte mich zutiefst erschüttert – vor allem die Wucht meiner Emotionen. Aber ich versuchte, mir nichts anmerken zu lassen, auch wenn Rob mich immer wieder fragend von der Seite musterte. Er ahnte wohl, was in mir vorging, weshalb er seinen Arm um mich gelegt hatte, immer wieder beruhigend meinen Kopf küsste und mir das Gefühl vermitteln wollte, weiterhin auf mich aufzupassen. Das konnte er auch, aber nicht, wenn er dieses psychopathische Arschloch Tristan Wrangler als Gegner hatte, der uns immer einen Schritt voraus zu sein schien; der zu allem fähig war und der seinen Sohn kannte wie keiner sonst. Der seine Schwachstellen kannte. Rob hatte mir erzählt, Tristan Wrangler wäre auch sein Boxtrainer. Er konnte gegen ihn nicht gewinnen. Und ich wollte es auch nicht noch mal so weit kommen lassen, dass ihm wegen mir wehgetan wurde. Das könnte ich nicht ertragen. Ich würde alles tun, um das zu verhindern.

Also war ich brav, blieb sitzen, motzte nicht, war still, während wir uns nun einer riesigen Mauer und schwarzen hohen Toren näherten, die sofort lautlos aufglitten, als wir darauf zu fuhren. Um uns herum war ein Park angelegt worden, der grün vor sich hin wucherte, weil Rasensprenger unablässig Wasser verteilten. Ein merkwürdiger Anblick inmitten der sonstigen Dürre. Keine Ahnung, wie viel diese Anlage gekostet hatte, aber ich hatte so etwas noch nie gesehen. Es war wunderschön. Kleine Teiche versteckten sich hier und da; Hängematten waren verstreut zwischen den knorrigen Bäumen aufgehängt worden; Statuen säumten kleine Wege zu uralt aussehenden Bänkchen; der volle Mond erhellte alles gestochen scharf wie am Tag. Und dann bogen wir um eine Kurve und ein Haus kam in Sicht. Nicht ein altes herrschaftliches Anwesen, sondern eine riesige moderne Villa mit drei balkonartigen Terrassen, die jedes Stockwerk komplett umgaben. Direkt dahinter rauschte das weite Meer. Das Haus war wunderschön durch blaue Strahler ausgeleuchtet und sah wirklich imposant aus. Fast klappte mir der Mund auf, als wir davor stehen blieben.

Ein Gorilla öffnete. Rob stieg zuerst aus und half mir dann aus dem Wagen. Normalerweise mochte ich so eine Behandlung nicht, aber bei ihm war das okay. Es war nicht gespielt höflich – es war echt, genauso wie sein Respekt. Dann schlang er seinen Arm um meine Schulter und wir folgten Tristan Wrangler, der voranging, wie eine kleine Entenfamilie. Dieser schwang die Tür der Villa auf, als wäre er jeden Tag hier und trällerte: »Schaaaatz, bin zu Hause!«

Sofort führte er uns durch eine imposante Eingangshalle, durch ein noch imposanteres Wohnzimmer – dabei hatte ich schon viel Luxus gesehen – und hinten hinaus auf eine Terrasse, die direkt zum Meer rausging. Überall waren Fackeln verteilt und Palmen standen herum. Ich fühlte mich wie in einem Märchen aus *Tausend und einer Nacht*, aber das war es nicht, was meine Aufmerksamkeit fesselte. Es war der schwarzhaarige Mann, der unter einem Pavillon an einem großen runden Tisch saß und gerade eine Zigarre rauchte.

Seine Augen, so blau, so stechend. Sein Blick, mit dem er mich sofort musterte, so intensiv, dass ich Gänsehaut bekam. Dann schlich sich etwas in seine Augen – war es Wehmut, war es Trauer? Es zog vorbei, sobald er Rob erblickte. Da lächelte er warm und stand auf.

»Robbie!« Er kam zu uns, aber nicht zu Tristan oder gar mir, sondern zu Rob und zog ihn sofort in seine Arme. Rob schloss für einen Moment die Augen, als der Mafiaboss in dem dunklen perfekten Anzug ihn umarmte, während er zaghaft die Hände hob. Anfangs unschlüssig erwiderte er aber dann die willkommene Geste und drückte ihn fest an sich. Ich fühlte mich verraten.

»Hi Luca«, murmelte Rob und ich konnte das Gefühl, das mich bei Luca Cavallis und Robs Anblick durchströmte, nicht genau erfassen, aber es vermittelte mir irgendwie eine Wärme, eine Sicherheit, eine Geborgenheit – ein Hauch von Heimat. Das war nicht möglich, denn ich hatte kein Zuhause. Nie gehabt.

»Und ich werde hier einfach so stehen gelassen!?«, empörte sich Tristan gespielt und der Pate verdrehte die Augen. »Ja, wir haben uns ja auch so lange nicht gesehen, Wrangler.« Dann löste er sich von Rob und sah mich an. Ich fühlte mich sofort wie eine Ratte auf dem Seziertisch, aber ich versuchte, mir nichts anmerken zu lassen, verschränkte die Arme vor der Brust und meinte: »Hi, du Arschloch!«

Alle um uns herum hielten sofort die Luft an, eingeschlossen Rob, der meine Hand packte und fest drückte. Der Pate starrte mich ungerührt an, bis sein Mundwinkel zuckte und er lachte. Zögerlich schlossen sie die anderen an – eindeutig erleichtert.

»Du bist wirklich seine Tochter, passerotta!«, erwiderte er mit einer zarten Stimme, die nicht zu einem Killer passte, und überraschte mich mit dem Ausdruck – Spatz. So hatte mich immer nur mein Dad genannt, weil ich so klein war und mich auch immer gleich aufplusterte und herum schimpfte, wenn mir was nicht gefiel. Sofort stiegen Tränen in meine Augen – blöde Tränen – und meine Hände fingen an, zu zittern. Rob sah mich vorsichtig an und drückte beruhigend meine Schulter. Ich schüttelte den Kopf, versuchte nicht loszuheulen, denn ich hatte plötzlich einen Klumpen im Hals. »Kommt und setzt euch zu mir!«, schlug Luca freundlich vor, dem meine Reaktion nicht entgangen war, und ich runzelte die Stirn. Das hatte ich nicht erwartet. »Habt ihr Hunger? Ich hoffe es! Vivi kocht schon den ganzen Tag für euch irgendwelchen Körnerfraß – und ich sage euch, ihr werdet sterben, wenn ihr das nicht esst! Ich habe auch neuen Wein da! Wasser für dich Robbie, oder? Und für deine Freundin? Ach, bringt einfach alles!« Er winkte seinen Affen, von denen einer sofort davon marschierte.

HÄÄÄÄÄÄÄÄÄÄÄÄÄÄÄÄÄÄÄ?

Diese Gastfreundschaft passte jetzt irgendwie überhaupt nicht in mein Bild dieses Mannes, von dem mir meine Mutter und Drake so oft erzählt hatten. Andererseits wusste ich, dass die Menschen oft Masken tragen, besonders diejenigen, die Verbrecher sind. In einem Moment *haha* im nächsten hast du eine Kugel im Kopf. Trotzdem ließ ich mich zaghaft neben

Rob auf einen Stuhl sinken, während Luca Tristan eine Zigarre reichte und die beiden erst mal entspannt rauchten – und uns dabei anstarrten.

Luca Cavalli und Tristan Wrangler sahen aus wie aus der *GQ* für heiße Mafiabosse entsprungen – in ihren dunklen Anzügen, ihrer Lässigkeit und ihren stechenden Blicken. Ihre Präsenz war so greifbar, fast übermächtig. Sofort beherrschten sie damit jeden Raum und man konnte den Blick nur schwer von ihnen abwenden. Sie trugen keine Jacketts, nur noch weiße Hemden, die Ärmel locker hochgekrempelt, sodass die sehnigen Unterarme zu sehen waren. Einer war sexier als der andere. Man wusste nicht, wo man zuerst hinschauen sollte. Das fiel mir immer wieder auf und ärgerte mich enorm. Es war ungerecht, dass die größten Bastarde irgendwie immer am besten aussahen.

»Also, was hast du jetzt vor?«, fragte Tristan irgendwann pseudolocker; sein Blick war aber so angespannt, dass mir die Situation überhaupt nicht gefiel.

»Was denkst du denn, Wrangler?«, fragte Luca Cavalli mehr als müde und rieb sich die Augen. Tristan biss die Zähne hörbar zusammen. Sein Blick glitt über uns, über unsere verschlungenen Hände.

»Ich finde, das ist keine gute Idee, Cavalli!«, meinte er dann ziemlich kämpferisch und den Nachnamen wie einen Fluch ausspuckend. Wow.

Luca lachte humorlos. Ich verstand gar nichts. Die angespannte Stimmung wurde aber von einer weiblichen Stimme durchbrochen. »Robbie!«, rief sie freudig, als sich auch schon zwei dünne, brauen Arme von hinten um seinen Hals schlangen, bevor er reagieren konnte. Seine Wangen wurden ausgiebig geküsst, weshalb er kurz darauf mit rotem Lippenstift beschmiert war. »Gott, ist das schön, dich zu sehen. Es ist schon so lange her! Du bist so verdammt riesig geworden!« Er wurde knallrot und verdrehte die Augen. »Hi, Tante Vivi, du bist immer noch so klein wie früher«, erwiderte er lammfromm, stand auf und gab ihr zwei Küsse links und rechts. Mich zog er mit sich. »Das ist Gia – mein Baby«, meinte er auch noch stolz und schob mich vor. Mein Herz raste, als ich die Frau anschaute. Sie war wunderschön, hatte lange naturrote Haare, eine perfekte, wenn auch etwas dünne Figur und ein Gesicht wie eine Porzellanpuppe. Ihr Blick war warm und neugierig auf mich gerichtet.

»Das ist sie also. Die eine, die endlich dein erfrorenes Herz erobert hat! Wurde aber auch Zeit«, murmelte sie und Tränen fluteten ihre Augen. »Du siehst genauso aus wie er!«, wisperte sie dann, hob ihre Hand, als wollte sie mich berühren, besann sich dann aber und wirbelte herum. »Das Essen ist fertig! Ich bringe es gleich!« Somit verschwand sie wieder im Inneren, aber man hörte noch ihr Schluchzen. Luca Cavalli, eiskalter Mafiaboss, verdrehte seine Augen, entschuldigte sich und folgte der Frau ins Haus. Diese gesamte Situation ließ mich völlig baff zurück.

35.

Wir saßen also an diesem wunderschönen Strand, auf dieser wunderschönen Terrasse, an diesem wunderschönen Esstisch und hatten die wunderschönsten Speisen vor uns stehen. Antipasti, frisches warmes Weißbrot, Kartoffeln, Fleisch, Tomatensalat, gemischter Salat, Couscous, Garnelenspieße, eine wunderbar duftende Fischplatte und jedes Getränk, das man sich nur wünschen konnte. Ich wollte ja eigentlich nichts essen, aber alle langten ordentlich zu und ich hatte verdammt noch mal echt Hunger! Mein Magen brummte so laut, dass es sicher alle hörten, aber ich versuchte, mir nichts anmerken zu lassen, während ich innerlich sabberte und tausend Tode starb. Zum Glück ging diese Folter nicht lang, weil Rob mir einfach etwas auf einen Teller lud, mir die Gabel in die Hand drückte und zischte: »ISS oder sie erschießen uns!« Seine Augen lachten dabei, aber ich fand das echt alles andere als witzig! Wie konnte er überhaupt in Gegenwart dieser Oberverbrecher so locker sein und das Essen nur so in sich hineinschaufeln? Und vor allem, *wohin* schaufelte er seine drei voll beladenen Teller? Dabei unterhielt er sich auch noch völlig ruhig mit Luca und Vivian über seine Polizeiausbildung, die echt hart gewesen war, wie es daheim lief und so weiter. Während des Gespräches erfuhr ich einige interessante Neuigkeiten. Zum Beispiel, dass Robs beste Freundin eine Kuh namens Berta und dass die Frau des Oberbosses Luca Cavalli nichts Geringeres als Staatsanwältin war. Diese Vivi war eine Freundin der Familie, zuckte nur die schmalen Schultern und meinte: »Wo die Liebe eben hinfällt«, in Bezug auf Rob, einen Wrangler und Polizist, und mich, eine Cavalli und Mafiaprinzessin. Dann sah sie Tristan Wrangler scharf an.

Der Einzige, der abgesehen von mir absolut nicht locker war, war Robs Vater. Er war mürrisch und beteiligte sich kaum am Gespräch. Nein, er starrte mich an. So, als würde er mich töten wollen. Dabei wusste ich nicht, was ich verbrochen hatte!

Er hatte kein Recht, mich so anzusehen!

Ganz im Gegenteil!

Und so starrte ich ihn genauso an, ließ ihn erkennen, wie sehr ich ihn verabscheute, wie sehr ich ihn hasste – für das, was er mir angetan hatte! Ihn berührte das nicht im Geringsten, denn auch er hasste mich – aus tiefstem Herzen.

***

Irgendwann war das Essen vorbei. Der Mond schien hell und rund auf das ruhige Meer und jeder hatte einen Limoncello zum Verdauen intus. Luca flüsterte Vivian etwas zu, sie seufzte und ging rein. Dann zündete er sich eine Zigarre an, lehnte sich zurück und ich wusste sofort, jetzt würde der alles entscheidende Teil kommen.

Was hatte Luca Cavalli mit mir vor?

»Du weißt, dass ich es tun muss, Tristan!«

»Nein!« Tristan Wranglers Faust donnerte auf den Tisch und Rob und ich zuckten vor Schreck zusammen, dabei war ich eigentlich selbst für diese Bewegung zu voll. »Du musst gar nichts! Außer scheißen und Steuern zahlen und nicht einmal das tust du!«, knurrte dieser, beugte sich dabei bedrohlich vor und funkelte den Paten himself tödlich an. So tödlich, dass die Hände der Gorillas, die um uns herum standen, zu ihren Waffen glitten. »Ich sage nein!«

»Rein mit euch!«, meinte Luca locker zu seinen Aufpassern und sie verzogen sich – widerwillig, aber sie gingen. Als wir vier alleine waren, rieb sich Luca erschöpft die Stirn.

»Sie muss hierbleiben. Woanders ist es zu gefährlich!«

Rob schaltete sich sofort ein. »Wenn sie bleibt, bleibe ich auch!«

»SIEHST DU!«, knurrte Tristan jetzt wirklich und ließ geschlagen seinen Kopf nach hinten fallen. »Ich wusste, dass du das sagen würdest!«, meinte er zu seinem Sohn und Rob knurrte zurück.

»Ich liebe sie eben wirklich!« Ich verschluckte mich fast an meiner Cola und hustete, was das Zeug hielt. In meinem Bauch flatterte währenddessen sofort ein singender Chor bunter Schmetterlinge umher. Mir wurde warm, regelrecht schwindlig, während Rob mir auf den Rücken schlug und mir, als die Erstickungsgefahr vorbei war, tief in die Augen sah und meine Hand nahm. »Ich meine es ernst. Wo sie hingeht, geh ich auch hin. Alles andere ist mir egal!«

»FUCK!«, brüllte sein Vater, stand auf und trat seinen Stuhl zur Seite. »VERDAMMTER FUCKHAUFEN! Ich verfluche euch, verdammte Cavallis!«, brüllte er noch lauter und marschierte in der Dunkelheit davon. Wir drei blieben etwas baff am Tisch sitzen. Luca grinste entschuldigend und schenkte uns Wein nach, als wäre nichts geschehen – also mir und sich, Rob trank natürlich Wasser.

»Du weißt ja, dein Vater hat ein hitziges Gemüt.«

»Ist mir noch nie aufgefallen«, meinte Rob ungerührt und trank einen Schluck.

»Du weißt, was es bedeutet, wenn du hierbleibst. Du hast dich dann für eine Seite entschieden – für meine Seite.« Die blauen, einnehmenden Augen des Mafiabosses funkelten dabei, als würde er vor etwas stehen, was er schon sein ganzes Leben haben wollte und es nie bekommen hatte. Jetzt war es zum Greifen nahe. Mir wurde kalt. Sofort starben die Schmetterlinge und fielen leblos und schwer wie Steine in meinem Bauch hinab. »Es heißt, du wirst mein Nachfolger. Es heißt, du wirst der nächste Pate. All das hier wird dir gehören.«

»NEIN!«, entschlüpfte mir sofort. Das wollte ich nicht. Das durfte nicht passieren. Das war viel zu gefährlich!

»Ruhig!«, meinte Rob zu mir, aber ich sprang auf. »NEIN, ROB! Das wirst du sicher nicht! Das war nie, was du vom Leben wolltest! Du wolltest für das Gute einstehen, für Gerechtigkeit! Für die andere Seite!«

»Ich stehe auf der Seite, auf der du stehst.« Ich schüttelte den Kopf, während ich fühlte, wie das Blut meine Wangen verließ, Tränen in meine Augen stiegen und ich wisperte: »Das ist nicht richtig, du gehörst da nicht hin!«

»Es wird alles gut, Baby. Ich werde dich beschützen, egal, was passiert! Ich werde mein Wort halten! Vertrau mir!«

Ich schüttelte den Kopf. »Es wird gar nichts gut!« *Es wird nur immer schlimmer!* Somit drehte ich mich um und ging, denn ich konnte die Tränen nicht länger unterdrücken. Also weinte ich, wie schon seit Wochen nicht mehr, schon seit Jahren nicht. Weinte, weil mir klar wurde, was ich Robert Wrangler angetan hatte. Alleine mit meiner Liebe zu ihm, alleine mit meiner Anwesenheit. Mit jedem Kuss, jedem Wort, jedem Blick zog ich ihn weiter in sein Verderben.

***

Ich weiß nicht, wann es passiert war, aber in dieser Geschichte ging es schon lange nicht mehr um mich. Was aus mir wurde, war zweitrangig. Genau genommen war es mir momentan völlig egal. Vor Wut heulend stapfte ich barfuß durch den weichen Sand, direkt am Meer entlang, und hätte am liebsten genauso gebrüllt wie Tristan Wrangler vorhin.

Es war völlig dunkel bis auf den Mondschein, aber das war mir egal. Am liebsten wäre ich ins Meer gestiegen und nie wieder aufgetaucht, um Robs Leben wieder normal zu machen. Mit mir war nichts normal; ich zerstörte alles, was er sich aufgebaut hatte, und nicht nur das. Ich brachte ihn in Lebensgefahr! Er wollte Polizist werden und kein Verbrecher!

Er wollte etwas Gutes tun und nichts Schlechtes! Er war zu anständig für das hier! Im Gegensatz zu mir, mein Leben war schon immer abgefuckt, ob es noch weiter abfuckte, war eigentlich egal, nur Robert Wrangler hatte es für eine kurze Zeit schön und rein erstrahlen lassen. Ich dankte ihm dafür. Ja, ich liebte ihn sogar dafür, das musste ich tun – ihn tatsächlich lieben. Sonst wäre er mir nicht wichtiger als ich selbst gewesen. Sonst hätte es mich innerlich nicht umgebracht, was ich ihm antat. Sonst wäre ich nicht so verdammt wütend auf mich selbst gewesen! Wieso war ich nur nicht in diesen Zug gestiegen und war für immer davongefahren? Wieso hatte ich ihn nicht beschützt? Wieso war ich so eine kleine, egoistische, dumme …

Ich stieg auf etwas Weiches, das keuchte. Schon fiel ich und landete im warmen Sand.

»Verdammt!«, fluchten Tristan Wrangler und ich auf einmal und ich wirbelte herum. Er saß am Strand, völlig still und reglos wie ein Stein, deswegen hatte ich ihn nicht gesehen, und starrte mich jetzt genauso tödlich und vorwurfsvoll an wie ich ihn. Jetzt war die Gelegenheit, auf die ich jahrelang gewartet hatte.

Ich war mit dem Mörder meines Vaters allein.

Ich hätte es tun können.

Na gut, ich hätte es zumindest versuchen können, aber etwas hielt mich davon ab, ihn anzugreifen. Er hatte feuchte Wangen und seine Augen waren gerötet – Tristan Wrangler hatte geheult! Als ich das sah, klappte mein Mund auf; er strich sich schnell die verräterische Nässe fort und schniefte auch noch. »Verfickte Scheiße! Kannst du nicht aufpassen, wohin du trittst!«

»Du hast geheult!«, stellte ich fest, drehte mich um und setzte mich neben ihn in den Sand. Er sah von mir weg, die Hände auf seine aufgestellten Knie gestützt und überblickte das Meer.

»Das geht dich einen feuchten, stinkigen Furz an.«

»Stimmt. Aber es ist trotzdem schön, dich so zu sehen! Hätte ja nicht gedacht, dass so ein Bastard wie du überhaupt zu solchen Regungen fähig ist!«

»Bastard, oh ja, das bin ich wirklich«, murmelte er nur leise lachend vor sich hin. Das machte mich so wütend, dass ich ihn wieder anspringen wollte. Ich kam auf die Knie, und brüllte: »JA, Bastard! Bastard, der meinen Vater getötet hat! Bastard, der mir alles genommen hat! BASTARD! BASTARD! BASTARD!« Dabei stürzte ich mich auf ihn. Wie ein kleines Mädchen drosch ich auf ihn ein, wusste gar nicht wohin. Hauptsache, ich tat ihm so weh, wie es in mir wehtat. Ich brannte innerlich lichterloh. Das Feuer fraß sich durch jede einzelne Zelle und heizte sie an. Ich wollte nicht mehr, ich konnte nicht mehr! Und er war schuld! An allem!

»Shhhhh!« Mit einem Mal hatte er meine Handgelenke gepackt und ich lag auf dem Rücken im Sand. Tristan Wranglers grünbraune, blitzende Augen schwebten über mir. In ihnen loderte genau dasselbe Feuer.

»Dein Vater war mein Freund. Einer der wenigen wahren Freunde, die ich je hatte. Er war so etwas wie ein Bruder für mich. Ich hätte für ihn getötet, bis er mich verriet! Bis er mein

Kind umbrachte.« Seine Stimme bebte, war leise, aber so intensiv. Tränen liefen unkontrolliert meine Schläfen hinab, direkt in meine Haare und versickerten im Sand. Ich schluchzte wie verrückt, konnte mich gar nicht beruhigen, aber ich rührte mich ansonsten nicht mehr. Er ließ mich los, weil kein weiterer Angriff erfolgte, setzte sich auf und sagte: »Er war bei mir in Ausbildung, denn er war einer der besten und wichtigsten Männer für deinen Onkel Luca. Er sollte meine Geschäfte in meiner Stadt übernehmen, denn ich wollte mich zur Ruhe setzen, aber das gefiel einem nicht. Patrick, dem verdammten Onkelficker. Er fickte deine Mutter Cassandra, genauso wie dein Vater – nur mit dem Unterschied, dass dein Vater deine Mutter wie blöd liebte und Patrick sie lediglich ausnutzte. Dein Vater verehrte sie, er hätte für sie getötet. Er HAT für sie getötet. Erst Patrick und dann mein Kind.«

»Er … er …« Ich hatte keine Entschuldigung für meinen Vater. Das war schrecklich.

»Mia sagt, er hatte es nicht gewusst. Er hatte nicht gewusst, was er tat, aber das war mir egal. In dem Moment, als ich erfuhr, was seinetwegen geschehen war, war alles egal. Ich brachte ihn um. Einfach so in dieser beschissenen Fabrik. Ich hörte mir nicht mal an, was er zu sagen hatte – ich schoss einfach.« Und wieder klang seine Stimme zittrig. Vermutlich weinte er. Aber er saß mit dem Rücken zu mir, ich sah es nicht. Tristan Wrangler ließ seinen Kopf nach vorne fallen, völlig verzweifelt. »Ich geriet in diese Scheiße, weil ich ein cooler Kerl sein wollte, ein ganz großer. Ich dachte, so könnte ich meine Eier beweisen. Mit zwanzig denkst du: *Yeah, ich bin der Coolste!* Mit dreißig denkst du: *Okay, jetzt reicht es dann aber so langsam mit dem Coolsein!* Und mit vierzig merkst du: *Fuck, es gibt keinen Weg mehr zurück!* Du merkst, dass du dich für einen Weg entschieden hast und dass du den jetzt bis zum bitteren Ende latschen musst. Hätte ich gewusst, wo ich lande, hätte ich die Abzweigung in Richtung ›Mafia‹ nie genommen. Das Leben im Untergrund gefiel mir anfänglich aber zu gut. Es war ein leichtes Leben; ein luxuriöses Leben, ein Leben ohne Grenzen, das einem alles versprach. Es war regelrecht genial, bis sie wieder meinen Weg kreuzte, Mia Engel, und mir die Augen öffnete. Erneut. Aber das ist eine andere Geschichte. Sie machte mich zu einem besseren Menschen, zu dem Menschen, der ich immer sein wollte. Sie zeigte mir, dass Mann seine Eier ganz anders beweist, als ich es bisher getan hatte, also wollte ich aussteigen. Aber ich merkte sehr schnell, einmal in der Scheiße gibt es keinen Ausstieg. Einmal Famiglia, immer Famiglia! Aber meinem Sohn, wollte ich das ersparen. Ich wollte ein besseres Leben für ihn, ein stinknormales, gesellschaftstaugliches, sicheres Leben, ohne Gefahren, Korruption und Angst. Ich versuchte ihm alles mit auf den Weg zu geben, um fürs Leben gewappnet zu sein. Selbstsicherheit, Entschlossenheit, Gerechtigkeitssinn und die Kraft, um sich zu wehren. Trotzdem ging mein Plan schief. Denn er ist jetzt hier – wegen dir. Wie auch immer, ein Mann ist nichts ohne seine Prinzipien – egal, für welchen Weg er sich entscheidet. Ja, ich habe deinen Vater getötet, weil er unsere Familie gefährdet hat, und ich würde jeden einzelnen

Menschen dieses Planeten töten, wenn es um meine Familie geht! Das ist mein Prinzip Nummer eins.« Er sah mich über seine Schulter hinweg unheilvoll an, und meine Augen wurden groß. Ich machte mich bereit zum Davonlaufen. Er lachte humorlos. »Keine Sorge, ich habe mittlerweile gecheckt, dass der Trottel dich wirklich liebt, und DAS macht dich zum Teil meiner Familie. Was mein Sohn liebt, wird auch von mir beschützt. Hast du dich im Haus deiner Mutter jemals sicher gefühlt? Ich denke nein, denn du warst da nie sicher. Deswegen musstest du da fort – so weit weg wie möglich –, jetzt bist du in Sicherheit. Also entspann dich, Prinzessin!«

»Was?«

Seine Stimme wurde unendlich sanft, während er traurig über das Meer sah. »Ich habe deinen Vater geliebt, Gianna Devito. Ich hatte dich schon auf dem Arm, als du ein kleines, schreiendes Baby warst und habe ihm geschworen, ich würde auf dich aufpassen. Ich bin dein verdammter Taufpate. Das hat dir deine Mum nie erzählt, oder?« Er lachte humorlos auf, während mir so ziemlich alles aus dem Gesicht fiel. Also jeder Ausdruck. »Wir waren immer nur die bösen, irren Wranglers und der böse, noch irrere Luca. Es ist einfach, so etwas über jemanden zu behaupten, den man nicht kennt. Aber es gibt immer zwei Seiten der Medaille, Prinzessin. Immer zwei Geschichten, immer mehrere Ansichten. Oft ergibt alles ein völlig anderes Bild, wenn man es von einer anderen Seite betrachtet. Oft sind Wahrheiten Lügen und Lügen Wahrheiten. Ich habe schon früh gelernt, dass man für alle Seiten offen sein sollte und dass Menschen nur selten die volle Wahrheit sagen, weil alles durch ihre subjektive Betrachtungsweise getrübt ist. Dass man immer alles hinterfragen, es selbst aus mehreren Blickwinkeln begutachten und erst dann beurteilen sollte.«

»*Du* bist mein Taufpate?«

»Ja, so, wie Robbie Lucas und Vincents Patenkind ist. Lustig, nicht wahr? Wir waren alle eine große Familie; wir waren nicht nur Freunde. Luca, Vincent und ich – wer unsere Namen hörte, machte sich schon ins Höschen. Wir konnten uns voll aufeinander verlassen und haben somit die Welt erobert, wir waren ein perfektes Team. Nur deswegen haben wir es so weit gebracht und leben noch – bis deine Mutter alles vergiftet hat. Angefangen mit Vincent …«

»Aber wieso? Wieso hat sie das getan?«

»Sie hasst ihren Bruder. Er hat immer das bekommen, was sie wollte. Sie ist boshaft und von Neid zerfressen. Sie ist einfach ein Miststück, anders kann man es nicht nennen.« Er zuckte mit den breiten Schultern.

»Das stimmt.« Er hatte es auf den Punkt gebracht. Ich wusste schon lange, dass meine Mutter ein schlechter Mensch war.

»Wenn du die genaue Geschichte hören willst, was damals mit deinem Vater war, musst du meine Frau fragen. Nur sie war dabei, nur sie weiß alles. Ich kam erst, als es zu spät war. Nur noch sie lag da, blutend auf dem Boden dieser verschissenen Fabrikhalle, mein Mia-Baby.« Er konnte nicht weitersprechen, versank in Erinnerungen, und ich hätte fast seine immer noch bebende Schulter berührt. Dann hörte ich, wie er die Zähne aufeinanderbiss und nur noch knurrte. Auch er war von Hass zerfressen – Hass auf sich selbst. »*Das Baby ist tot! Er ist tot, Tristan*, schluchzte sie, dann schlossen sich ihre verdammten Augen und ich dachte, es wäre für immer. Zwischen ihr und mir kniete dein Vater, der nur: *Es tut mir leid, es tut mir leid, es tut mir leid!* vor sich hin wimmerte. Er war mir im Weg und er hatte sie hierher gebracht. Ich schoss, ohne zu überlegen, und danach machte ich die schrecklichste Fahrt meines Lebens durch. Fast hätte ich es nicht ins Krankenhaus geschafft, und meine Frau – mein Leben – starb beinahe in meinen Armen. Ich habe mir noch nie angehört, was davor passiert ist. Ich wollte nicht erfahren, dass dein Vater vielleicht unschuldig ist, dass mein bester Freund sein Leben für nichts gelassen hat. Ich hätte es sonst nicht ertragen. Es bringt mich sowieso jeden Tag ein kleines bisschen mehr um.«

»Genau wie mich«, wisperte ich und schaute auch über das Meer, während Tränen unkontrolliert über meine Wangen liefen. Es tat so weh. Uns beiden. Uns allen.

»Mit dieser Vorgeschichte kannst du dir vielleicht vorstellen, wie es in mir aussah, als ich merkte, in wen sich mein Sohn, mein Fleisch und Blut, verliebt hat.«

»Du bist ein guter Schauspieler, Tristan Wrangler.«

»Weil das Leben uns dazu zwingt, zu Schauspielern zu werden. Das oder wir gehen unter!«, knurrte er verbittert und zündete sich einen Joint an. Oh Gott, wie das duftete. Tief sog er den Rauch in seine Lungen, ließ seinen Kopf nach hinten fallen und schloss die Augen. Ich nahm ihm das Teil einfach aus den Fingern und zog auch daran. Das war gerade genau das Richtige als Beruhigung für meine aufgewühlten Nerven. Er sah mich mit offenem Mund schockiert an – und fast kicherte ich, vor allem, weil die Ähnlichkeit zu Rob gerade absolut verblüffend war.

»Du darfst nicht… Du bist noch ein Baby!« Missmutig betrachtete er mich, doch ich zuckte nur die Schultern und knurrte: »Ein 23-jähriges Baby, das den Scheiß gerade dringend nötig hat!« Darauf zog ich erneut – stärker diesmal. Irgendwie fühlte ich mich, als würden wir gerade eine Friedenspfeife rauchen.

In meinem Kopf hatte sich diese leichte Watte ausgebreitet, die alles nicht mehr so schlimm erscheinen lässt. Die einem das Gefühl gibt, man könnte alles schaffen, egal, wie ausweglos die Situation auch ist. Ich konnte es jetzt sowieso nicht ändern, außerdem musste ich nachdenken. Dafür war das Zeug perfekt geeignet. Und so legte ich mich auf den Rücken, sah mir den Sternenhimmel an und dachte nach – laut.

»Was soll ich jetzt tun?«, wisperte ich eher zu mir selbst, während sich bereits wieder Tränen in meinen Augenwinkeln sammelten.

»Du weißt genau, was du jetzt tun solltest, wenn er dir auch nur im Geringsten etwas bedeutet.«

»Nein!«, schluchzte ich sofort auf und schlug die Hände vors Gesicht. Allein bei der Vorstellung verflog die Watte und zurück blieb schreiender Schmerz. »Ich kann nicht! Ich kann das nicht tun!«

»Dann tu es nicht. Es ist deine Entscheidung – so, wie alles im Leben.«

Er musste nicht weiterreden. Er musste mir nichts über die Zukunft prophezeien und wie die für Robert Wrangler an meiner Seite aussah. Ich wusste es; tief in meinem Inneren hatte ich es wohl immer gewusst. Für Robert Wrangler und mich gab es keine gemeinsame Zukunft.

36.

Als ich zurückkam – keineswegs geklärt und ruhig, sondern aufgewühlter als zuvor –, schlief Rob mitten auf der Terrasse auf einer drei Meter langen Rattanlounge. Wahrscheinlich hatte er mich von hier aus beobachtet. Alle anderen waren weg, das Haus lag in Dunkelheit, das Meer rauschte leise, ein warmer Wind strich durch meine Haare, während ich sein wunderschönes Engelsgesicht, nur von einer Fackel erhellt, betrachtete und immer noch nicht wusste, was ich tun sollte.

Allerdings war es schon verdammt spät und wir hatten verdammt viel durchgemacht. Mein Hirn war kaum noch zum Denken fähig, auch dank der Tüte, die ich mit Tristan Wrangler geraucht hatte. Ich wusste nicht genau, zu welchem Zeitpunkt dieses Gespräches sich etwas verändert hatte, ich wusste nur, dass es geschehen war. Inzwischen war es beinahe unmöglich für mich, Tristan Wrangler als den Bösen der Geschichte zu sehen. Jetzt, wo mir die andere Seite der Medaille vor Augen geführt worden war. Nicht nur ich litt, und alles, was er jemals getan, jede Entscheidung, die er getroffen hatte, beruhte auf Liebe zu seiner Frau und seinem Sohn. Seinem Sohn, den ich auch liebte. Über alles.

Ich wusste einfach, dass Tristan Wrangler mir die Wahrheit erzählt und dass ich eine Lüge gelebt und geglaubt hatte. Mein gesamtes Leben lang.

Das fickte meinen Kopf – gewaltig.

Ich war mir sicher, morgen würde ich noch so viel mehr erfahren; morgen könnte ich eine Entscheidung fällen. Aber nicht mehr heute.

So, wie ich war, kuschelte ich mich an Rob auf die riesige Lounge in seine Arme, die mich sofort instinktiv umschlangen. Dann schmatzte er genüsslich, brummte meinen Namen, schimpfte auf mich, sodass ich leise lachte. Er war so süß, selbst wenn er schlief.

Schließlich schloss ich meine Augen und versuchte, ein wenig zur Ruhe zu kommen. Es gelang mir eine lange Zeit nicht, aber irgendwann driftete auch ich ab, in selige Schwärze.

***

Als ich aufwachte, war ich völlig von Robert Wrangler umschlungen. Seine Barstoppeln schabten über mein Dekolleté; sein Gesicht war durch das Kleid an meine Brüste geschmiegt – so nah, dass ich seinen warmen Atem auf meiner Haut spürte. Ich bekam Gänsehaut. Ein Bein von ihm hatte er um meine gelegt, er klammerte sich an mich wie an ein übergroßes Kissen und ich klammerte mich genauso an ihn. Dass wir so hatten schlafen können, grenzte an ein Wunder. Dennoch war ich nun so ausgeruht wie nie zuvor.

Das Meer rauschte leise. Das Tuch, das über die Sitzecke gespannt war, bewahrte uns vor der schlimmsten Hitze, denn die Sonne stand schon heiß und hoch am Himmel und strahlte mit voller Kraft auf uns herab. Leichter warmer Wind strich über unsere miteinander verschlungenen Körper, und als ich die Augen öffnete, sah ich nichts als die Wellen, die sich am Strand brachen. Es war himmlisch. Ein Traummorgen – mit meinem Traummann.

Mein Blick glitt nach unten, auf seine dunklen dichten Haare, die glatte Stirn und die langen geschlossenen Wimpern, über die kerzengerade Nase und einen seiner muskulösen Arme, mit denen er mich hielt. Das war pure Kraft, die ich um mich herum fühlte, und doch wusste ich, er würde diese nur nutzen, um mich zu beschützen.

Sofort wurde mein Magen eiskalt und mein Herz zog sich schmerzhaft zusammen.

Ich schluckte, versuchte die Tränen aus meinen Augen zu halten, die aber immer weiter hochstiegen. Oh Gott …

»Seid ihr wach?«, erklang eine weibliche Stimme irgendwo schräg hinter mir, was mich vor dem Heulen bewahrte. Gottseidank. »Ich hab Pfannkuchen gemacht und komme jetzt!«, rief Vivian Müller und bog mit geschlossenen Augen und einem riesigen Tablett vor sich hertragend um die Ecke zu der kleinen Sitzlounge.

Ich musste grinsen und murmelte: »Wir sind wach und du kannst die Augen wieder öffnen!«

»Oh Gottseidank!«, erwiderte sie und trat zu uns heran. In diesem blauen Kleid, mit dem Dutt, der gebräunten Haut und diesen strahlenden Augen, zusammen mit den naturroten, langen Haaren, sah sie perfekt aus. Und ein wenig unsicher, aber ihr Lächeln war warm und freundlich. »Hier ist frisch gepresster Orangensaft, den liebt Robbie.« Die Art, wie sie *Robbie* sagte, ließ meinen Bauch wieder warm werden. »Und hier seine Lieblingskirschmarmelade. Er liebt Sauerkirschen, weißt du? Okay, er mag eigentlich alles, was sauer ist. Er isst sogar Zitronen wie Mandarinen«, quasselte sie und stupste ihn an. »Robbie aufwachen! Frühstück ist fertig!«

»Noch fünf Minuten, Tante Vivi«, brummelte er mechanisch und ich lachte, während ich mich aufrichtete und einen Schluck von diesem wunderbaren frisch gebrühten Kaffee nahm, den sie mir gerade eingeschenkt hatte. »Es ist fast zwölf, jetzt komm schon! Dein Vater will mit dir reden!«

»Och nee!«

»Oh doch!« Sie stieß ihn noch mal an und er drehte sich brummend auf dem Rücken. Sein Gesicht war völlig zerknittert. Auf einer Wange hatte er Rattanlounge-Abdrücke, sodass wir beide lachten.

»Ha, ha!«, machte er nur, dann lehnte er seine Stirn an meine Schulter. »Pass auf, wenn du mit ihr zu tun hast – sie ist eine Hexe«, wisperte er mir zu, während sie süß ihre Nase krauszog und ihm seinen Orangensaft reichte. »Mit Aloe Vera!«

»Aber ich liebe sie trotzdem!«, brummte er und nahm das Glas entgegen.

***

Vivian Müller war einmal mit Robbies Onkel Tomas Wrangler verheiratet gewesen – einem der zwei Onkel von Rob. Sie waren eine sehr lange Zeit untrennbar gewesen, dann hatte er sie betrogen. Bis heute noch glaubte sie, dass es daran lag, weil sie ihm einfach keine Kinder schenken konnte – egal, wie sehr sie es auch probiert hatte. Sie hatten die perfekten Voraussetzungen für eine perfekte Beziehung, aber etwas zu wollen und es doch nie zu bekommen, hatte sie über die Jahre zermürbt und letztendlich zerstört. Er war immer kälter geworden, immer abweisender, und hatte sie dafür verantwortlich gemacht, wenn auch unterbewusst. Eines Morgens hatte sie ihn mit seiner Assistentin im Büro erwischt. Vivian – ab diesem Zeitpunkt wieder Müller – hatte alles aufgegeben, sogar ihre Architekten-Kanzlei, ihr Handy in den nächsten Mülleimer geworfen, sich nur eine Tasche ihrer Sachen geholt – sonst nichts – und war verschwunden. Spurlos. Von einem Tag auf den anderen. Robs Mutter hatte das ziemlich getroffen, denn sie waren beste Freundinnen gewesen. Anfangs war Vivian in Europa rumgereist, hatte irgendwie versucht, sich von dem Schmerz mit vielen belanglosen Liebeleien und Bekanntschaften abzulenken, und war schließlich in Italien gelandet, wo sie Luca besucht hatte und letztendlich hiergeblieben war. Robs Taufpatin – Isabella Cavalli –, Staatsanwältin und Frau von Luca Cavalli, war nämlich oft nicht im Lande, und so übernahm Vivian Müller schon bald die Leitung des Haushaltes und das Planen in der Organisation – wie sie es nannten. Sie plante angeblich nur Partys, aber wer wusste schon so genau, was für Partys das waren. Ehrlich gesagt wollte ich es auch gar nicht wissen. Ich entschied nach nur einem Vormittag mit ihr, dass diese winzige, wunderhübsche Frau erstens viel redete und zweitens mindestens genauso viel wusste. Außerdem, dass sie Rob genauso abgöttisch liebte, wie jeder andere dieser Familie, den ich bis jetzt getroffen hatte. Und das gab mir noch mehr zu denken.

37.

Rob

Irgendwie schien mein Leben das erste Mal seit Langem so, wie es sein sollte.

Mein Mädchen war in Sicherheit. Ich wusste, was ich tun würde und hatte es erfolgreich in die Famiglia und somit auf die Dark Side (wie es Luca nannte) geschafft – zumindest fürs Erste. Carlos wusste zwar noch nicht Bescheid, aber ich konnte ihn von hier nicht anrufen. Da musste er etwas grau werden und warten, bis ich an Land und in der Nähe einer Telefonzelle war. Alles andere war zu riskant.

Nur eines lastete noch schwer auf meinen Schultern – mein Zerwürfnis mit Dad. Ich wusste einfach nicht, was ich in dieser Hinsicht machen oder denken sollte. Auch nicht, als ich am Vormittag nach einem gesunden Frühstück von einem der Leibwächter in die obere Etage und in ein großes im Kolonialstil eingerichtetes Arbeitszimmer geführt wurde.

Als die Tür sich hinter ihr mir schloss, fand ich mich alleine mit meinem Vater wieder. Er saß an seinem riesigen dunklen Schreibtisch. Hinter ihm wehten die Vorhänge im warmen Wind, der durch die weit geöffnete Schiebetür in das Zimmer rauschte. Es würde ein Sturm kommen; die Luft über dem Meer knisterte förmlich. Die Frage war nur, ob er oder ich den Sturm unbeschadet überstehen würde.

Er hatte seine Kleidung nicht gewechselt, trug immer noch ein schwarzes Hemd und eine dunkle Anzughose von gestern. Vermutlich hatte er keine Sekunde geschlafen, denn dunkle Ringe zierten seine Augen und seine immer noch vollen Haare waren ein einziges Chaos. Seine 43 sah man ihm normalerweise nicht an. Oftmals wurde er zehn Jahre jünger geschätzt – mit seinem perfekten Körperbau und Gesichtszügen. Doch nicht jetzt. In den letzten 24 Stunden schien er um hundert Jahre gealtert und ich war mir sicher, die ersten grauen Strähnen in seinem sonst dunkelbraunen Haar zu erkennen.

»Warst du die ganze Nacht wach?«, fragte ich, während ich einen der Stühle vor seinem Schreibtisch umdrehte und mich verkehrt herum draufsetzte.

»Was denkst du denn?«, antwortete er nur abweisend, öffnete die Pralinenpackung, die vor ihm lag, und stopfte sich eine in den Mund. »Ich liebe verdammtes Toffifee.«

»Ich auch!«

»Ich weiß.« Schmal grinste er mich an.

»Gib mir eine!«

»Nur, wenn du bitte sagst!«

»DAD!« Ich verdrehte die Augen, genoss aber insgeheim diese Minuten. Minuten, in denen irgendwie alles wie immer war. Wir beide zögerten es hinaus. Denn irgendwann musste ich fragen, und ich hatte das Gefühl, dass mir die gesamte Wahrheit über meinen Vater so ziemlich den Boden unter den Füßen wegziehen würde. Er schien auch nicht wirklich mit dem Thema anfangen zu wollen, denn er ergab sich und hielt mir mit einem »Na gut!« die Packung hin. Einträchtig kauten wir auf dem süßen Scheiß herum, nur um Zeit zu schinden. Selbst den Blickkontakt mieden wir, obwohl die Neugier mich beinahe auffraß. Einerseits war das eine Premiere, denn mein Vater fühlte sich nur selten unwohl oder wusste nicht, wie er ein Gespräch beginnen sollte. Dies war eindeutig einer dieser Momente, aber ich hatte auch eine keine Ahnung, wie ich ansprechen sollte, dass mein eigener Vater ein Verbrecher war, sogar einer derjenigen, auf die ich angesetzt worden war. Das war so wahnsinnig – wie in einem Film!

»Also«, fing er irgendwann an und kaute immer noch genüsslich, während er die Arme hinter dem Kopf verschränkte und sich zurücklehnte. »Was denkst du?« Mit seinen stechenden Augen nahm er mich ins Visier und ich schluckte trocken. Offensichtlich war die Schonfrist vorbei und mir fiel nichts Besseres ein, außer: »Knallst du öfter Menschen ab?« Ja, okay, das war nicht der perfekte Einstieg, aber mein eigener Vater hatte mir beigebracht, dass der direkte Weg, der richtige ist. Er grinste – humorlos und ein wenig arrogant – was ihm perfekt stand.

»In letzter Zeit nicht.«

»Okay … ooookay, Dad, kannst du nicht endlich mit der Sprache rausrücken? Ich habe nicht ewig Zeit!« Er lachte leise, als diese Worte ungehalten aus mir rauschossen, wurde dann jedoch ernst. Lange Zeit blickte er aus dem Fenster und erwiderte nichts.

»Also?«

Er seufzte und meinte dann mit monotoner Stimme: »Ich habe zwanzig Sexclubs, einige Restaurants, Bars, Hotels, Supermärkte, sogar verdammte Tankstellen und Hochhäuser und verkaufe unter anderem Drogen – finanziere unsere Leben dadurch, finanziere den Gnadenhof, das Camp für Jugendliche und auch bald die Einrichtung für misshandelte Frauen, die deine Mum plant –, und weißt du was? Ich bin verdammt stolz drauf, denn ich erfülle damit den Traum meines Mädchens und helfe anderen Menschen. Ich tue nicht nur Schlechtes! Meinen Mitarbeitern geht es gut; ich lebe nach einem Kodex und alle halten sich daran. Keiner macht, was er nicht machen will. Wir sind nicht skrupellos, aber wir setzen uns dennoch durch. Man kann mich Verbrecher mit Gewissen nennen, wobei das Wort Verbrechen auch nur von irgendwelchen Leuten festgelegt wurde, die ich nicht kenne und die mich nicht interessieren, und ich nie deren Regeln und Entscheidungen zugestimmt habe. Hat mich jemand gefragt, ob ich es gut finde, dass man Alkohol in jedem Geschäft kaufen kann und Marihuana nicht? Oder dass ein Sexualverbrecher zwei Jahre bekommt und jemand, der einen Film kopiert, zwanzig? Dass wir hier im Überfluss leben und dafür die Menschen andernorts elendig verrecken? Nein! *Sie* machen ihre Regeln. Ich mache meine eigenen. Denn ihre Regeln wollen nicht in meinen Kopf. Meiner Meinung nach sind sie nicht gerecht; sie verstoßen gegen meine Prinzipien. Ich lebe nach meinen eigenen Regeln, ich lebe frei – schon immer – und ich würde nicht sagen, dass ich deswegen ein schlechter Mensch bin. Jedem Menschen sollte das Recht zustehen, seine eigenen Entscheidungen zu treffen und sein Leben so zu gestalten, wie er es für richtig hält – solange er keinem anderen damit schadet! Nur weil ich etwas tue, was dieses System so nicht billigt, heißt es nicht, dass es falsch ist! Okay, wie ich all das finanziere, das war so nicht geplant. Ich wollte eigentlich auf der anderen Seite bleiben, so wie du – Profiboxer werden, in die Medien und vielleicht später in die Politik gehen, um für das einzustehen, was ich für richtig halte –, aber das Schicksal und deine Mutter machten mir einen Strich durch die Rechnung.«

»Mum? WAS?«

Er zuckte mit den Schultern. »Japp. Das Schicksal mag es, dich zu ficken und deine Wege zu durchkreuzen. Das ist dir jetzt mit Gianna passiert, genauso wie mir damals mit deiner Mum. Sie brachte mich in den Knast!«

»WAS?«

»Du wiederholst dich, mein Sohn!«

»Dad! Du kannst mir doch nicht einfach so was

hinknallen und nicht mehr dazu sagen! DU WARST IM KNAST? Also bitte, und wie brachte dich bitte *Mum* in den Knast, willst du mich verarschen?«

»Das dachte ich damals auch«, meinte er mit einem bitteren Unterton und fing zu erzählen. Vom Truthahn und wie er auf meine Mutter aufmerksam geworden war und gelernt hatte, hinter die Fassade eines pummeligen, unbeliebten Mädchens zu gucken und sie zu lieben. Wie er ihr vollkommen verfiel, sobald er sie nicht mehr mit den Augen der Gesellschaft, sondern mit seinen eigenen sah. Wie er sich für sie zum Affen machte, wie er für sie zu einem besseren Menschen wurde, wie er für sie alles tat, was er tun konnte und wie er durch eine List meines Opas und ihres irren Vaters Harald Engel ins Gefängnis kam.

»Du hast keine Ahnung, wie es sich angefühlt hat, sie an diesem Morgen zu verlieren. Das wünsche ich meinem Erzfeind nicht. Es war, als hätte es mit einem Mal keine Wärme, kein Licht mehr in meinem Leben gegeben, als wäre ich in einer feuchten, kalten Hölle eingesperrt worden. Einer Hölle, die sich mein Leben nannte. Ich tat alles, um aus dieser Kälte zu entfliehen – wie eine Ratte in einem Loch. Oft nahm ich dafür Drogen, flüchtete mich in eine Welt, die nicht real und leichter zu ertragen ist, wie so viele Menschen. Aber die Realität holte mich immer erbarmungsloser ein. Ein Leben ohne Mia Engel … Es war existieren, aber nicht leben. Und als ich sie dann wieder traf, war sie die Sonne, die nach einer kühlen Nacht wieder aufgeht und die Strahlen über dein Gesicht kriechen. Wenn die Wärme deinen Körper belebt. Wenn du nicht nur vor dich hin vegetierst und jeden Tag irgendwie über die Bühne bringst. Mit einem Mal drehte sich mein Universum nur noch um sie. Wie die Erde um die Sonne. Sie ist mein Lebenselixier.«

Oh ja, ich wusste genau, was er meinte. Ich sah es in seinen Augen, wenn er Mum betrachtete, hörte es sogar in seiner Stimme. Er war ihr völlig ergeben. So ging es mir auch mit Gianna, diesem störrischen Temperamentbündel. Während er mit mir sprach, wurde der Kloß in meiner Kehle immer größer; ich konnte ihn kaum zurückhalten, denn mein Vater offenbarte mir gerade seine Seele. Den Teil, den er sonst keinem zeigte, außer meiner Mutter. Er erzählte mir auch, dass er sich gegen die Liebe zu ihr gewehrt hatte, sie nicht zulassen wollte – aus purer Angst.

»Wie schlimm ist es, wenn du etwas verlierst, das du zum Existieren brauchst? Da wünscht man sich, man hätte es lieber nicht gekannt!« Er erzählte, wie sie um ihn gekämpft hatte, wie mutig sie gewesen war, was sie alles für die Liebe zu ihm riskiert hatte, und langsam verstand ich. Ich verstand, wieso meine Eltern sich so sehr liebten. Weil sie wussten, wie schnell es gehen kann, den anderen zu verlieren. Sie hatten sich schon zweimal verloren und zweimal wieder zueinandergefunden. Das war wohl Schicksal. Sie gehörten zusammen – wie Ying und Yang. Jetzt verstand ich auch, wieso mein Vater immer zwanghaft zu verhindern versucht hatte, dass ich so wurde wie er. Dass ich nicht so überheblich, arrogant und egoistisch wurde, wie er angeblich ohne Mum gewesen war. Jetzt wusste ich, wieso ich auf so vieles verzichten musste, was er gehabt hatte. Denn man braucht nichts Materielles, um glücklich zu sein; man braucht nur Menschen, die einen lieben und akzeptieren, wie man ist. Man soll niemals über etwas urteilen, was man nicht kennt. Niemals jemanden *ve*rurteilen, in dessen Lage man noch nicht war. Wahre Stärke zeigt sich nicht durch Unterdrückung oder Verachtung des Schwächeren. Sie zeigt sich, indem man davon so viel besitzt, dass man einem Schwächeren auch etwas abgeben kann. Er hatte versucht, mir diese wichtigsten Prinzipien, die er erst durch meine Mutter gelernt hatte, schon von klein an mitzugeben. Auch wenn es mit seinen ruppigen und verletzend offenen Mitteln geschehen war. So war mein Vater eben. Wenn er mir sagte, ich sei ein Idiot, meinte er damit, dass er mich liebte und Angst um mich hatte. Trotzdem war ich behütet aufgewachsen, so behütet, dass ich nicht im Traum für möglich gehalten hätte, mein Dad hätte schon mal jemandem den Schwanz abgeschossen, nämlich auch einem Cavalli! Francesco Cavalli, einem Neffen von Luca. Er war mit meiner Mutter zusammen gewesen! Er hatte sie nie gut behandelt und sogar bedroht, aber nicht nur das … Ich konnte nicht glauben, was meine Mutter hatte mitmachen müssen. Während mein Vater weiter erzählte, bildete sich Gänsehaut auf meinem gesamten Körper.

»Ich hätte alles für mein Mädchen getan, ich hätte für sie genauso getötet, wie ich es für dich tun würde, aber ich konnte sie nicht immer schützen, Robbie.« Er raufte sich die Haare, sah nach draußen. Seine Augen wurden feucht und seine Stimme zittrig, als er weitersprach. »Du kennst deine Mutter, sie ist die gutherzigste und ehrlichste Person auf diesem Planeten. Ihre Seele, ihr Wesen sind wunderschön. Ihre gute Art unterscheidet sie von jedem anderen Menschen, den ich kenne. Sie hat die Gabe, in einen Raum zu kommen und ihn mit positiver Energie zu füllen. Sie hat die Gabe, den Menschen Mut zu machen und ihnen Hoffnung zu geben. Sie übertrifft alle mit ihrem Glauben an das Gute im Menschen, doch dieser Glaube wurde fast zerstört. Vincent, der Vater von deiner Gia, hat sie gebrochen, er hat sie beinahe zerstört und ich habe es zugelassen, weil ich ihm vertraute.« Mir verschlug es den Atem, als er das sagte, doch er sprach schon weiter. »Ich habe dafür gesorgt, dass er nicht mehr atmet – genauso wie mein Sohn, den er getötet hat, noch während er in Mia heranwuchs. Aber ich konnte nie wiedergutmachen, was er ihr angetan hat. Er hat ihr Kind getötet, und das hat sie sich selbst nie vergeben. Seitdem ist sie viel skeptischer, misstrauischer. Sie vertraut keinem mehr wirklich. Noch eine lange Zeit nach dem Erlebnis hatte sie Panikattacken. Die konnten wir aber zusammen mit einem sehr guten

Therapeuten, Dr. Newhouser, in den Griff bekommen, doch sie wird nie wieder dieselbe sein. Bis heute noch hat sie Albträume und wacht schreiend in der Nacht auf, weil ich versagt habe. Ich weiß, dass sie seit diesem Tag an mir zweifelt, und das ist das Schlimmste an dem Ganzen. Sie hat ihren Glauben an mich verloren – ihren Helden mit dem roten Audi und den versauten … ach egal.« Er winkte ab und erzählte weiter, bevor er mich mit einem Mal ansah und mir bis in die Tiefen meiner Seele blickte. »Als ich erfuhr, mit welchen Leuten du zu tun hast, da war es wie ein Déjà-vu. Am liebsten hätte ich mir gleich selber die Kugel verpasst! Ich dachte mir, ich schaffe es nicht noch mal zu kämpfen.«

Verdammt, ich konnte nicht anders und nahm die Hand meines Vaters. Irgendwie musste ich ihm Trost spenden, für ihn da sein. Seine Hände waren mir immer so groß und stark vorgekommen, so als könnte er mit ihnen alles schaffen. Doch in Wahrheit hatte er riesige Angst – um mich diesmal.

»Du hast mich immer beschützt, Dad. Bei mir hast du nicht versagt und auch bei Mum nicht! Manchmal ist man trotz allem machtlos – Hauptsache, man hat es versucht!« Er legte seine andere Hand auf meine und seine Augen schimmerten feucht, während er in meine sah.

»Robbie«, wisperte er. »Du bist mein Sohn. Mein Fleisch und Blut. Ich weiß, du kannst das vermutlich noch nicht verstehen, aber denk immer dran, alles, was ich tue, alles, was ich bin, dient dazu, deinen verdammten Arsch heil durch dieses verschissene Leben zu bringen. Also hasse mich nicht für das, wofür ich mich tief in mir am meisten hasse. Hasse mich nicht, wenn ich dich verletze. Du bist einer der letzten Menschen, zu denen ich hart sein will, aber derjenige, bei dem ich es am meisten sein muss.«

»Ich hasse dich nicht, Dad. Ich liebe dich«, wisperte ich mit tränenerstickter Stimme und umfasste seine Hand noch fester, während ich ihm heulend in die Augen sah. Augen, die meinen haargenau ähnelten und in denen ebenfalls Tränen schwammen. Schon immer hatte ich geahnt, dass mein Vater ein Held war, aber nachdem er mir seine Lebensgeschichte erzählt hatte, war ich mir sicher. Ein Held kann auch mal dunkel und anders sein. Ein Held kann auch mal anecken. Ein wahrer Held muss das vielleicht sogar. Und ich wusste, ich könnte ihn niemals verraten, nicht in einer Million Jahren. Dafür liebte und achtete ich Tristan Wrangler zu sehr.

»Ich habe wirklich alles probiert, damit du mit diesen Leuten nicht in Kontakt kommst, damit du nicht denselben Weg einschlägst wie ich, aber weißt du was?«, fuhr er schließlich fort und seufzte dann, während er sich mit der Hand, die ich gehalten hatte, durch die dichten dunklen Haare strich. »Dem Schicksal ist es furzegal, was du vorhast. Es kommt so, wie es kommen muss. Es bringt nichts, alles kontrollieren zu wollen, denn letztendlich hat man sowieso so gut wie nichts in der Hand. Man lebt auf jeden Fall fucking ruhiger, wenn man diesen Gedanken hinnimmt.«

»Dad!« Ich lachte leise. »Als ob du jemals aufhören könntest, ein verrückter Kontrollfreak zu sein.« Er lachte auch und zuckte mit den Schultern.

»Dass ich den Gedanken hingenommen habe, heißt nicht, dass ich ihn umsetze!«

»Okay, wirst du es versuchen?«, fragte ich jetzt leiser und sah ihn warnend an. »Denn ich sage dir eins: Du kannst sie nicht von mir fernhalten! Niemals! Ich liebe sie nämlich wirklich, und du hast keine Ahnung, wenn du behauptest, es wäre anders!« Allein bei dem Gedanken wurde ich wütend. Er seufzte und tätschelte meinen Arm.

»Bleib ruhig, Romeo! Dass du sie liebst, war mir schon damals klar, als ich sie das erste Mal im Club mit dir gesehen habe, aber ich werde dich ja wohl ein bisschen auf die Palme bringen dürfen. Und auch sie liebt dich – leider – und leider ist sie nicht gerade das schlechteste Mädchen, das dich erobern konnte. Sie ist etwas Besonderes, nicht so eine oberflächliche Schlunze wie die anderen. Also nein, ich werde nie wieder versuchen, euch zu trennen, denn ihr habt mich an etwas erinnert. Und zwar, dass wahre Liebe immer einen Weg findet, um sich durchzusetzen, und diese sogar noch viel stärker als das Schicksal ist. Die penetrante Bitch.«

»Du bist ja ein richtiger Poet, Dad.« Er knurrte mich an und die Spannung zwischen uns löste sich auf. »Ja,

Shakespeare ist ein Scheiß gegen mich«, murmelte er sarkastisch. Ich lachte richtig laut und wischte mir verlegen die letzten Tränen weg.

»Dann … dann gehe ich jetzt zu ihr!«

»Hmmm, nimm die Arschcreme aus meinem Bad mit.« Oh Gott! Das Gespräch driftete nun eindeutig in die peinliche Richtung ab! Es gab Dinge, die gingen Dad echt nichts an, nicht mal, wenn er mein Held war.

»Boah, Dad!«, gab ich im genervtesten Schülerton von mir und verdrehte die Augen. Ich hatte noch eine Million Fragen! Aber ich stand dennoch auf und streckte mich. *Jetzt bloß weg hier, bevor er weiter ausschweift und noch anfängt, mich zum Thema Stellungen und Orgasmen einer Frau zu beraten*, wobei ich das Thema schon lange hinter mir hatte. Denn er hatte mich genauestens aufgeklärt – nach der MeLi-Katastrophe.

»Du warst echt die ganze Nacht wach?«, fragte ich ergriffen. Er schüttelte seufzend den Kopf und sah mich mitleidig an. Dann wandte er sich seinen Papieren zu, immer noch kopfschüttelnd. Ich war entlassen.

»Ich rede und rede und rede und er hört einfach nicht zu«, murmelte er, bevor sich die Tür hinter mir schloss.

38.

Ich suchte Gianna schier ewig, aber ich fand sie nicht. Vivi, die auf der Terrasse saß, wies aber völlig in sich ruhend Richtung Meer. Sie war so eine typische Yoga-Tussi, meditierte gerade und hatte keine Zeit, die Augen zu öffnen und ihr *OOOHMMMM* zu stören.

Ich fand Gianna nach ungefähr zehn Minuten, in denen ich am Strand entlang marschierte. Sie saß da, ganz alleine im Sand, und überblickte das Meer. Der Sturm war doch weitergezogen, ohne seine erfrischenden Tropfen auf diesen Teil der Erde zu entlassen, aber der Wind, der wehte, war immer noch stark. Sie wirkte traurig und nachdenklich und mir wurde kalt, als ich sie erblickte, aber ich ging trotzdem auf sie zu.

Ihr Kopf wandte sich mir zu und wie immer leuchteten ihre Augen auf, als sie mich erblickte. Sie lächelte strahlend, dann sah sie allerdings von mir weg und ballte die kleinen Fäuste.

»Na? Öfter hier?«, fragte ich und stellte mich vor sie. Sie grinste schwach, traurig, und schirmte ihre Augen mit einer Hand ab, während sie zu mir hochsah und der warme Wind ihr braunes, langes Haar wehen ließ.

»Eigentlich nicht, und du?« Sie war wieder mal schmerzhaft schön, in diesem dunkelblauen Kleid, den nackten Zehen, die sie in den Sand gebohrt hatte, und ihrer perfekten gebräunten Haut. Dazu diese stechend grünen Augen, die mich immer wieder in ihren Bann zogen. Sie war mein Mädchen und würde es immer sein. Ich ging vor ihr in die Hocke, stützte mich an ihren Knien ab und strich mit meiner Nase über ihre.

»Ich auch nicht!«

»Hmmm«, machte sie und schloss ihre Lider, als ich sie sanft und genüsslich küsste. Hauchzart und trotzdem wurde ich sofort hart.

»Rob«, murmelte sie an meinen Lippen und ich löste mich leise keuchend von ihr, lehnte meine Stirn an ihre und fragte: »WAS?«, während ich förmlich in ihrem süßen, süchtigmachenden Duft badete.

»Du kannst hier nicht bleiben«, wisperte sie, strich mit ihren Fingern über meine leicht stoppligen Wangen.

»Wieso nicht?«, fragte ich und genoss ihre Nähe.

»Ich bin nicht gut für dich!«

»Du bist das Beste, was mir je passiert ist!«

»Ich bringe dich in Gefahr.«

»Als ob mein Job sonst ungefährlich wäre.«

»Genau. Dein Job, du kannst ihn nicht aufgeben!« Jetzt löste sie sich von mir und funkelte mich kämpferisch an. »Alles, was ich ausmache, ist das genaue Gegenteil von dem, was dich ausmacht! Ich zerstöre dein Leben, und irgendwann wirst du mich dafür hassen! Das könnte ich nicht ertragen, Rob!«

»Ich könnte dich niemals hassen, Gianna Cavalli, weil ich dich liebe!« Langsam wurde ich auch sauer! Das konnte sie doch nicht ernst meinen. »Was willst du überhaupt von mir?« Ich wich ein wenig von ihr zurück, funkelte sie genauso an wie sie mich, und je länger ich sie ansah, desto feuchter wurden ihre Augen.

Sie ballte die Hände zu Fäusten, schloss die Augen und wisperte geschlagen: »Ich will, dass du gehst – zurück zu deiner Familie, deinen Freunden, zurück in deine heile Welt!«

Ich war baff, meine Augen wurden groß und das Blut verließ mein Gesicht.

»Das willst du nicht!«, knurrte ich und eine Träne löste sich aus ihrem Augenwinkel. Verdammt! Ich konnte sie nicht weinen sehen, meine Brust zerriss fast, und ich stand auf. »Das meinst du nicht ernst!«

»Mir wird hier nichts passieren! Ich bin jetzt in Sicherheit! Du hast dein Versprechen gehalten«, flüsterte sie, ohne mich anzusehen. Ich riss sie an den Schultern hoch und hielt mich gerade so davon ab, sie zu schütteln, während sie aufschluchzte.

»Ich lasse dich hier nicht zurück! Niemals!«, zischte ich durch zusammengepresste Zähne, während sie ergeben den Kopf hängen ließ. »Ich werde nicht von deiner Seite weichen, egal, was du sagst, egal, was du tust! Es ist mein Leben und ich habe die Schnauze voll davon, mir von irgendwem sagen zu lassen, was ich zu tun und zu lassen habe! Es ist meine Entscheidung und es sind meine Gefühle! Ich liebe dich und du liebst mich auch! Du musst es nicht sagen, ich weiß es, meine Seele weiß es, denn unsere Seelen sind verbunden! Und solange das so ist, werde ich an deiner Seite bleiben!«

»Ja, ich liebe dich!«, brüllte sie mit einem Mal und riss sich von mir los. »Und ich wünschte, ich würde es nicht tun! Ich wünschte, du wärst mir scheißegal, Robert Wrangler! Aber das bist du nicht, und ich werde das nicht verantworten! Es reicht! Ich werde dich nicht zerstören! NEIN!« Somit drehte sie sich um und wollte gehen!

***

Gia

Mit einem Mal packte er mich am Oberarm und zog mich ruckartig an sich, hielt mich fest, so unerbittlich, wie er mich ansah, und wisperte.

»Dann versuch, mich loszuwerden! Versuch, wegzulaufen, versuch, dich zu verstecken … Ich werde dich jagen und finden – in jeder verdammten Ecke dieser Welt, Gianna Cavalli!« Ich erschauerte heftig bei der Eindringlichkeit seiner Worte und seines Blickes, aber vor allem, als er mich bei diesem Namen nannte. Er meinte das offensichtlich todernst. Dann glitt seine Hand in meinen Nacken, hielt mich fest, zog mich noch näher, während er in mein Ohr raunte. »Muss ich dir erst zeigen, wer wir sind?« Ich wimmerte, als er mich unter mein Ohr küsste. »Wir sind eins, Gianna. Du und ich gegen den Rest der Welt!« Seine andere Hand krallte sich von hinten in meinen Arsch. Er zog mich mit einem leisen Stöhnen ganz an sich und seinen Beweis der Erregung. »Ich habe jedes

Wort, das ich zu dir sagte, ernst gemeint! Du gehörst zu mir, und ich werde dir gerne demonstrieren, wie es sich anfühlt, mir zu gehören. Mit Haut und Haaren, mit allem, was dich ausmacht.« Seine Hand fuhr vorne unter mein Kleid, drängte sich gegen meine Pussy. Ich keuchte vor Lust auf, krallte mich in seine breiten festen Schultern und kniff die Lider fest zusammen. Er machte mich gerade vorsätzlich völlig willenlos. Schließlich wusste er genau, wie er das anstellen musste. Unter seinen Händen schmolz ich förmlich dahin, so heiß, wie er war, aber wenigstens versuchte ich, nicht klein beizugeben – irgendwie.

»Rob, bitte, mach es uns nicht so schwer!«

»Sag mir, dass du das hier nie wieder willst, dass ich dich nie wieder anfassen soll …« Er schob mein Höschen zur Seite und zwei Finger in mich – *tief*. Ich stöhnte laut auf. Oh Gott! Was machte er nur mit mir!?

»Sag mir, dass du nie wieder nackt unter mir liegen und mich in dir spüren willst, dass du mich nie wieder küssen willst …« Er küsste mich kurz und meine Tränen liefen über. Ich war völlig überfordert von der Endgültigkeit meiner Gefühle. Denn ich wusste, dass er recht hatte. Das hier war für immer. Und gleichzeitig wurde mir klar, dass ich es nicht weiter zulassen durfte. Also versuchte ich, irgendwo Kraft in mir zu finden, um mich gegen diesen absolut erotischen Angriff zu wehren, und fand meine Stimme – klein und bebend, irgendwo in der Ecke meines Selbst.

»Ich will, dass du mich nie wieder küsst!« Dabei klang ich mehr als kläglich, so kläglich, dass er leise lachte und ich erschauerte.

Im nächsten Moment lag ich unter ihm im warmen weichen Sand vor dem wild peitschenden Meer und im starken Wind.

Er beugte sich über mich, schob meine Beine auseinander und küsste mich tief, drängend, fordernd.

»So, dass ich es glaube, Miss Devito!«, wisperte er, stützte sich auf seine ausgestreckten Arme und bewegte seinen Schwanz verführerisch zwischen meinen Beinen, rieb sich an meinem dünnen Höschen – vor und zurück, vor und zurück. OH GOTT! Dort pochte es bereits wie verrückt und mir war viel zu heiß. Ich konnte nicht mehr klar denken, nur noch ein Gefühl überragte, so wie immer, wenn er mich berührte: Ich wollte ihn so nah wie möglich; ich wollte ihn tief in mir. Immer und immer wieder. Nichts anderes zählte mehr. Als seine Fingerknöchel meinen Intimbereich streiften, weil er seine Jeans öffnete, stöhnte ich richtig laut, verlangend und verräterisch. »Sag mir, dass ich nie wieder in dich eindringen soll, dass du mich nie wieder in dir spüren willst! Sag mir, dass ich dich nie wieder lieben soll!«, hauchte er an meinen Lippen und rieb seinen harten Schwanz zwischen meinen Schamlippen, stupste meinen Eingang an. »Sieh mich an und sag es mir, Gianna. Sag mir, ich soll aufhören und dich verlassen! Jetzt!« Ich öffnete die Augen, aus denen immer noch Tränen liefen, und sah zu ihm hoch.

Zu Robert Wrangler.

Dem Mann, den ich liebte wie nichts sonst auf dieser Welt.

Den ich so sehr liebte, dass es wehtat.

Ich schüttelte den Kopf und schluchzte. »Ich kann nicht.« Das zuzugeben hatte ich nicht geplant, es passierte einfach so! Und genau *das* war das Problem!

»Dann ist es besiegelt!«, knurrte er leise, schob sich endlich in mich und küsste mich zeitgleich.

Er fing an, mich heftig und verzweifelt zu ficken, tief und hart und mit ganzer Kraft; er markierte mich, unterwarf mich, machte mich völlig wahnsinnig. Ich brüllte über den Strand, brüllte seinen Namen, brüllte meine Verzweiflung heraus, krallte mich in seine Haare und konnte nicht aufhören zu weinen. Denn ich wusste, dass ich ihn liebte; ich wusste, ich würde ohne ihn eingehen, aber vor allem wusste ich, dass ich gehen musste, wenn er nicht ging. Dass ich ihn verlassen musste – für immer.

39.

Als er am Abend mit Luca Cavalli und seinem Vater im Arbeitszimmer verschwand, um einiges zu besprechen, sah ich meine Gelegenheit kommen.

Geweint hatte ich genug.

Jetzt war es Zeit zum Handeln.

Nun war ich völlig kalt, abgeklärt und packte nur ein bisschen Geld in meinen Bikini – sonst nichts. Alles andere wäre zu auffällig gewesen. Klar, dieses Grundstück war bewacht, aber ich war eine Ausbruchkönigin. Außerdem hatte ich es mir fest vorgenommen, es gab also kein Zurück. Ich hatte Rob sogar einen Brief geschrieben, einen Brief, der ihm das Herz brechen sollte, mich aber eine weitere Heulattacke gekostet hatte. Aber die getrockneten Tränen darauf würden meine Zeilen nur glaubwürdiger machen. Ich legte den Brief auf seine Bettseite, strich noch mal andächtig darüber, drehte mich um und ging hinaus ...

Direkt durch das Haus, winkte fröhlich den ausdrucklosen Gorillas, und verkündete ihnen lautstark, dass ich spazieren gehen würde.

Sie kannten mich noch nicht, respektierten meine

Privatsphäre, die Luca Cavalli nachdrücklich gefordert hatte, denn ich sollte mich hier nicht fühlen wie eine Gefangene. Ich durfte hingehen und tun, wohin und was ich wollte. Zumindest hatte er ihnen das befohlen! Mit mir hatte er nicht gesprochen, außer, dass ich immer in sein Arbeitszimmer kommen konnte, wenn ich etwas wollte. Dann war er mit Tristan Wrangler hochgegangen. Rob hatte sich runtergebeugt und mir zu gewispert, dass ich nackt im Bett auf ihn warten sollte, er hätte da noch ein paar Fragen zu klären. Ich hatte mysteriös gelächelt und leise erwidert, dass mir die Badewanne lieber wäre und ich das mit den Blowjobs gerne noch mal vertiefen würde. Er hatte gequält gestöhnt, mich geküsst und war gegangen. Da hatte ich ihn das letzte Mal gesehen. So wollte ich ihn in Erinnerung behalten – gesund, jung, fröhlich, sexy.

Ich versuchte, positiv zu denken, mir innerlich Mut zu machen und mich selbst anzufeuern, während ich locker pfeifend über das Gelände marschierte.

Gia ist back! Und sie hat eine Mission!

Sie verlässt Rob! Weil Rob viel zu toll für Gia ist!

Oh Mann, ich war bescheuert, das half kein bisschen. Allein seinen Namen zu denken, tat weh!

Also versuchte ich, gar nicht zu denken, sondern nur zu handeln.

Über die Mauer zu entkommen, konnte ich vergessen, aber ich wettete, dass der Strandabschnitt nicht durch eine Mauer abgegrenzt war. Dann würde ich eben schwimmen, auch okay, ich mochte das Meer sowieso echt gern und der Mond spendete genug Licht.

Sie folgten mir nicht, als ich so wie am Abend zuvor über den Strand spazierte und die Villa immer kleiner wurde, bis ich um eine Kurve bog und das Haus und dessen Licht ganz verschwand. Jetzt war ich völlig alleine und dachte mir, dass ich mich besser schon mal an das Gefühl gewöhnen sollte. Denn wer einmal wahre Liebe kennenlernt und sie dann verliert, wird in seinem Inneren immer alleine sein. Natürlich wusste ich, was ich ihm antat, ich wusste, ich würde ihn brechen, obwohl ich ihm versprochen hatte, ihn nie wieder zu verlassen, außer er wollte es – aber nur so würde er überleben und irgendwann käme er schon über mich hinweg! Er würde eine hübsche Frau finden, ein Haus für sie bauen und viele Kinder mit ihr bekommen. Er würde das Leben führen, das er verdient hatte. Auch wenn mir dieser Gedanke Schmerzen durch den Körper jagte – unbändige Schmerzen –, so versuchte ich, mir eine schöne Zukunft für ihn vorzustellen.

Mein Kleid zog ich aus und band es mir wie einen Turban um den Kopf, dann ging ich nur in meinem schwarzen Bikini, den ich von Vivi erhalten hatte, in die Fluten. Zuerst war es etwas kalt, aber der Sand unter meinen Füßen war wunderbar weich und ich gewöhnte mich schnell an die Temperatur. Wie ich erwartet hatte, führte ein uralter Maschendrahtzaun ins Meer, aber der würde sicherlich irgendwann aufhören. Ich musste nur weit genug rausschwimmen. Also glitt ich parallel am Zaun entlang, bis er unter der Wasseroberfläche verschwand und ich darüber hinweg klettern konnte. Dabei schloss ich fest meinen Mund, denn die Wellen wurden stärker und ich wollte nur ungern Salzwasser schlucken.

Ich hatte Glück. Wie von mir angenommen war hier draußen kein Zäunchen mehr. Ich müsste ungehindert an den Strand kommen. Das lief ja perfekt! Zu perfekt!

Anscheinend war das Schicksal nicht so ganz mit meinem Plan einverstanden, denn mit einem Mal fühlte ich einen Ruck an meinem Höschen und konnte nicht weiter. Wie blöd paddelte ich mit Armen und Beinen und merkte, dass ich gerade mit meiner Bikinihose am Zaun hängen geblieben war. Perfekt!

Ich versuchte, irgendwie den Stoff vom Maschendraht zu fummeln, wollte mich aber auch nicht daran schneiden und zuckte schließlich die Schultern. Ich hatte ja noch das Kleid. Also zog ich kurzerhand das Höschen aus und schwamm so weiter. Unten ohne. Hoffte, dass keine Fische in der Nähe waren und beeilte mich, an den Strand zu kommen.

Dort war ich von meinem epischen Kampf mit dem Zaun etwas außer Puste, krabbelte wie eine Schiffbrüchige auf allen vieren aus dem Meer und ließ mich rücklings in den weichen, kalten Sand fallen, während die Wellen noch um meine Unterschenkel schwappten. Seufzend schloss ich die Augen, strich mir übers Gesicht und versuchte damit klar zu kommen, dass ich tatsächlich entwischt war, dass ich frei war, dass ich ihn verlassen hatte und er eine andere finden würde, um in dieses dämliche Häuschen zu ziehen und irgendwelche Fratzen als Kinder zu kriegen. Natürlich wären sie Fratzen, denn es wären ja nicht unsere Kinder! Es wäre nicht unser Häuschen und es wäre nicht mein Finger, an den er den Ring stecken würde, während er… Oh Gott!

Was tat ich hier überhaupt?

Das fragte sich wohl auch Rob, denn völlig unverhofft erklang seine samtige aber eindeutig angepisste Stimme über mir – leise und drohend. »Was zum Teufel tust du hier, Gianna?« Ich wusste, ich hatte verkackt. Meine Flucht war nicht geglückt und mein Herz fing an, loszurasen. Meine Lider glitten auf und da stand er.

Über mir.

Wie der Donnergott persönlich.

Dunkel.

Düster.

Sauer.

Und absolut megaheiß!

Oh, gottseidank!

***

»Ich habe versucht zu flüchten, weil du ja nicht gehen wolltest«, flüsterte ich und sah weiterhin zu ihm hoch, etwas verträumt und dämlich lächelnd, aber es war mir egal! Völlig egal. Gott, war ich froh, dass er hier war! Gott, war ich froh, dass er seine Drohung wahr gemacht hatte! Gott, war ich froh, dass er so kompromisslos und entschlossen war. Gott, war ich froh, in seiner Gewalt zu sein! Völlig hilflos! Eingesperrt – für alle Zeit. Juhu!

»Unten ohne?«, presste er hervor und ich wurde knallrot, stand auf, nahm mein Kleid vom Kopf und zog es mir schnell über. Es war komisch, so mit ihm zu diskutieren und sehr ablenkend. Besonders, wenn er vor Wut förmlich bebte.

»Mein Höschen hat sich im Zaun verfangen«, gab ich zu. Ich war irgendwie völlig entspannt, völlig selig und so glücklich, während seine Zähne sichtbar mahlten.

»Du weißt, dass du jetzt verschissen hast?«

»Ja!«

»Du weißt, was ich jetzt tun muss?« *Mir den Hintern versohlen? Oh ja, bitte.* Innerlich kicherte ich …

»Was?«

»Du bist hiermit in Sicherheitsverwahrung! Aber so was von!« Und somit legte er mir tatsächlich wieder Mal Handschellen an, die er wohl immer dabei hatte, beugte sich vor, warf mich über seine Schulter und marschierte über den Strand zurück – zur Villa. Und ich schmiegte mich an seinen Rücken, schloss die Augen und dankte Gott von ganzem Herzen!

40.

Rob

Sie war so lammfromm, wie ich sie noch nie erlebt hatte, als ich sie hoch in unser Zimmer brachte, sie aufs Bett schmiss und die Handschellen am Bettpfosten befestigte.

»Ohhh Baby, ich wusste doch, dass du in deinem Inneren ein Naturdom bist«, hauchte sie auch noch und rekelte sich sehr ansehnlich unter mir.

»Klappe!«, forderte ich nur in guter alter Cop-Manier und entfernte mich schleunigst wieder von ihr. Ich war so wütend, dass ich mir selbst nicht traute.

Na gut, ehrlich gesagt, hatte ich mit einem Fluchtversuch gerechnet. Es hätte nicht zu ihr gepasst, nicht wenigstens zu versuchen, ihren Willen durchzusetzen. Dennoch schien es so, als hätte sie nur darauf gewartet, dass ich sie holen kam.

Nun war sie absolut happy – angekettet von mir auf diesem großen weichen Bett, in nichts weiter als dem dünnen Stoff ihres blauen Kleides. Sie war verrückt, aber ich liebte sie trotzdem oder gerade deswegen und würde sie niemals, wirklich niemals freiwillig gehen lassen.

Sie wusste es.

Ich wusste es.

Ihr wisst es!

Und das ist auch gut so.

Gianna war zwar eine Cavalli, aber sie gehörte trotzdem genau hier her. In mein Bett, unter oder auf mich, für immer und noch darüber hinaus.

Ich hatte vor ihr nie viel von der Liebe gehalten, jetzt war die Liebe alles für mich, denn ich war nicht mehr allein auf dieser Welt. Da gab es noch jemanden, mit dem ich alles teilen konnte. Jeden einzelnen Atemzug. Mit dem ich durch dick und dünn gehen konnte. Mit dem ich mich freuen und weinen konnte. Der alles für mich war, noch viel mehr als ich selbst.

»Du bist so verrückt«, wisperte ich fast etwas bewundernd, während ich vor dem Bett stand, die Hände in die Hüften gestützt und auf sie herabsah.

»Und du liebst mich gerade deswegen!«, säuselte sie und ruckelte an den Handschellen. »Echt jetzt, Officer, dazu sind Sie fähig, mich hier gegen meinen Willen ans Bett zu ketten? Rrrrrr …« Sie knurrte mich an, ich schmunzelte innerlich.

»Oh ja!«

»Und was werden Sie noch mit mir tun? Wie werden Sie mich für meine Vergehen bestrafen?« Ansehnlich strich sie mit ihrem Fuß über ihr Schienbein, rekelte sich, verführte mich …

»Ich werde dich die nächsten 24 Stunden schon mal nicht anfassen.« Ich grinste sie überlegen an, als sie schockiert aufkeuchte. Wirklich schockiert.

»Und wenn ich dich dafür hassen werde?«, zischte sie gar nicht mehr verführerisch.

»Dann hast du Pech gehabt. Dieser Brief hier, den du mir geschrieben hast, der ist ja wirklich herzallerliebst!« Ich nahm dieses verdammte Blatt Papier und setzte mich auf den Sessel, der neben dem Bett stand, bevor ich anfing vorzulesen und ihre Augen immer größer wurden. »*Robbie* … Als ob du mich je so nennen würdest. *Leider muss ich jetzt die Karten offen auf den Tisch legen, denn deine Pläne passen nicht mit meinen Plänen überein. Die vergangenen Wochen mit dir waren ganz nett, aber mehr auch nicht. Du warst die ganze Zeit nur ein Mittel zum Zweck! Also danke, dass Du mir so aufopfernd bei meiner Flucht geholfen hast und mich tatkräftig beim Beginn meines neuen Lebens unterstützt hast …*

Kleiner Robbie ... Klein, Gianna, im Ernst?« Ich sah sie mit hochgezogener Augenbraue an, während sie knallrot wurde und sich auf die Unterlippe biss »*…das mit uns hätte nie wirklich funktioniert, du bist zu unreif und weich, um einer Frau wie mir das zu bieten, was sie braucht. Der Sex mit dir war interessant, was aber wohl mehr daran lag, dass ich dir gezeigt habe, was ich will. Weil du so naiv, aber eigentlich ein ganz netter Kerl bist, gebe ich dir noch ein paar Tipps: Pass ein bisschen auf deine Zähne auf beim Küssen. Küss am besten gar nicht mehr, okay?* Oh, ich werde es mir tatsächlich überlegen, es nicht mehr zu tun, wie findest du das?« Sie starrte mich nur wütend an, bevor ich weiterlas. »*Außerdem ist es total unsexy, wenn ein Mann so* *gefühlsduselig ist! Das turnt ab, nicht an! Arbeite an deinem Image, vielleicht steht dir der Bad Boy besser, dann klappt es sicher auch mit den Mädchen!*

Danke noch mal, für alles.

Ciao! Gianna.« Ich zerknüllte den Brief in meiner Faust und warf ihn hinter mich, ehe ich mich vorbeugte, die Arme auf meine Knie stützte und sie eindringlich ansah. »Und du dachtest wirklich, ich würde dir diesen Mist abkaufen?«, meinte ich von einer Trauer erfüllt, die ich erst mal nicht identifizieren konnte. Woher kam sie?

Schließlich hatte ich Gia erfolgreich eingefangen. Sie war hier und ich würde sie nicht mehr gehen lassen. Aber war es wirklich das, was ich der Frau, die ich liebte, wünschte? Gegen ihren Willen bei mir zu bleiben – wie eine Sklavin? Wie eine Hure, die mein Vater verkaufte?

»Nein«, erwiderte sie auch noch mit Tränen in den Augen und richtete sich auf. »Aber verstehst du nicht! Ich musste alles versuchen! Ich hab es nur für dich getan! Ich würde alles für dich tun, sogar mein eigenes Herz brechen!«

»FUCK!«, knurrte ich, konnte ihren verzweifelten Anblick nicht ertragen. Vor allem nicht das Vertrauen und die Hitze in ihren Augen, das leichte Wiegen ihrer Hüften und wie sie ihre Beine lasziv aneinander rieb, denn sie wollte mich – schon wieder. Und ich wollte sie. Aber doch nicht so!

Ohne sie noch mal anzusehen ging ich auf den Balkon, überblickte das weite Meer, stützte mich mit beiden Armen aufs Geländer und ließ dann den Kopf hängen. Was sollte ich jetzt nur verdammt noch mal tun?

Was würde Mum tun? Meine richtige Mum, Mia Engel.

***

Es war mir sofort klar, was sie tun würde, dennoch brauchte ich ein paar Minuten, um mich dazu zu bringen. Dann ging ich wieder rein, sah sie nicht an, setzte mich neben sie ans Bett und öffnete die Handschellen, wobei ich ihren schockierten Blick auf mir spürte.

»Ich habe dir vor langer Zeit versprochen, dir deine Freiheit zu schenken, und ganz sicher nicht, dich selbst einzusperren. Wenn du gehen willst, dann geh, Gianna, aber mach es schnell, denn ich werde mich nicht lange zurückhalten.«

»SHHHHHHHHHHHH!« Ihre Hand landete auf meinem Mund. Sie schob sich in mein Sichtfeld und schwang ihr Bein über meinen Schoß, krallte ihre Arme um meinen Hals, verschränkte die Knöchel hinter meinem Rücken und drückte sich fest an mich. »Sag das nicht. Bitte!« In ihrer Stimme hörte ich ihre Verzweiflung, ihre Angst, ihre Panik. »Bitte Rob! Fessel mich! Halte mich! Ganz fest!«, wisperte sie wie ein kleines, verängstigtes Mädchen und ich lächelte traurig.

Sie wollte mich gar nicht verlassen, sie dachte nur, sie müsste es tun.

Für mich.

Dummes, süßes Mädchen.

Seufzend schloss ich meine Augen und legte meine Arme um sie, drückte ihren zarten, weichen Körper an mich, genoss ihren Duft und vergrub meine Nase in ihren Haaren.

»So?«, fragte ich leise und ihr Kopf nickte schnell auf und ab. Außerdem schluchzte sie jetzt so richtig laut auf und krallte sich noch fester.

»Bitte … bitte … lass mich nie mehr gehen, lass mich nie mehr los! Halt mich fest! Sperr mich ein! Ich gehöre dir!«, wimmerte sie und ich fühlte, wie mein Hals nass wurde, genauso wie meine eigenen Augen.

»Okay«, wisperte ich und umfasste sie noch fester. »Ich werde dich nie wieder gehen lassen. Ich verspreche es!«

»Danke!«, schniefte sie, während sie noch heftiger schluchzte und ich schloss die Lider.

Es war beschlossene Sache.

Sie würde bei mir bleiben.

Für immer!

Egal, wohin uns unser Weg führen würde, wir würden ihn ab jetzt gemeinsam bestreiten, weil unsere zwei Seelen sich gefunden hatten und ohne einander nicht mehr existieren konnten. Ganz einfach.

EPILOG

Gianna Cavalli

Ich liebte Hängematten zwischen Palmen und ich liebte diese Insel. Sie war völlig autark. Die Menschen, die hier wohnten, hatten ein genauso warmes, sonniges Gemüt wie die Sonne selbst. Es war fast wie eine andere Welt. Sie saßen kiffend vor ihren kleinen süßen Häuschen, kümmerten sich um ihre Beete, ihre Tiere und lebten völlig friedlich zusammen. Es waren Menschen aus ganz verschiedenen Teilen und Schichten dieser Welt. Alle hierher gekommen, um frei zu sein. Wirklich frei. Diese Insel konnte man auf keiner Landkarte finden, auch vor Satelliten war sie durch modernste Technik geschützt. Es war, als gäbe es sie gar nicht. Sie war ein absolutes Paradies. Und ich genoss jeden Tag mit Robert Wrangler aus vollen Zügen, den ich hier verbringen durfte.

Er war mein versauter, sexy Adam und ich war Eva, die ihn jeden Tag mit verbotenen Früchten verführte. Tristan Wrangler war wohl die Schlange – auf den ersten Blick der Böse, aber letztendlich doch nur derjenige, der die unschöne Wahrheit sagt und den Mut hat, Dinge zu tun, die sich ein anderer nie trauen würde.

Es gab Rob und mich nur noch zusammen. An getrennt war gar nicht zu denken – und das war auch gut so. Wir hatten zu viele Jahre ohneeinander verbracht. Jetzt hieß es für immer zusammen zu bleiben.

Rob hatte mit Luca erst mal zwei Wochen Auszeit ausgehandelt – von allem, was dieser als nächstes für ihn geplant hatte. Da waren Worte aus diesem Mund gefallen, den ich so sehr liebte, die mir gar nicht gefielen. Ausbildung, *Mossad*, am Schluss entweder Supergeheimagent oder tot … Genial! Ich hatte so das Gefühl, dass dies erst der Anfang einer wahnsinnig wahnsinnigen Geschichte war … bei der wir, wenn wir extremes Glück hatten, knapp überleben würden.

Deswegen nutzten wir unsere gemeinsame Zeit sehr gründlich. Ich zeigte meinem Traummann alles, was es über Liebe, Frauen und Sex zu wissen gab, und er zeigte mir, dass ich eigentlich einen Furz wusste (in Tristan Wranglers Worten) – über mich selber, über Liebe und über Sex. Denn davor hatte ich all das nicht mit meinem Seelenverwandten geteilt, mit diesem einen Menschen, der für einen bestimmt ist. Mit Romeo. Mit diesem einen Mann, über den Bücher geschrieben werden und in den sich jede einzelne Leserin verliebt. Einfach, weil er der perfekte Traummann ist, den es in er Realität leider nie geben wird. Aber man darf ja wohl noch träumen.

Träumen ist so wichtig.

Wer nicht träumt, der lebt nicht!

Und wir träumten viel gemeinsam.

Wir träumten uns unsere gesamte Zukunft zusammen, und die reichte bis ins neunzigste Lebensjahr, wenn wir beim Sex sterben würden. Ja, so stellte ich mir das zumindest vor. Rob wollte ja eher an meinen Arsch gekuschelt einschlafen und dann nie wieder aufwachen. Aber ich wollte bitte vor meinem Ableben schon noch mal kommen. Er meinte, das wäre kein Problem.

Bei der Erinnerung daran musste ich leise lachen, war vollkommen glücklich und stützte mich wieder mit dem Bein am warmen Boden ab, damit unsere Hängematte träge hin und her schaukelte. Rob schlief tief und fest – die letzte Nacht war auch besonders lang gewesen. Aber hallo, ich musste es mit ihm in dieser Unterwasser-Edeltsteintropfhöhle tun. Wir hatten sie bis tief in die Nacht erkundet und alle Ecken gründlich ausgefickt.

Heute war K.o.-Tag.

Aber da wir nicht mehr vorhatten, als vor uns hin zu schaukeln, war das okay.

Ich nahm vorlieb damit, dem Wellenrauschen zu lauschen, sein schlafendes wunderschönes Gesicht zu betrachten und über seine volle rosa Unterlippe zu streichen. Dabei konnte ich nach wie vor nicht glauben, dass dieser Mann wirklich zu mir gehörte. Leider wurde ich aus meinen Gedanken gerissen, als dieses verdammte Handy in seiner hinteren Hosentasche klingelte.

Ich erstarrte, denn irgendwie überkam mich sofort ein ätzendes Gefühl.

Rob regte sich langsam, schmatzte und kramte dabei

schnaubend nach seinem Handy. Völlig verschlafen ging er ran und rieb sich dabei über die Augen.

»Carlos … was ist …« Ich hörte nur Carlos' aufgeregte Stimme und mein Magen zog sich heftig zusammen. In den nächsten Sekunden saß mein Traummann aufrecht in der Hängematte, hatte die Lider sperrangelweit aufgerissen, und der Schweiß stand ihm auf der Stirn. Er blickte mich an und in seinen schönen Augen stand die pure Angst geschrieben. So hatte ich ihn noch nie gesehen.

Er sagte drei Worte. Drei Worte, die unser Leben für immer veränderten. Drei Worte, die alles völlig durcheinanderbrachten. Drei Worte, die uns fast umbringen und unsere junge Liebe auf eine harte Probe stellen würden.

»Sie haben Eli!«

ENDE

TOM UND VIVIS AUSSCHNITT

»Nenne es Wahnsinn, aber die letzten zwei Jahre habe ich nur an das eine gedacht. Du unter mir. Ich in dir. Nur noch ein letztes Mal, Vivian, dann gebe ich dich frei.«

Seit zwei Jahren sind Vivian Müller und Tomas Wrangler nun kein Paar mehr und sie braucht endlich diese verflixte Unterschrift auf den Scheidungspapieren. Vivi ist entschlossen, alles dafür zu tun, um endlich von dem Mann loszukommen, dem sie mit Haut und Haaren, mit Leib und Seele gehörte – und der sich strikt weigert, die Ehe zwischen ihnen zu beenden. Tomas hat einen ganz anderen Plan: seine Frau zurück zu erobern und zwar mit allen Mitteln.

Er schlägt ihr einen gefährlichen und mehr als verführerischen Deal vor. Eine Nacht mit ihm – gegen die Unterschrift auf den Scheidungspapieren. Vivian lässt sich darauf ein, obwohl sie weiß, dass er ihr Herz erneut brechen könnte, oder wird er es vielleicht endlich wieder heilen? Aber was, wenn diese eine Nacht das Chaos erst perfekt macht und ihre Lebensplanung erneut völlig über den Haufen wirft? Was, wenn sie endlich das bekommen, wofür sie die ganze Zeit gekämpft haben –

jetzt, wo eigentlich alles verloren scheint?

Endlich bekommen Vivian und Tomas Wrangler auch ihre Geschichte. Eine Geschichte über eine verloren geglaubte Liebe, die niemals stärker war als in dem Moment, in dem sie zerbrach.

Dieser Roman ist abgeschlossen.

ZURÜCK IN DIE VERGANGENHEIT

Zwei Jahre hatte ich mich für diesen Tag gewappnet.

Ich konnte es nicht glauben, dass ich tatsächlich wieder zurückflog, dass ich ihn tatsächlich wiedersehen würde. Dass ich mit ihm sprechen müsste, ihn vielleicht sogar riechen. Ich wusste nicht, ob ich wirklich schon bereit für diesen Schritt war. Nicht nachdem, was er mir angetan hatte. Aber ich musste es, ich musste mit meinem alten Leben endlich abschließen, um mein neues beginnen zu können.

Jake war so ein wunderbarer Mann. Ich wollte ihn mehr als alles andere auf der Welt. Schon allein deswegen musste ich diesen Weg gehen und mich meiner Vergangenheit stellen. Meiner Vergangenheit mit Tomas Wrangler. Dem Mann, der einmal mein Leben gewesen war. Allein, wenn ich an seinen Namen dachte, drohte das Loch, das so lange in mir gewesen war und das keiner jemals hatte verschließen können, wieder zu einem klaffenden Krater aufzureißen. Allein, wenn ich an seinen Namen dachte, schnürte sich mein Hals zu, sodass ich keine Luft mehr bekam, während der Schweiß aus jeder Pore schoss und mein Herz einen wilden Rhythmus annahm. Doch nun würde ich seinen Namen nicht nur denken, sondern ihn auch hören, und noch schlimmer, ich müsste jenem Mann, der einst mein Dasein ausgemacht hatte, wieder in die Augen schauen. In diese einnehmenden blauen, von der Form her typischen Wrangler-Bastard-Augen mit dem stechenden Blick, die mir so viele schlaflose Nächte beschert hatten. Die mich so oft in ihren Bann gezogen hatten, die ich niemals hatte vergessen können, egal, wie viele Kilometer ich auch zwischen uns gelegt hatte, um endlich frei von ihm zu sein. Dunkelblaue Augen verfolgten mich, egal wo ich war und mit wem, sogar wenn ich den Spiegel schaute – diese Augen waren immer dabei. Irgendwie hatte ich einen kleinen Blaue-Augen-Knacks, denn ich hatte mir nur Kerle mit derselben Augenfarbe geholt. Aber es waren nie die richtigen. Einem Teil von mir war sehr bald klar geworden, dass man niemals von einem Menschen völlig loskommen konnte, mit dem man mehr als die Hälfte seines Lebens verbracht und der zu einem gehört hatte wie das Atmen oder der eigene Herzschlag. Ich hatte schon vor Längerem eingesehen, dass dies immer so bleiben würde. Aber ein anderer Teil in mir hatte dafür gesorgt, dass ich dennoch nicht daran zugrunde ging. Der egoistische Teil. Jener Spaßteil, der dafür sorgte, dass ich wenigstens kurzfristig auf andere Gedanken kam. Und oh mein Gott, ich hatte die letzten zwei Jahre verdammt viel Spaß gehabt, während ich die ganze Welt bereist hatte. Die letzten zwei Jahre waren so etwas wie eine einzige Party gewesen. Jetzt hatte ich kein Geld mehr, aber das war es wert gewesen – oder?

Seufzend schaute ich aus dem Fenster, doch dichte Wolken verdeckten die Sicht auf das Land unter mir. Ich hasste das Fliegen, trotz der Menge an Alkohol, die in intus hatte. Zwar war ich leicht benebelt, das änderte allerdings nichts daran, dass ich nur sehr widerwillig in eine dieser Höllenmaschinen stieg und meine Hände die gesamte Zeit in die Sitzlehne krallte. *Der Mensch gehört einfach nicht in die Luft*, dachte ich düster und schloss die Augen, versuchte, endlich meinen Kopf und meine wirren Gedanken zur Ruhe zu zwingen. Ich war jetzt seit 21 Stunden unterwegs, mein Hirn war absoluter Matsch und dennoch wollte es einfach keine Ruhe geben. Ich brauchte Schlaf, aber in dieser Todesfalle war an Entspannen nicht zu denken.

Ich versuchte, mir Mantras aufzusagen, sogar richtig zu atmen, aber es war schwer, meine innere Stille zu finden. Jenen Ort, an dem es nur mich gab und sonst nichts oder niemanden auf der Welt.

Irgendwann musste es mir wider Erwarten doch gelungen sein, denn ich driftete in ein angespanntes Dösen – schon stand er vor mir. Groß, schön, unsagbar sexy, mit einem atemberaubenden Lächeln und natürlich in einem Anzug. Tomas Wrangler, mein absoluter Traummann, derjenige, den ich mal bis zur absoluten Besinnungslosigkeit geliebt hatte, bis er einfach so *mein komplettes Leben* zerstört hatte. Bis er *mich* völlig zerstört hatte.

DOMTOM

»Hey Sexy!«

»Tom, bitte hör auf, ich muss mich fertig machen!« Ich schminkte mich gerade, als seine wunderbaren, trainierten nackten Arme sich von hinten um meinen Bauch schlangen und seine Lippen sich an meinen Hals legten.

»Du musst gar nichts, Babe.«

»Oh doch! Aufs Klo und Steuern zahlen, das sagst du doch im… Oh Gott!«

Mit einem »Shhhh« hatte er zwei Finger unter meinen Rock gestohlen und drängte gerade mein Höschen zur Seite. Ich ließ die zitternde Hand mit der Wimperntusche sinken und sah ihn über die Spiegelung hinweg ziemlich verzweifelt an. Meinen Mann. Groß, schlank, sexy, so perfekt, und erst dieser dunkle Blick, mit dem er mich förmlich festhielt, während er zwei Finger in mich schob und mit leiser kontrollierter Stimme sprach: »Ich werde drei Tage unterwegs sein und ich will, dass du dich an mich erinnerst!« Dann begann er, mich langsam mit diesen langen talentierten Fingern zu verwöhnen. Mit einem Stöhnen schloss ich meine Augen und krallte meine Hände fest ins Waschbecken. »Na, na, na … Wie lautet Regel

Nummer eins?«Japp. Tomas Wrangler war nicht nur mein Mann, sondern auch mein Dom – und ich liebte es.

»Ich sehe dich an, nur dich«, wisperte ich atemlos und sein strenges Gesicht verzog sich zu einem Lächeln. Aber nur für einen Moment, dann presste er die Lippen aufeinander und beugte sich vor, um erneut in mein Ohr zu hauchen: »Und wie lautet Regel Nummer zwei?«, bevor er seine Finger aus mir zog und zärtlich meinen Kitzler massierte, während ich hörte, wie er seine Hose öffnete. Ich konnte kaum klar denken, aber ich wusste, ich hatte zu antworten, ansonsten könnte ich Befriedigung vergessen. Er würde mich fallen lassen wie einen heißen Stein. »Ich bin immer bereit für dich!«

»Oh, das bist du, nicht wahr, mein kleines gieriges Luder?!« Ich fühlte, wie er mit seiner Eichel über meinen feuchten Eingang strich, weswegen ich tief und sehnsüchtig stöhnte. Fest packte er meine Haare. »Nicht wahr?«

»Ja, Tom, verdammt noch mal!«, zischte ich und er lachte leise. Gerade so hielt ich mich davon ab, ihm wie eine rollige Katze meinen Hintern entgegen zu strecken, ihn zu zwingen in mich einzudringen, weil ich wusste, dass er dann sofort aufhören würde.

»Braves Luder«, lobte er mit dieser tiefen samtenen Stimme, die geradewegs zwischen meine Beine schoss. »Also willst du dich jetzt immer noch schminken oder soll ich dich ficken?«

»Ficken!«, rief ich sofort.

»Wer wäre ich, dir einen Wunsch zu verwehren. Augen auf, Miss Wrangler!« Somit packte er meine Haare stärker,

hielt mich fest, nicht nur körperlich, sondern auch seelisch, mit diesem einnehmenden wunderschönen Blick, und schob sich langsam aber bis zum Anschlag in mich – mit diesem perfekten, geraden großen Schwanz.

In dem Moment kam ich schon. Ich konnte nichts dagegen tun, es war fast magisch, wenn wir Sex hatten. Es war, als hätte sich mein Körper ihm tatsächlich vollkommen ergeben und ich liebte es. Das war Liebe für mich; das war Leben für mich. Das war alles für mich.

***

»Diese Schuhe bringen mich um«, murmelte ich vor mich hin und trat aus dem Aufzug, der mich geradewegs in die Etage brachte, in der mein Mann gerade seinen nicht immer legalen Geschäften nachging. Ich trug einen schwarzen langen Mantel, gleichfarbige Mörder-Heels und pastellfarbene Dessous, die meine wenigen Rundungen perfekt zur Geltung brachten – sonst nichts. Diese Überraschung war nichts Neues, das hatte ich früher oft getan – ihn in seinem Büro zu allerhand verbotenen Stunden verführt. Nur in letzter Zeit war ich da ziemlich nachlässig geworden, einfach, weil ich selber beruflich so viel zu tun hatte. Da war mein Job als Architektin, der mir viel abverlangte, da ich zwei Hotels und drei Villenprojekte betreute, und meine Berufung als Coach und Yogatrainerin, die ich immer weiter ausbaute. Außerdem half ich noch meiner Schwägerin Mia in ihrem Benimmcamp aus. Mein Terminkalender platzte aus allen Nähten, dennoch hatte ich mir zwei Tage freigeschaufelt, denn Tom hatte

Geburtstag – und den würde ich ganz sicher nicht ohne ihn verbringen!

Ich wünschte, ich hätte es nicht getan. Ich wünschte, ich hätte es niemals erfahren. Ich wünschte, ich hätte das Folgende niemals gesehen, aber Wünsche erfüllen sich nicht immer. Nein. Manchmal bekommt man das genaue Gegenteil! Von wegen, man kann sich seine Zukunft visualisieren und dann wird sie auch so, wie man es sich vorgestellt hat ...

Ich hatte uns immer in unserem Penthouse mit zwei Kindern gesehen, keinen Garten, aber dafür eine Dachterrasse. Ich hatte uns immer nur zusammen gesehen. Einen anderen Mann an einer Seite konnte ich mir gar nicht vorstellen – bis zu jenem Tag. An dem er unsere gesamte Zukunft vernichtete und mein Herz gleich mit.

BRUCH

Gänsehaut prickelte in meinem Nacken – das hätte schon Zeichen genug sein sollen – und mein Magen zog sich zusammen, als ich an dem leeren Tisch seiner Assistentin vorbeiging und die Klinke zu seinem Büro mit der Hand berührte. Dennoch straffte ich mich, erinnerte mich daran, was ich gleich vorhatte – die volle Verführungsnummer – und öffnete einfach die Tür.

Das Bild, das sich mir bot, veränderte mein Leben für immer, denn mein Mann saß nicht hinter seinem Schreibtisch und arbeitete brav. Nein, er saß auf der Couch. Auf ihm seine Assistentin – mit eindeutigem Babybauch unter dem engen Businesskleid. Sie hatte sein Gesicht in den Händen und küsste ihn.

Die Szene schlug ein wie eine Bombe. Es zerstörte alles mit einem Mal. Mit so einer Kraft, dass meine Knie fast unter mir nachgaben, während mein Mund aufklappte und ich wie angewurzelt stehen blieb, die Klinke immer noch in der Hand. Ich musste wohl gekeucht haben, denn mit einem Mal riss er sie an den Haaren von sich und sah mich an. Sein Blick war das Schlimmste. Er war dunkel; er war lüstern; er war völlig benebelt. Ihm hatte der Kuss offensichtlich mehr als gefallen. Dieser Blick gab mir den Rest, denn er gehörte mir! Seit über 17 Jahren!

Mein Herz zerbrach, meine Gedanken explodierten und mein rationaler Verstand schaltete sich sofort an und übernahm, sonst wäre ich auf der Stelle durchgedreht.

»Vivi«, keuchte er schockiert, da war ich schon herumgewirbelt und davongestürmt. »WARTE!«, brüllte er mir hinterher. Es hallte durch die gesamte Etage, sodass alle Köpfe sich nach mir umdrehten, aber anstatt stehen zu bleiben, beschleunigte ich mein Tempo, geradeswegs zum Aufzug, wo ich panisch auf den Knopf eindrosch. Mein Glück war, dass der Fahrstuhl umgehend da war und ich sofort hineinspringen konnte.

Ich bemerkte gerade noch, wie Tom um die Ecke bog. Er hatte ihren Lippenstift am Mund, sein schönes Gesicht verzog sich gequält ... Das war das Letzte, was ich von ihm sah, bevor die Türen zuglitten, ich mich umdrehte und mich in die Ecke des Aufzuges übergab.

***

Ich durfte ihm keine Chance geben, mich wieder einzufangen; ich durfte ihm keine Chance geben, mich wieder einzulullen. Denn so stark ich auch bei anderen war, bei Tomas Wrangler war ich Eis in der Sonne. Bisher hatte er die komplette Kontrolle über mich; ich vertraute ihm absolut; ich ließ mich bei ihm völlig fallen. Aber das war jetzt vorbei. Das Vertrauen lag in Scherben am Boden.

Ich warf mein vor sich hin klingelndes Handy in den erstbesten Mülleimer neben dem Hochhaus, stieg in mein kleines BMW-Cabrio und raste zu unserem Penthouse. Dort stürmte ich nach oben, riss meinen Schrank auf, packte ein paar Sachen, meinen Reisepass, zerschmetterte jeden Bilderrahmen, der uns zeigte, und zerriss jedes einzelne Foto von uns beiden sehr gründlich. Meinen Ehering fetzte ich vom Finger, warf ihn einfach auf das Bett und schmiss noch seine geliebte riesige Statue um, die wir in den Flitterwochen auf Bali gekauft hatten. Als das Holz splitterte, war es ein Sinnbild für das, was zuvor mit einem Herzen geschehen war. Stumpf sah ich mir an, wie das liebende Paar auseinanderbrach und in zwei Teilen auf dem teuren Boden liegen blieb.

Drei Minuten später verließ ich unser gemeinsames Zuhause. Noch immer weinte ich nicht. Ja, ich war wütend und verletzt, aber trotzdem völlig klar im Kopf, geradezu rational. Denn ich hatte einen Auftrag!

Ich hatte es geahnt! Schon monatelang hatte ich geahnt, dass er mich mit seiner wunderschönen Assistentin Emilia Harris betrog. Immer länger war er in der Arbeit geblieben, immer öfter musste er geschäftlich verreisen und immer hatte er sie dabei. Gleichzeitig war er zu mir immer kälter geworden, manchmal regelrecht abweisend. So etwas wie im Bad vor seiner Abreise war schon sehr lange nicht mehr geschehen.

Unsere Beziehung – und hatte sie noch so heiß angefangen – war erkaltet, sie war tot. Und ich wusste nicht mehr, was ich noch dagegen tun konnte. Dazu dieses Damoklesschwert, das sich Baby nannte und seit Ewigkeiten über uns schwebte. Aber was sollte ich machen, wenn mein Körper sich sträubte, ein Kind zu bekommen? Medizinisch war bei uns beiden alles in Ordnung. Wir hatten uns mehrfach von oben bis unten untersuchen lassen. Theoretisch hätte es also klappen müssen, aber praktisch haperte es. Ich wurde einfach nicht schwanger, obwohl wir es seit mittlerweile zehn Jahren probierten. Aber seine Assistentin war es – wahrscheinlich von ihm – und ich hatte sie in eindeutiger Pose vorgefunden. Es hatte ihm offensichtlich gefallen, wie sie ihn geküsst hatte. Er hatte mich verraten. Er wollte mich nicht mehr. Er brauchte mich nicht mehr. Außer vielleicht, um sein Saubermannimage vor seiner Familie nicht zu verlieren, aber da hatte er sich geschnitten. Bei dieser Scharade würde ich nicht mitspielen und das dumme kleine Frauchen mimen, deren Mann eine nach der anderen flachlegt, die alles schluckt, nur um ihr gutes Leben und ihre Sicherheit zu wahren.

Niemals! Nicht eine Vivian Wrangler! Nein, nicht Wrangler. Müller! Vivian Wrangler gab es nicht mehr. Sie war zusammen mit meinem Vertrauen zu ihm gestorben.

In dem Moment, als ich die Tür unseres Penthouses hinter mir zuzog, war es beschlossene Sache.

Bis jetzt hatte ich mich liebend gerne an unsere Regeln gehalten, hatte liebend gerne mitgespielt und mich ihm unterworfen. Das würde jetzt aufhören. Für immer. Egal, wie weh es auch tief in mir tat und egal, wie sehr ich auch Angst vor einem Neuanfang hatte – ich würde es wagen!

DANKSAGUNG.

SORRY! Aber ihr wisst, ich LEBE für Mördercuts! Es tut mir auch gar nicht leid! So bleibt es schließlich spannend und euer Kopfkino unter Strom! ;) *teuflisches Lachen off*

Jetzt mal ernsthaft …

Ich hatte bereits vor zwei Jahren angefangen, die Geschichte von Robbie zu schreiben, und noch nie habe ich so lange für ein Buch gebraucht und so viel daran rumgemacht wie an diesem. Denn es sollte perfekt werden, es sollte würdig werden, es sollte sogar Tristan und Mia in den Schatten stellen, es sollte EPISCH werden. Es wurde totale Scheiße! Die Charaktere flach, der Plot bescheuert, die Dialoge lahm, der Sex nicht bähm, alles in allem nicht Don Both-Style. Ich schmiss es in den Papierkorb und zermarterte mir nicht mehr weiter den Kopf. Dann eines Tages, während ich so durch Prag marschierte, mit meiner Familie im Schlepptau, kamen mir Romeo und Julia in den Sinn. Montague und Capulet – eine verzweifelte, verbotene Liebe. Etwas, was unter die Haut geht.

Genau DAS hat Robbie verdient.

Genau das hoffe ich, geschafft zu haben. Unter eure Haut zu kommen. Ihhh, oder? ;)

Ich muss sagen, ich liebe diese Geschichte, weil sie ganz tief unter meiner Haut ist – und es geht mir nicht oft so, weil ich einfach viel, viel, viel zu selbstkritisch bin. Aber hier liebe ich die beiden Hauptcharaktere – genauso wie ich Tristan und Mia liebe, und ja Gia/Mia ist echt witzig, aber mir fiel erst nach der Hälfte es Buches auf, dass Mia und Gia fast gleich heißen, haha. Und ich liebe es auch, dass ihr alle anderen Charaktere kennt. Ich finde, dadurch bekommt alles noch mal mehr Tiefe. Es fühlt sich an, als hätte ich hier eine völlig neue Ära erschaffen – und dies ist erst der Anfang. Wir werden in den nächsten Werken noch viel tiefer in die Welt der Mafia und des Verbrechens eintauchen – in die Dark Side. Es wird eine komplett neue Mafia Romance Reihe geben, mit vielen bekannten und unbekannten Charakteren, natürlich immer mit Rob und Gia und den anderen Wranglers <3 … Es ist, als wären alle Bücher, die ich davor jemals geschrieben habe, die Vorbereitung auf das, was jetzt noch kommt!

Eli! Was wird mit ihr? Wer hat sie? Vielleicht sogar Drake Cavalli?

Und ich glaube, ich habe endlich den Funken für Tom und Vivi, den ich immer gebraucht habe, um Feuer zu fangen.

Denn nein, ich werde nie genug von den Wranglers bekommen! Es gibt noch so viel mehr zu erzählen! Diese Familie ist so normal alltäglich, aber doch etwas ganz Besonderes – als wäre es meine eigene Familie. Und solange es euch auch so geht, werde ich immer weiter über sie schreiben, denn diese Charaktere sind in meinem Kopf und Herzen so realistisch, dass sie mir ihre Geschichten erzählen, ohne dass ich mir weiter darüber Gedanken machen muss. Dass Tristan Gias Taufpate ist, zum Beispiel, erfuhr ich erst an der Stelle, als er es ihr sagte. Echt irre und witzig, aber so ist es! Und ich denke, ihr spürt es, wenn die Charaktere für den Autor lebendig sind, denn so wird es nie vorhersehbar. So bleibt es immer spannend und so ist es auch authentisch. Finde ich. Hoffe ich!

Ich schreibe und kämpfe zusammen mit meinen Charakteren gegen Hass, für die einzig wahre Liebe! Und ich wünschte mir, ich könnte das tun, bis ich alt und runzlig bin. Mit euch zusammen.

Dankeschön, dass ihr Robbie auf seiner Reise begleitet habt! BITTE sagt mir, wie ihr es findet! Mir hing selten so viel an einem Buch wie an diesem hier!

Ich bin ein Wrack, aber ein glückliches Wrack. Solange es euch nur gefällt, habe ich meine Aufgabe erfüllt!

Ich wünsche euch eine wunderbare Zeit! Lasst euch die Zeit auf diesem wunderschönen Planeten durch nichts vermiesen! Kostet sie aus, genießt sie, so oft es geht. Lacht, fickt und badet so viel es geht! Lol.

Ich lasse bald wieder von mir (und wenn ihr wollt – auch von den Wranglers) hören!

Allen voran Danke an Nicole, die bei jeder Zeile live dabei war und mich mit Rat und Tat unterstützt hat! Und an Anke, weil Anke einfach Anke ist! Und an Bella, Lektorin der ersten Stunde und Babels sowieso! Und an euch ALLE, die ihr an mich glaubt! An die kleine verrückte Tschechin aus Bayern, die echt viel zu laut lacht und die dank EUCH ihren Traum leben darf! <3

Eure Don Both!

Die Vorgängerteile zu Rob und Gia, gehören zur Immer wieder Reihe (The unholy Book of Tristan Wrangler).

Hier das erste Baby: http://amzn.to/2c3VpKd

Over and out ;)

ÜBER DIE AUTORIN

Don Both, die 29-jährige Tschechin, die in Bayern lebt, fing im Alter von zwölf Jahren an Geschichten zu schreiben, weil sie die beste Kurzgeschichte in der Schule abliefern wollte. Der Plan gelang und sie entdeckte dadurch ihr Talent, Geschichten erzählen zu können. Während ihrer Schulzeit und ihrer Berufsausbildung als Kinderpflegerin ließ sie ihrer Fantasie als Hobbyautorin freien Lauf. Der Schwerpunkt ihrer Erzählungen lag anfangs meist bei Liebesromanen und humorvollen Komödien. Jedoch kamen auch das Drama, die Fantasy und der Horror nicht zu kurz. Im späteren Verlauf floss auch immer mehr Erotik ein und diese Kategorie entwickelte sich schnell zu einer ihrer liebsten. Im Jahr 2010 wagte sie den großen Schritt und stellte einige ihrer Erzählungen auf einer Fanfiktion- Seite einer breiteren

Leserschaft zu Verfügung. Ihre Angst, Spott und Häme dafür einzustreichen, war mehr als unbegründet. Sie hatte durch ihre provokanten, aber ehrlichen Geschichten schnell eine große, begeisterte Leserschaft und gewann einige Wettbewerbe und Preise. Durch diese Erfolge ermutigt veröffentlichte sie im Jahr 2013 ihren ersten erfolgreichen Roman ›Immer wieder samstags‹ und gehört seit dem zu einer der meistgelesenen Autoren auf dem E-Book-Markt. Privat engagiert sie sich für den Tierschutz, versucht jeden Tag etwas Gutes zu tun und lebt mit ihren Katzen, ihrem supersüßen Schäferhund und ihrem Sohn im beschaulichen Bayern.

BISHER IN DER IMMER WIEDER – REIHE ERSCHIENEN:

Teil 1 und 2 (The unholy Book of Tristan Wrangler zum Sonderpreis): http://amzn.to/2c3VpKd

Teil 3 und 4 (Immer wieder Verführung Sammelband zum Sonderpreis: https://www.amazon.de/Immer-wieder-Verf%C3%BChrung-Sammelband-ebook/dp/B01C63HCWC/ref=asap_bc?ie=UTF8

Teil 5 (Immer wieder Tristan und Mia) https://www.amazon.de/Immer-wieder-Tristan-Mia-ebook/dp/B012AQ6FPK/ref=asap_bc?ie=UTF8

Teil 6 (Immer wieder ist nicht genug): http://amzn.to/2cq2tT6

Teil 7 (Travel zum Glück): https://www.amazon.de/Tristans-Travel-Gl%C3%BCck-kuschelige-Weihnacht-ebook/dp/B01MYSERYR/ref=pd_sim_351_1?_encoding=UTF8&psc=1&refRID=VDKYHM3BY7S1TJGTR2WW

17122861R00188

Printed in Poland
by Amazon Fulfillment
Poland Sp. z o.o., Wrocław